撿到股神老公

警語：投資有賺有賠，下單前應謹慎三思。

芙蘿
Flo
——著

目錄

contents

【推薦序】

愛情就像股票一樣

滕關節（台灣影評人協會副理事長）

愛情與麵包，向來是許多人的生活大哉問課題。

我們總會擔心沒有受到幸運之神眷顧，怎麼命中註定的愛情老是繞道而行？憂慮荷包裡的錢不夠，畢竟自己領到的實質薪資，不一定能趕上當代通膨速度。愛情缺了臨門一腳，麵包也缺乏第一桶啟動資金。

永遠愛不到、存不到，成了現代小資男女們的憂鬱躺平公約數。《撿到股神老公》則提供了我們一個樂觀而溫暖的想像：當你的善良能成為一個人的避風港。

善良不一定能當飯吃，但當一個走入窮途末路的人遇到天上掉下來的善良，那就是一條救命索。

故事裡的股神尹富凱由於「借貸」高達「九位數」，藉此操刀「興櫃」生技股。

在股海浮沉的子民們都知道，他這種作法等於是開了三種槓桿，借貸天價九位數已經很誇張，又專攻漲幅波動偏高的興櫃股票，而且還挑生技股！所以才說他等於是賭上加賭，就差沒有把自己肉體拿去抵押了（誤）。

完全驗證那句「新手死於追高，老手死於抄底，高手死於槓桿」。

所以作者設定尹富凱的選股戰術，介紹主角就是追求 all in 開槓桿，富貴險中求，要嘛名模酒店，不然就是下鄉種田。所以這種少年股神的賭徒性格，在書裡由於之前太容易賺到大錢，導致性格傲嬌，目中無人。

結果一夕之間輸到脫褲，不動產等直接被查封。賣不出去的股票跟壁紙幾乎沒兩樣的時候，這時遇到超市收銀員女主角張家佳，她看出男主角有落魄失意，根本與流浪漢差不多。於是上演了另類的「霸道總裁愛上我」的戲碼，這類言情小說公式多半是女主角設定傻氣純真直率，男主角高富帥又冰冷傲慢，從珍奧斯汀以降的羅曼史大致上都是這類套路。

而《撿到股神老公》自然是逆公式才有趣，看看小資收銀女如何用善良感化桀驁不馴的少年股神，也讓這位向來不關心他人的男主角重重一摔之後才看懂人間煙火。這本小說有別於其他輕愛情故事的差別在於本書可是幫小資男女們上了一堂財經入門課程，文中多處備註可以幫大家看懂財經用語，至少你看完這本書就應該要知道什麼是權值股了。

傻人有傻福，我們樂見愛情裡的種種傻氣成真，點石成金。故事裡面還有一段實際上可作為小資男女操盤借鏡的心法，從你認識的股票買起，不要買看不懂的股票。就像憑藉運氣賺來的錢，最後都會因為實力賠回去。故事裡的女主角就是跌了一點就受不了清倉解放心理壓力，這也是多數散戶無法迴避的賠錢抑鬱。而男主角則看出機會，也幫自己在愛情追逐路上增加了自信押注。

其實股票跟愛情一樣，都是賭。賭一個人喜不喜歡自己，何時告白、何時牽手，完全等同於投資買賣點位參考。尹富凱在故事裡最後用了挺老派的浪漫手法感動女主角，與其羨慕女主角能有天上掉下來的股神老公，其實我更羨慕尹富凱最後的翻身過程，請看完最後幾章，你就會相信「選擇比努力重要」，但「運氣可能比你拚命」更重要。

也許是遇到了好的愛情，老天爺也會給你翻身翻倍的加倍人生。

楔子

二〇一九年的平安夜，整個城市都洋溢著歡慶佳節的熱鬧氣氛。

一棟位於台北郊區的豪華別墅內，泳池畔正舉辦著聖誕派對，男男女女隨著震耳欲聾的電音盡情跳舞、喝酒狂歡。

泳池旁設有戶外暖爐，四周又有高牆擋風，因此參加派對的人們穿著並不厚重。甚至有些拜金女穿著清涼的比基尼，不斷穿梭在人群間尋找獵物。

其中，不時有美女對角落一個身材高䠷、略瘦，穿著休閒襯衫和卡其褲的男人拋媚眼。不是因為他那張英俊的有些張揚的臉龐，而是因為他別墅屋主的身分。

尹富凱出於禮貌，也會微微勾唇、回以她們微笑，但也僅此而已。他並不好色，甚至無意與她們有更進一步的接觸。他之所以邀請這麼多人來家裡，只是因為喜歡熱鬧喧囂的氣氛。特別是聖誕節。

對於從小生長在美式家庭的他來說，平安夜就像是除夕，是家人團聚的日子，也是一年當中最重要的日子。他不想一個人過，因此在父母去世後，每年的這一天，他都會辦派對。

他左手插口袋，右手輕晃著水晶酒杯中的冰塊時，一個身材奇瘦、有著熊貓般黑眼圈、戴名錶的男人走到他身旁，向他敬酒、搭話：「怎麼樣？今年這樣滿意嗎？」

「嗯。」尹富凱輕啜一口威士忌，揚起頭，一雙濃眉大眼從略長的瀏海縫隙間瞥了一眼男人，眼神不帶情緒地說，「小吳，今年這批妹子水準不錯喔。」

小吳說：「那當然，我『妹頭』可不是叫假的。」

服務生端著酒水經過兩人時，看他們杯中的酒都快沒了，刻意停下來讓他們挑酒。

小吳將剩下的酒一飲而盡，把空酒杯放上盤，再隨手拿起一杯雞尾酒。

尹富凱瞥了一眼盤子，對服務生揮揮手說：「我要威士忌。喔對了，老薛呢？」

服務生恭敬地回：「他在廚房監督。」

「叫老薛來。」

「是。」服務生立即轉身朝屋內走。

「老薛？」小吳喝了一口威士忌，說：「他在你這做很久了吧。」

「對，我還沒出生的時候就在我家工作了。他可以說是看著我長大的。」

小吳隨口回道：「哇靠，真的是少爺耶你。家裡有錢真好，我也好想要富爸爸、富媽媽。」說到這，他見尹富凱的臉色一沉，隨即想起一事，連忙賠罪道，「抱歉抱歉，我聽說你爸媽在你大學的時候就……我自罰一杯。」

他在灌雞尾酒時，一個身穿西裝、外貌約五、六十歲的薛管家便端著威士忌過來，對尹富凱說，

「怎麼了，少爺？你找我？」
尹富凱舉杯、晃了兩下冰塊，對薛管家說：「這冰塊鑿得這麼爛，叫那個 bartender 給我滾。」
說完將杯子放到薛管家的盤上。
「是。」薛管家遞上另一杯添滿的威士忌說：「這杯的冰塊鑿得可以嗎？是另一個 bartender 準備的。」
尹富凱瞥了一眼，說：「還行。」他接過飲料，另一手朝薛管家擺了擺，示意他可以先離開了。
尹富凱看池畔躺椅上一對男女親得火熱，便提醒小吳：「還有，我的規矩你是知道的。兩點一到就全部走人，別在我這開房，也別在我這『做生意』，我這可不是酒店、夜店。」
小吳知道他說的生意是指販毒賣淫，便試探道：「當然。你放心，我事先都有跟這些女的說，她們都知道規矩。不過，這裡沒有一點『東西』助興，場子實在熱不起來啊，凱。」
尹富凱再次沉下臉，眼神冰冷銳利地掃向小吳說：「『凱』是你叫的？別對你客氣一點，就把自己當一回事。」
小吳立即鞠躬賠笑道：「抱歉抱歉，『尹董』。下次不敢了。」
尹富凱喝了一口酒，又說：「你剛才說場子不夠熱？」他嘴角一勾，站到舞台上，拿起ＤＪ的麥克風，對全場喊：「大家今晚玩得開心嗎？」
周圍的男女立即回喊：「開心！」

「要不要再high一點？」

「要！」

「有人要挑戰跳泳池嗎？」

無人回應。尹富凱舉起酒杯，高聲說：「我現在宣布：誰跳泳池，我就給十萬！」

大多數的人都還在猶豫之際，有個男人真的跳下泳池。池邊頓時響起一片歡呼和掌聲。

男人浮出水面後，朝自己的朋友喊道：「是溫水！」

於是在DJ的帶動下，現場開始上演各種花式跳水；有女人助跑跳泳池，有兩個女人手牽手一起跳，更有男女合抱一起跳，或是一群人抬起女人將她扔進池裡，現場氣氛也越來越high。

這時尹富凱和DJ一人一支鈔票槍朝天亂射，一張張藍色鈔票如漫天落葉飄然落下，全場陷入瘋狂，歡笑聲和尖叫聲不斷。

尹富凱放下鈔票槍，看著眼前的人們，淡淡一笑。

錢能買到快樂嗎？當然可以。

只不過，用錢買到的快樂總是很短暫。當快樂結束，隨之而來的是更強烈的空虛感和孤獨感。

所以他只好不斷地揮霍。又因此必須不斷地炒股賺取暴利，如此才能一直有錢揮霍。

他將鈔票槍扔給DJ，慢慢走下台。拿起手機一看，已經十一點半了。他自言自語道：「那兩個怎麼還沒來？每年都慢吞吞的……」

池邊太吵，他正想回屋內打電話給他們時，就透過落地窗看到兩個好友安靜地坐在客廳沙發上滑手機，與吵鬧的背景音樂和周圍喝醉、玩瘋的男女格格不入。

他的眼神隨之變得溫柔，露出今天以來第一個真誠的微笑。快步進屋後，他邊揮手邊朝兩個好友走去。他們一見，默契地各自往左右移，留下中間的位子給他。

這三個親如兄弟的摯友雖然從小一起長大，但個性截然不同。若說尹富凱給人的第一印象是痞帥不羈、瀟灑倜儻的紈褲子弟，霍天煦就是高冷禁慾霸總，而宋子藤則是斯文儒雅的學者。

坐左邊的霍天煦對尹富凱點了一下頭，又自顧自地繼續用手機收 email、忙工作上的事。他留著幹練有型的側梳油頭，五官立體剛毅，右眼角卻有一顆淚痣，高大壯碩的身材穿著襯衫、西裝褲，領帶微微鬆開，似乎才剛下班。

尹富凱坐下後，背往後倚、翹起腳，雙臂搭在左右好友肩上，抱怨道：「你們怎麼現在才來？我快無聊死了。每年都這麼慢。」

右邊的宋子藤溫柔一笑，回道：「這麼多人陪，還會無聊嗎？」

室內有恆溫空調的關係，宋子藤只穿著學院風的短袖 Polo 衫和卡其長褲。高䠷的他，外型斯文雋雅，細框眼鏡下是一雙漂亮的丹鳳眼，長相秀氣得像女扮男裝。

尹富凱毫不避諱地指著落地窗外的人們說：「廢話。他們只是背景板，讓家裡看起來熱鬧一點而已。」說到這，他皺起眉頭，抱胸質問，「說！你們怎麼每年都這麼晚才到？明明說好，每年聖誕節都要陪我一起過的。」口氣像個任性的孩子。
霍天煦正忙著處理公事，沒回應他。宋子藤則沒好氣地說：「我們有來，你就要偷笑了。天天是工作狂加地獄級過敏兒，我是一碰女人就會衰。我才想問你，為什麼找那麼多女人來？你這分明是想謀害我。」
尹富凱與宋子藤鬥起嘴：「呿，口嫌體正直。我爸媽走了以後，我哪一年不是這樣辦？你們還不是每年都來。」
霍天煦正好忙到一個段落，他放下手機，對兩人正經地說：「其他人對我來說無關緊要。只要是你們找我，我不管多忙都會盡快趕到。」
尹富凱摸了摸自己的胸膛說：「幹嘛每次都突然講一些令人感動的話？」
直男霍天煦面露不解地問：「感動什麼？」
這時有兩個女人看見他們三個帥哥坐在沙發上，見獵心喜地朝他們走來。尹富凱見她們要靠近自己兄弟，絲毫不給情面地說：「欸妳們幹嘛？離我兄弟遠一點。萬一我兄弟因為妳們過敏送醫還是出門被車撞，妳們就給我走著瞧！」
宋子藤看了她們一眼，又問尹富凱說：「你女友呢？怎麼沒看到她？」
「開玩笑，這種場合怎麼可以讓她看到。」
「你也知道是『這種場合』。都已經有女友了，今年平安夜還是找那麼多女人來。你就不怕她知道？」

尹富凱賊笑說：「這就是她的優點，永遠睜一隻眼、閉一隻眼，給我絕對的自由。還有，我說過很多次了，她的名字叫『萬芊』。怎麼到現在還記不住？」

話少的霍天煦又冷不防開口：「我在乎的是你們兩個，你們的另一半是誰對我來說根本不重要。」

尹富凱全身起雞皮疙瘩，搓搓雙臂說：「幹嘛那麼肉麻啊！」

霍天煦一本正經，口氣嚴肅地說：「實話實說而已。」

宋子藤對尹富凱說：「反正你們遲早會分手，我又何必去記她的名字。過客而已。」

「靠！」尹富凱不悅地說，「什麼叫過客？我都已經把她介紹給你們了，你還看不出我這次是認真的嗎？」

「別白費力氣了。你命中注定的對象不是她。」宋子藤雲淡風輕地說，「而且我不喜歡她的個性，太勢利、太有野心。」

「你懂個屁。那叫『上進』好不好。」尹富凱說，「她漂亮、身材好、又有頭腦。結婚當然就要找這種的啊。這叫『強強聯手』，懂不懂？」

宋子藤反問：「不是因為愛？」

霍天煦聞言翻了翻白眼，顯然很不屑。而尹富凱則愣了一下，嘴硬道：「當然也有愛啊。」

霍天煦理性地說：「愛不愛根本不重要。婚姻本來就是資源重新整合分配，所以另一半的家世背景或能力才是重點。不過，凱，我確實覺得那女的配不上你。」

尹富凱說：「怎麼就配不上？唉，算了，跟你們兩個單身狗講，根本是對牛彈琴。」

宋子藤輕笑一聲，搖頭不語。只有他知道，命運早就幫他們三個個性天差地遠的男人，各自安排了迥然不同的姻緣。

霍天煦看了一眼電視櫃上的電子鐘，顯示十一點四〇。他低聲對宋子藤說：「『她』再不來，我就要先走了。還有工作要忙。」

宋子藤好整以暇地說：「快了。子初四刻，也就是十一點四十五到十二點之間。」

霍天煦再度拿起手機說：「那我再回一封 email。」

尹富凱疑道：「誰？你們在說什麼？」

霍天煦邊打字邊說：「松子說不能告訴你。」

尹富凱不耐煩地拍腿，瞪宋子藤一眼，說：「媽的，又再故弄玄虛！」

此時小吳雙臂摟著兩個女伴，從屋外泳池邊走進來，一看到尹富凱便說：「你怎麼在裡面？外面現在超 high 的耶。」

尹富凱喝了口酒，抱胸說：「不去。我就要坐在這，看待會會發生什麼事。」

小吳聳聳肩，又對女伴們說：「聽說待會會上烤肉串喔。」

其中一個女伴說：「我們先到廚房外等，要不然等服務生端到泳池那邊，好吃的都已經被拿光了。」

「真聰明。」小吳捏捏女伴的臉，「走。」

一台機車停在尹富凱的豪華別墅的後門，一個頭戴半罩式安全帽、身穿米色羽絨外套、淺色牛仔褲的女孩下了車，按門鈴、朝對講機道：「你好，我是四季超市的店員張家佳，來送貨的。」

薛管家透過對講機核對資料，確認無誤後，便開門、招呼兩個廚房助手去幫忙卸貨。

張家佳摘下安全帽，露出了凍得緋紅的小圓臉和一雙晶亮的狗狗圓眼，看上去年紀很輕。

她拿出平板請薛管家簽核時，他皺了皺眉頭道：「這麼晚了，超市怎麼派妳一個小女生出來送貨？而且這些貨那麼重。」

兩個廚房助手正要上前幫忙搬貨，她婉拒說：「不用啦，這些我一個人搬就行了。」說完便真的搬起三大箱，往廚房走。

儘管她看起來游刃有餘，薛管家仍道：「那怎麼行，裡面都是罐頭和酒水，實在太重了。」

助手們聞言更是加快腳步上前幫忙，然而他們光是一人搬一箱就已經有些吃力。

其中一個年輕助手因此驚道：「哇！還滿重的耶。看不出來啊，妳小小一隻，力氣竟然這麼大，一個人就搬得動三箱。」

張家佳笑回：「沒什麼啦。」

薛管家見她深夜獨自來送貨，臉上卻沒有半點疲態與不悅，反而笑臉迎人，看起來充滿工作熱誠，不禁想到自己女兒幾年前剛開超市時，那股充滿幹勁的模樣。

因此他特別關照張家佳，對她說：「辛苦啦，外面那麼冷。要不是因為今晚來得客人比預期多，我們也不會這麼晚又這麼臨時叫貨。妳要不要喝杯熱薑茶再走？」

張家佳客氣道：「不用了，謝謝你。不過我能不能借一下廁所？」

「當然可以。不過外人出入都要先簽名，請妳先填一下名字。」

薛管家拿了張制式表單給她，上頭有著今晚所有臨時聘僱人員的簽名。

那張表單與張家佳剛才在社區警衛亭簽的類似，所以她並不感到意外，照樣在上面寫下來訪時間、單位、事由並簽名。

薛管家請服務生們端酒水、燒烤炸物出去時，順便帶張家佳去廁所。

張家佳上完廁所出來，原路返回廚房時，突然有個快要吐出來的女人朝她撲過來，她下意識閃避，卻又撞到另一個男人，將他的酒杯打翻。

張家佳急道：「啊！對不起、對不起！」

男人低頭一看，衣服濕了一大片，怒道：「一句對不起就算了喔？這是Armani耶！」

男人正要發飆，卻發現撞到他的是一個穿著樸實，看起來軟萌乖巧的年輕女孩。她的打扮、氣質與在場其他女人完全不同，一看就不是他們那一掛的，便猜測她是來打雜的臨時工。

男人身旁的女伴說：「算了啦，小吳，人家妹妹不是故意的啦。」

小吳看張家佳一直鞠躬道歉，氣也消了一半。不過他還是想逗逗她，於是他拿走女伴的酒，遞給她說：「看在美女幫妳求情的份上，妳只要把它喝光、向我賠罪，我就原諒妳。」

張家佳為難道：「可是我等下還要騎車離開。」

小吳說：「這是妳的問題。」

「我……不然我賠你錢吧？」

小吳將酒拿到張家佳面前說：「我不要妳賠錢，我就要妳喝酒賠罪。沒喝完，不准走喔。快點啦，這只是雞尾酒，酒精濃度很低，喝起來跟果汁一樣。」

他說到一半想起尹富凱剛才那招，又說：「要不然這樣吧。妳只要能喝完這杯，我就給妳一萬。怎麼樣？」

小吳的女伴撒嬌道：「小吳，你偏心！我剛才陪你喝了那麼多杯！」

另一個女伴卻對張家佳說：「快喝啊。一杯酒就能賺一萬耶。大不了叫計程車回家呀。」

小吳再次勸酒：「對嘛，來啦，這種錢不賺是傻子。」

這番騷動引來其他客人，儘管張家佳一直婉拒，小吳還是把端酒的服務生給叫來，告訴女孩：喝一杯給一萬，喝兩杯給兩萬，喝三杯給三萬。不喝就不讓她離開。

「喝、喝、喝！」他們開始起鬨。坐在客廳沙發上的三人也看到了。

霍天煦向來都是「路見不平、叫別人管」，他看向尹富凱，眼神示意：還不快去救人。

「還用你說？這可是我的地盤。」尹富凱將杯中的威士忌一飲而盡，從沙發站起，直直走向那群人。

客廳電視櫃上的電子鐘顯示十一點四十五，宋子藤一打響指，說：「時辰到。」於是他拿起茶几上的爆米花，邊吃邊等著看戲。

尹富凱推開人群，在眾人的目光中搶走小吳手上的酒，一口喝光，接著又將服務生盤中的酒一杯接著一杯喝盡。

盤上越來越多的空杯，小吳的臉色也越來越難看。

他喝完最後一杯後，全場歡呼，就連張家佳也忍不住偷偷拍手。

他對小吳伸手說：「八萬。」

小吳賠笑道：「不要這樣啦，尹董。我只是在跟小妹妹開玩笑啦。」

「開玩笑？」尹富凱低頭看向張家佳，問她，「好笑嗎？」

張家佳低下頭，不知該怎麼反應才好。畢竟是她有錯在先，不小心把男人的衣服用髒了。

尹富凱替她回答：「不好笑。」他再次朝小吳伸手，「八萬。現在就給，不給以後就別想在台北混。」他沉下臉強調，「我不是在開玩笑。」

「好啦，尹董，我錯了。」小吳又向張家佳說，「我錯了，對不起。」他又向尹富凱說，「這樣可以嗎？」

尹富凱問張家佳：「可以嗎？」

張家佳猛點頭說：「可以可以。真的不用跟我道歉，是我先把這位先生的衣服用髒的。是我的錯，對不起。」

「我覺得不可以。除非……」尹富凱露出壞笑，對小吳說：「你把褲子脫了。你把褲子脫下來十秒鐘，這筆帳就算了。怎麼樣，十秒就賺回八萬耶。這種錢不賺是傻子，對吧？」

周圍的客人又開始起鬨，喊著：「脫、脫、脫！」

小吳氣得脖子都紅了，但他還是強壓下怒氣，賠笑道：「尹董怎麼說，我就怎麼做。」說完還真的把褲子脫了，穿著四角褲轉一圈，問尹富凱說，「滿意了吧？」

在場又是一陣尖叫歡呼，尹富凱滿意地拍拍手，接著招呼大家說：「好啦，鬧劇結束。服務生正在補外面的 buffet 桌，想吃就去拿，不用客氣啊。」

眾人聽了，再度往戶外泳池區移動。

「那個……請問……」張家佳原本想問小吳該如何賠他衣服的錢，但是小吳一穿起褲子就惡狠狠地瞪了她一眼，轉頭就走。

被嚇到的張家佳也不敢再追上去問，轉而對尹富凱鞠躬說：「真的謝謝你，替我解圍。」

「才不是替妳解圍咧。我只是看不慣有人比我囂張而已。媽的，一身假貨還敢那麼囂張。欠電。」尹富凱又問她，「啊對了，妳誰啊？」

他上下打量她一會。她有著一頭栗子色波浪短髮，臉蛋白皙小巧，腮幫子有點肉肉的。短瀏海下是一雙水汪汪的圓眼，看起來特別清純可愛。她的鼻頭和雙頰仍因寒冷而緋紅，給人一種柔弱的感覺，像隻小白兔。

她尷尬地搔搔頭，說：「我只是來送貨的。原本只是想進來借廁所，結果……」

「難怪。我想說，我家怎麼會出現妳這種良家婦女。」他對她擺擺手說，「快走吧。這種地方不是妳該來的。」

「喔好。」她點點頭又說，「那個……請問我該怎麼賠他衣服的錢？」

「嗤。」他不屑地笑了一聲，「賠？他不是說不要妳賠錢了嗎？再說，我剛才幫妳喝了那麼多酒，要索賠也是我吧。」

「喔。那請問我該給你多少？」

怎麼會有這麼蠢的人。

他擺擺手說：「不用。快走。」

張家佳知道他在趕客，便說：「好。總之，謝謝你。喔對了，你家好大、好漂亮喔。你也是。」

他剛才從人群中現身時，她就覺得英俊痞帥又意氣風發的他在閃閃發光。就像天花板那盞水晶燈那般璀璨奪目、那般不真實。

他被她一番率真的話給逗笑了。

她回以微笑時，彎彎的眉眼和嘴邊漾起的酒窩使她更加甜美動人。他突然很想摸摸她的頭，但手伸到一半還是縮回去了。

還是不要好了，調戲良家婦女感覺會被雷劈。

張家佳轉身走向廚房，打算原路離開別墅時，有幾個美女跑來拉尹富凱，撒嬌道：「尹董，你怎麼在這啊？來陪我們玩嘛。」

尹富凱面帶微笑地抽回手，禮貌道：「妳們自己玩吧，我陪我兄弟。」他指著沙發上的霍天煦和宋子藤。

美女們見那兩人外貌出眾又是尹富凱朋友，很有可能也非富即貴，遂轉而對他們招手媚笑說：「一起來玩嘛。」

尹富凱瞬間變臉，怒道：「憑妳們也配！滾！」

她們被他嚇得一愣，趕緊離開。宋子藤對尹富凱說：「陪我們就不必了。倒是剛才那個小白兔得罪了人，你身為主人，好歹也護送她離開吧。免得你的朋友又背著你去找她麻煩。」

「小吳才不是我朋友咧。」尹富凱頓了一下，又說，「不過說得也是。好吧，我就送佛送到西。」

尹富凱馬上往廚房走。然而他一走進廚房，就看到地上一個小小的黑影閃過，鑽進流理台下方。

他愣了一下，指著地板說：「欸，那個、那個該不會是……」

接著那個黑黑小小的生物就從流理台竄出來！觸角動了一動，開始往尹富凱的方向跑！

「啊！」他嚇得抱住最近的廚師。

尹富凱天不怕地不怕，就怕蟲！尤其是蟑螂！

被他抱住的廚師反射性跺了幾下腳，想將蟑螂嚇走，並對尹富凱說：「蟑螂而已啦，有什麼好怕的。」

這招奏效，那隻蟑螂馬上轉向，卻是直往廚房後門口的薛管家和張家佳快速奔去！

尹富凱馬上出聲警告：「老薛小心！有蟑螂！」

薛管家和張家佳才轉頭，那隻蟑螂竟忽然展翅高飛！似乎想要躍過薛管家和張家佳，飛出後門通往自由！

所有人都面露驚愕，薛管家和尹富凱同時嚇得大叫：「啊——」

就在薛管家閉眼抱頭時，張家佳竟一個箭步向前，直接伸手把蟑螂揮到地上，抬腳毫不猶豫地踩下去！

「趴吱！」她腳下傳來清脆的輕響。

尹富凱雙目圓瞠，心中驚道：幹超噁！她竟然直接用手！可是……她好狂喔！真看不出來。

她抬起腳時，扁掉的蟑螂顯然已經歸西。她淡定自若地對薛管家說：「好啦，這個就交給你們清，我先走囉。」

薛管家眨了眨眼，心有餘悸地一手握了握拳，一手拿起酒精噴罐朝她手掌猛噴幾下，緩和下情緒後，才對她說：「好好好，路上小心。」並站在後門口目送她騎車離開。

尹富凱立即上前搶過薛管家手上的酒精罐，朝地上蟑螂一頓狂噴。之後才將酒精罐塞還給薛管家，質問他：「老薛！為什麼我們家會有這麼噁心的東西？不是都有定期清潔、消毒嗎？」

「這個……可能是因為今天有點外燴的關係，所以從外面跑進來了。」薛管家馬上提出解決方案，「少爺放心，等到散場之後，我一定馬上安排清潔、消毒，然後添購殺蟲劑。」

尹富凱拍了拍胸膛、安撫自己，稍微冷靜下來後，又說：「剛才你有看到嗎？那女的超勇的耶，竟然直接用手把蟑螂打掉，然後用腳把牠踩死！太有種了吧！」

老實說，美女他見多也見慣了，什麼環肥燕瘦沒見過。但他從來沒見過「這麼不怕蟑螂的女人」。

再想到她方才不僅身手俐落，臉上還毫無懼色，便再次驚嘆：「那小白兔也太勇了吧！」

薛管家回應：「對，我也很驚訝。那個張小姐不但力氣大，膽子也挺大的。真是人不可貌相啊。」

尹富凱對她印象深刻。他向來對人漠不關心，但這次他難得開口向薛管家要臨時工作人員名單來看。

他是薛管家從小看到大的，薛管家自然知道他想看什麼，因此遞給他後，直接指張家佳填寫的那一行給他看。

尹富凱手指撫過張家佳娟秀的字跡，喃喃道：「張家佳。四季超市……」

他記住她了。

與此同時，社區另一頭的張家佳完全沒將打蟑螂這件事放在心上，轉頭就忘了。

要不是她親自來楓林社區送貨，她根本不知道也無法想像，在這個寸土寸金、高樓林立、擁擠的台北市裡，會有這麼一個別墅群構成的豪華社區。

她邊騎車邊離開社區時，想起剛才在豪宅裡的遭遇，喃喃自語道：「有錢人的世界真令人目眩神迷啊。我也要更努力往自己的夢想邁進！以後也要過得更好！」

一個人影閃過腦海，她微笑了起來，帶著甜甜的酒窩輕聲說：「人不只帥還很好心。」接著又想到剛才尹富凱失聲尖叫的樣子，微微皺眉說，「不過，他好像很怕蟑螂呢。」

片刻後，薛管家將兩份簽名表單拿到客廳，遞給宋子藤，對他說：「宋少爺，按照你事前的吩咐，我請今晚來的人都在單子上簽名。一份是客人名單，一份是臨時工名單。」

宋子藤兩份都從最後一面開始看，他的視線很快就停在臨時工名單上的最後一個名字。張家佳。

他喃喃道：「筆劃、五格、五行都對……」

薛管家好奇問他：「上面有你在找的人嗎？是哪一位啊？」

宋子藤並沒有回答，只說：「有，找到了。謝謝你。」他將兩份名單還給他，「沒事了，你去忙吧。」

「是。」薛管家雖然有些好奇，但向來守分寸的他從不會追問不休。

他離開後，霍天煦挑眉問宋子藤說：「就是剛才那個小白兔？」

宋子藤說：「沒錯。但你暫時不要跟阿凱說。」

霍天煦倏地站起身，說：「好了，該確認的都確認了，我要走了。」

「一起。」宋子藤跟著起身時，尹富凱正好走回客廳。

他見兩個好友要走了，不悅地快步走到他們身邊說：「幹嘛每次都那麼晚來，又那麼早走啊？」

霍天煦一手輕按尹富凱的肩說：「抱歉，但我們兩個真的都有事要忙。來，只是想來看你一眼。」

尹富凱縮起肩道：「嗯，又來了。」個性傲嬌的他雖表面嫌棄，其實內心很開心。

宋子藤在離開前，又特別叮嚀尹富凱說：「阿凱，雖然現在講了也沒用，但是……你最近投資還是謹慎一點好。還有，別老是亂花錢。」

雖然尹富凱現在的身家已經是富豪等級，但是與霍天煦和宋子藤這兩個真正位於金字塔頂端、超級富二代相比，他始終覺得自己比不上他們。

他聽宋子藤這麼說，不服氣道：「幹嘛？瞧不起我啊？我告訴你，我現在光是一年就賺好幾億，花都花不完好嗎？你們有的東西，我都買得起。滾啦。」說完便轉身走開。

宋子藤搖頭苦笑，他就知道尹富凱聽不進去。

他望著尹富凱的背影心道：你就快要倒大楣了，你知道嗎？但是只要有我和天天在，你也不會倒楣太久的。

Chapter

01 蒸的丸子

***警語：投資有賺有賠，下單前應謹慎三思。**

二〇二〇年，一場高傳染性、高死亡率的全球肺炎疫情導致全球經濟重挫，堪比金融海嘯的全球性股災也因而爆發。連權值股[1]都慘跌的情況下，台股大盤[2]雪崩般一路從一月的一萬二向下跌破九千。

股民一片哀嚎遍野，網路上對於大盤的看法都是「丸子」、「蒸的丸子」[3]，甚至不少人在詢問「哪裡可以撿免費的紙箱」、「哪個公園還有位置」時，一名神祕的男子卻是喜出望外、與他們截然相反。

他，尹富凱，就是散戶們又愛又恨的「大戶」[4]、「主力」[5]，一人身家財力可比一家證券分行。他每年都只出手一次，但獲利往往數倍。他就像是河流中潛伏不動的鱷魚，前期花數月按兵不動、靜靜觀察數個獵物。等到時機來臨，他便會針對擇中的目標，一舉發動攻勢。

擅長創造、操控飆股的他，在這場金錢遊戲中戰績碩碩，哪家機構能借到他的東風，獲利至少都是翻倍。因此他深受銀行、證券業逢迎巴結，是金融證券圈赫赫有名的少年股神，從業人員都稱他「財魔」，而他也以這個稱號引以為傲。

時間來到二〇二〇年三月十九日上午，一台紅色超跑駛入台北市一處豪宅別墅社區——楓林社區。跑車進到其中一棟別墅的車庫後，駕駛座上的薛管家推開車門、下車。

他才將鑰匙放在一旁的置物櫃上，就聽到門上的對講機傳來聲音：「老薛？」

他立即上前應答：「是，少爺，我回來了。車子已經洗好了。」

「我口渴，要喝冰可樂。」尹富凱說。

「馬上來。」薛管家推推眼鏡，步入室內。

屋裡配備恆溫空調，外頭的天氣雖寒風蕭蕭，裡面仍舊溫暖舒適。

寬敞豪華的客廳內，尹富凱坐在沙發上，眼前有一面巨大的ＬＣＤ螢幕牆，由數台螢幕組合而成。一台螢幕顯示大盤加權指數、一台顯示台指期、一台顯示漲、跌停個股，其他則是不同產業的類股即時股價、成交量……。

尹富凱一邊翹著二郎腿、吃巧克力豆，一邊視線銳利地在各台螢幕間游移。

薛管家將他要的冰可樂放到茶几上便悄然離去，他知道他在看盤時需要安靜。

當台股澈底崩盤到 8523.63 點時，尹富凱瞥了一眼一檔生技股《群護》，股價跌破十年線，掛賣量超過十萬。他的嘴角微微勾了起來。

時機到了。終於。

他拿起手機、正要打電話時，剛好有通來電。他看是券商打來的，便馬上接起：「喂？」

對方說：「喂，尹老闆好，我這裡是亨通證券，我是您的營業員——」

尹富凱打斷她的話，說：「講重點，我在忙。」

「是是是，請問最近有沒有要融資啊？」

「我只買興櫃股，興櫃股又不能融資[6]。」尹富凱煩躁地說。眼下正是他出手時機，要是錯過就可惜了。

「是不能，但是我們這邊有推薦幾檔上市、上櫃的績優股，尹老闆您可以參考一下。」

「不必。」尹富凱隨即掛掉電話，撥了通電話給女友。

萬芊一接起便以撒嬌的語氣說：「寶貝，怎麼了，找我有事？怎麼會在盤中打給我？」

她是鉅富銀行「放款業務部門」的業務副理。外型美豔，身材高䠷、玲瓏有致，是大家公認金融界ＩＱ、ＥＱ雙商皆高的最美業務。

過去幾年尹富凱都是固定與她合作、借貸炒股。而一但他借貸成功、正式進場後，鉅富銀行的關係企業——鉅富證券也會隨即進場、大單買進他的標的、聯手炒股，把握初升段的漲幅獲利。

兩人在交往前已熟識多年，有一貫的合作模式，所以尹富凱也不多廢話，直接了當地說：「借錢。」

他雖是年年獲利數倍的股神，卻直到今日都不是頂級富豪，連投資都需要向銀行借錢。唯一的原因就是——他是購物狂。而且是專買奢侈品的購物狂；古董、美酒、名錶、跑車、遊艇……他通通都想要。生活習慣奢華無度，因此他賺得多、花得也多。

萬芊也深知他是「別人恐懼我貪婪」的實踐者與貫徹者，因此並不感到意外，只道：「不錯，今年第一季就打算出手了。也是，現在正是股市低點。這次打算借多少？」

「四億。」

「四億！」向來穩重幹練的萬芊，在聽到金額後也是一驚，「你怎麼年年都翻倍借？前年借一億，去年借兩億，今年就借四億。你這次也一樣是炒興櫃股嗎？」

「當然。不然我融資就好了啊。快點，現在是最好的買點，我就是要現在抄底。不然待會被別人捷足先登，入場當主力買上去，怎麼辦？」

「除了你以外，還有哪個瘋子敢在這個時機點，借這麼大筆錢炒股？你這次要不要換穩定一點的標的？至少也選個上市、上櫃股吧。」

尹富凱光是聽她的聲音，都能想像她無奈扶額的畫面。

「富貴險中求嘛。前面幾年合作，我哪一次讓你們賠錢？還不是讓你們也跟著賺錢。我妳還信不過嗎？我是妳男朋友耶！」

「我信。但是……四億！這已經遠超過我的權限了，我得請示一下主管。」

「怕什麼，我自己都 all in[7] 了。再說，要是這次放貸成功，別說是妳個人的業務ＫＰＩ，妳『整個部門』年度ＫＰＩ肯定也直接達標，年底直接加官進爵！那不正是妳夢寐以求的嗎？快一點！機不可失、時不再來啊。」他催促道，「我今年能不能退休，就看這次了。」

「你才二十五歲，這麼急著退休做什麼？」

「我不管啦！反正我今年目標就是賺十億，換一棟更大的別墅。還有，天天和松子都有自己的直升機，我也要。年底的聖誕節 party，我一定要搭最新款的直升機出場！然後我還要再買一台私人飛機，這樣以後我們就可以直接去天天和松子家的私人小島度假。還有還有，我已經看上一座南法的葡萄酒莊了，退休後我就住那裡……」他滔滔不絕地講起自己的退休計畫。

「好好好，我們回歸正題。你的財務資料我都有，你直接把你手上那檔股票的分析資料傳給我，我盡快送簽核。」

當天收盤前，有在關注生技股族群的股民都發現，這檔《群護》在底部爆大量，股價開始止跌回升了。

接下來的一個月，台股從谷底緩緩回升。與疫情密切相關的防疫股、生技股成為股民們的熱門避險標的，也是最快回溫的類股。

其中數檔沒有漲跌限制的興櫃股更是一飛衝天，尤其是《群護》，在尹富凱和鉅富證券聯手一路買進的情況下，短短數日，股價就從六十七元飆到一百三十九元，成為網友口耳相傳、投顧和理財網紅力捧的「飆股」。

不少持有這檔股票的散戶都表示：「自從買進這檔股後，都忘記怎麼下單了，每天就是『睏霸數錢』。再這麼漲上去，大概下個月就要財富自由了。說不定哪天上班受了委屈，就直接離職不幹了。」

儘管跟單的鉅富證券在獲利雙倍到三倍間，便陸續賣光持股，但股價還是繼續水漲船高，絲毫不受影響。

之後《群護》又以兇猛的漲勢狂飆數天，股價又從一百三十九元飆到七百六十九元。隔天只要再漲三十五%就破一千了。

股票市場上有句老話：停損容易，停利難。

按理來說，不少持股人的獲利都已經翻倍了，但真正能有紀律、做到見好就收的人卻不多。因為當被動收入來得太容易、太快、太多時，許多人是捨不得賣的。

這也是為什麼金融圈會稱尹富凱為「財魔」，因為他就是利用人性貪婪的弱點賺取暴利。

當電視上的財經新聞台開始播報《群護》時，尹富凱知道高點到了，他要在眾人瘋搶時大出貨。

股價這種東西很玄，逢九都是條難過的檻。所以他把目標設定漲幅十五%，也就是股價八百八十四元。

隔天一早，尹富凱看著開盤前，《群護》破十萬的掛買量，便幸災樂禍地說：你們這群貪心鬼，等一下就等著被套牢，晚上去公園占位子哭吧。

他眉開眼笑地設定好程式單，打算分批出貨，以免一下子掛大量、打草驚蛇。

之後，他穿著黑色絲質睡袍來到雅致的飯廳，悠閒地吃起薛管家端上來的豐盛早餐時，忽然蹙起眉頭，感到莫名的心慌。

一旁隨侍在側的薛管家一見狀，馬上開口關心：「怎麼了嗎？」

「沒，沒什麼。」

尹富凱也說不上來為什麼。眼前的餐點是他喜歡且吃慣了的，但他看著盤中的蒸瑞典肉丸，卻心生一股不祥的預感。

此時一通電話打來，尹富凱接起後按下免持，對方的聲音立即在飯廳內迴盪：「喂，尹董，您好您好，我這裡是《景壽軒》。剛收到一尊清道光年間景德鎮御窯廠製的粉彩萬花錦紋瓶。是好東西啊，慎德堂款，皇帝御用！您要是感興趣，我就先替您留下，您有空再來小店看看，如何？」

尹富凱正心中煩躁，隨口回道：「看什麼看？買！」

「啊？我都還沒開價呢。」

「怎麼？瞧不起我是不是？還怕我付不起？晚點你找薛管家要支票。」他說完便掛上電話。

接下來他又陸續接到賣跑車和遊艇的推銷電話，還是毫不猶豫地說：「買！」

一旁的薛管家想勸他不要總是花錢大手大腳的，但話到了嘴邊，還是吞了回去，只是搖頭嘆氣。

一頓早餐下來，尹富凱就燒了一千五百萬。薛管家一邊收餐盤一邊偷捶心肝，但尹富凱卻跟沒事人一樣，回到客廳沙發上繼續看盤。

《群護》的走勢如尹富凱預期，開盤就衝十六％。沒想到十二點一過，突然就變盤了。他怎麼想都沒想到，會突然湧出「幾十萬」賣單，股價一分鐘內就跳水般跌到負二十五％，他擋都擋不住！

這是怎麼回事？

此時一通電話打來，正火大的他拿起手機就想往地上摔，但看到是萬芊打來的，還是深吸了一口氣、壓下怒火，接起電話。

「說。」

電話另一頭的萬芊口氣是罕有的著急，她問他：「你看到《群護》的新聞了嗎？」

此時《群護》股價跌到負三十九％。

「沒，怎麼了？」他邊說邊將其中一台螢幕切換到新聞台。

「那間公司轉投資的工廠失火了，導致公司嚴重虧損，董事長和財務長連夜捲款落跑、出境了！」

他震驚地從沙發上跳起來，問她：「妳說什麼！」

此時股價跌到負四十六％。

「細節你先別管，總之快把《群護》的股票出清。快！」

尹富凱正要更改程式單時，股價已經跌到負七十二％。下一秒，熔斷機制[8]被啟動，《群護》被強制暫停交易了！

萬芊透過電話問他：「怎麼樣？你改了嗎？有掛賣成功嗎？」電話那頭的她也正透過電腦看《群護》盤勢。她頓了頓又說，「糟糕，被熔斷了。」

尹富凱看著螢幕上那幾十萬的賣單，一股更不祥的預感油然而生，總覺得接下來有可能會一路跌回起漲點，甚至更低。而他手上仍有近五萬張的股票，就算天天掛賣也不一定都能在起漲點前賣出。

想到這，他面如死灰地看著薛管家手上那盤吃剩的肉丸，想起宋子藤在平安夜的叮嚀、早前萬芊的囑咐，接著又想起了網路上的一個說法：「蒸的丸子」的「蒸」和「丸」是「真」和「完」的諧音，而「子」則長得像「了」。

他終於意識到剛才用餐時那股不祥預感是怎麼來的了。他錯愕地喃喃自語道：「不會吧……『真的完了』？」

股市小辭典

註1　權值股：有些公司為各產業的龍頭，他們的股票被稱為「龍頭股」。這些公司具一定規模、股本市值大、市場認同度高，每年獲利、配息穩定，因此被視為績優股，也被選為「權值股」。

註2　大盤：指「市加權指數」。此加權指數的數值便是來自權值股；即權值股漲跌會影響大盤漲跌。

註3　蒸的丸子：意思是「真的」、「完了」，是股民之間常用的術語，表示看衰大盤或個股。

註4　大戶：持有單一個股超過千張，即為大戶。若想研究某檔股票的「籌碼面」時，可在個股的「籌碼」欄位中看到持股大戶和其持有張數。資深的股民往往可以一眼看出大戶中的「主力」（註5說明）是哪幾家。

註5　主力：熱門股通常有持股張數巨量的主力把持股價，操控其漲跌。若是股民從籌碼面找到主力，便會關注其動向，考慮跟著加碼或減碼。

值得注意的是，一檔股票的主力不一定只有一方。有時多方目標一致，有助於股價上漲；有時多方目標相反，則會出現「多」、「空」交戰的情形。

註6　興櫃股：上市股、上櫃股有漲、跌一〇%限制，興櫃股沒有，因此興櫃股有時會成為炒股標的。由於興櫃股的高風險、不穩定性，所以不可融資、融券。

註7　all in：將一筆資金全數壓在一檔股票上。

註8　熔斷機制：由於興櫃股無漲跌限制，為避免股票過熱（過度炒作）或過冷（過度恐慌），當日漲跌一旦超過五十%的「熔斷」標準，系統便會強制暫停交易至收盤。

Chapter 02

最好吃的麵包

興櫃股在飆漲的時候，股價會如火箭登月一飛衝天；在暴跌的時候也會如水庫洩洪般一瀉千里。自從群護企業的無良董事長、財務長捲款落跑後，公司股價就一路跌到只剩兩元，之後就被暫停交易。外界都在傳該公司宣布倒閉只是時間早晚的問題。雖然深受其害的散戶[1]們已經組織起自救會，但無論如何，尹富凱現在持有的股票比壁紙還沒價值。

這筆欠銀行的債務金額實在太龐大了。這幾個禮拜以來，尹富凱為了還債，能變賣的都變賣了，手上沒剩下多少資產。

他家的一樓室內、外都成了臨時拍賣會場，所有東西都被標上價格，不少買家和代理人進進出出，對著他家的古董、紅酒、跑車……評頭論足。而他也只能心痛地看著他的寶貝收藏一個個離他而去。

其中有不少買家還是住同社區的鄰居或是同生活圈的人，因此極愛面子的他這幾天一看到熟面孔就趕快東躲西藏。這不，他向來看不起的小吳也上門了。

尹富凱一見到小吳就煩，快步上二樓後，就蹲在樓梯口偷聽，並且隔著欄杆偷看。

小吳直奔他家客廳那尊新買的清代花瓶。瞧它瞧了半天，薛管家才抽出空檔向他介紹。

薛管家講到一半，小吳便打斷他，直接出價：「我沒空參加待會的拍賣。一句話，一百五。你要是現在肯賣，我的委託人會在十分鐘內匯款。」

薛管家為難道：「我們兩個禮拜前才以三百六十萬購入，你一開口就是一百五十萬，這也殺太大了吧……」

「哇靠，你這個老頭不要得了便宜還賣乖。買家原本叫我從三折開始喊，我是看在那個姓尹的份上，才喊一百五。不要就算了。」

「可是這價格真的太低了。」

「要不然你跪下來向我磕頭，我就出兩百，怎麼樣？」

尹富凱聽了一肚子火，馬上衝下樓對小吳說：「你一個代理人跩什麼跩啊？這是清代官窯耶。『景德鎮御窯廠』有沒有聽過？『慎德堂』有沒有聽過？道光皇帝御用耶！你懂不懂？竟然喊這種價！」

小吳冷笑說：「我當然有資格跩，因為現在快要破產的人不是我啊。你還當你是以前的『尹董』啊。喪、家、之、犬！」

尹富凱從小家境富裕，旁人對他不是畢恭畢敬就是笑容可掬。再者，上流社會處事講究體面、重視家族名聲，彼此之間就算有齟齬也不會擺在檯面上和對方過不去，當面頂多言詞暗諷或給軟釘子。

他從不曾受過冷待，更何況是這種「奇恥大辱」。

他一聽，怒不可遏道：「放肆！你竟敢這樣對我說話！」氣得就要動手揍小吳，被薛管家一把拉住。

薛管家無奈地搖搖頭，嘆了一口氣後問小吳：「我要是下跪磕頭，吳先生能出價三百六嗎？」

小吳笑道：「你沒那個價值。」他指向尹富凱說，「你跪的話，我可以考慮。」

「滾——」尹富凱怒吼，「我就算餓死街頭也不賣你！」

尹富凱唯一的朋友就是霍天煦和宋子藤，然而他在出事的第一時間卻不是找他們借錢，甚至連提都沒提。

一方面是因為他們的友情從來都不是建立在金錢上，另一方面是因為他們實在太熟了，所以愛面子的尹富凱才拉不下臉跟他們借錢。

他從來都不願在任何人面前低人一等，尤其是從小一起長大、出身比他更富裕的他們。

再者，尹富凱最大的缺點就是眼高於頂、自以為是，大多數的人他根本不屑搭理。就算他勉為其難地「委屈」自己向過去的同學或認識的人借錢，也沒有人給他好臉色看，更別提借錢給他了。

而父母去世後，他又因親戚試圖奪遺產而寒心，便與他們斷絕往來。因此這次出事，他竟落入無人可求助的境地。

當尹富凱收到鉅富銀行的正式通知信，看到銀行向他發出的最後通牒時，他不得不拉下臉，徒步去找同社區的霍天煦求救。

然而，出乎尹富凱的意料，霍天煦竟然連家門都不開，只隔著門口對講機告訴他：「對不起，我現在幫不了你。」

尹富凱詫異道：「為什麼？你們家最近也遇到困難？」

「沒有。」

「那你就快借我錢啊！我再不還清債務，銀行就要遞狀聲請法院查封我家了！」

「我知道。但我現在真的不能幫你。」

「為什麼？」

「松子說，現在幫你反而會害了你。」

「什麼鬼？」他急得拍門大喊，「別鬧了天天，快點啦！」

「對不起。你可以去問松子，接下來該怎麼做。」霍天煦說完便關閉對講機。

「媽的，松子這該死的神棍！」尹富凱踹了一腳鐵門，轉身往宋子藤家跑。

同樣位於楓林社區的宋子藤家的大門並沒有關，尹富凱也不客氣地直接闖入。

他一入門就看到宋子藤悠哉地坐在中式庭院內的白梅樹下泡茶。

宋子藤彷彿料定了尹富凱會在這個時間點來，正在為兩人倒茶。

「坐吧。」宋子藤端起自己那杯嗅聞。

尹富凱跑了一陣正口渴，一拿起杯子就喝，接著又把那口茶噴出來：「燙燙燙！」

「坐下來慢慢喝。」宋子藤又指向背後那株梅樹說，「你看，梅花開得多美。」

「誰像你一樣有閒情逸致賞花啊。」尹富凱一臉怒容，「你為什麼叫天天不要幫我？」

宋子藤沒回答，只是輕吹幾下杯中的茶，慢悠悠地品茗。

「說啊！」尹富凱不耐煩地拍桌。

宋子藤將杯子放下，神色淡定地說：「這次你得靠自己。從小我和天天就慣著你，把你給慣壞了。」

「講那什麼屁話！你是我爸還我媽？還『慣壞』咧。」

宋子藤又問他：「難道我們不像你爸媽嗎？你哪一次出事，不是我們兩個出面幫你善後？」

「是，我承認。從小到大，每次我闖禍，你們都會幫我。就連我爸媽去世，你們還來幫我把靈堂前爭遺產的親戚趕走，然後陪我一起別麻布、跪在家屬答禮區。就是因為這樣，我才不懂你幹嘛叫天天——」

宋子藤打斷他：「我們現在出手也沒用，這一劫你是無論如何都躲不掉的；你注定會破產。」

「別跟我說什麼『注定』！我現在不想聽你說那些算命的東西。」

「從小到大，我有算不準過？」

「有啊。你不是說我的死劫會比我爸媽早？但我爸媽卻比我早走一步。」

「這我不是解釋過了嗎？那是因為你打破了既有的生活習慣；你在死劫那天突然翹課，所以沒像平常一樣在放學後搭你們家的車回家。那個司機就是在回家途中出車禍去世的，你忘了嗎？那場車禍那麼嚴重，要是你當時也在車上，肯定也……」

「說不定那只是巧合而已。」尹富凱抱胸繼續瞪宋子藤。

宋子藤繼續說：「我不想跟你爭辯這些。你聽好，眼下是一個機會，讓你看清你女友是不是對的人。難道你就不好奇：你要是破產了，她還願意跟你在一起嗎？我知道你和天天對婚姻的認知只是找個隊友。就算如此，這個隊友也該在你落難時拉你一把而不是拋下你吧。」

「萬芊幫了我很多忙啊。」

「話別說得太早。你現在只是『快要』破產，等到你真的破產超過三個月再下定論吧。你認為呢？」

這句話深深刺中尹富凱的心；這是他這幾天以來，心中最大的焦慮。

他一直都知道，自己的狂妄奢靡都是錢堆出來的。一旦沒有了錢，一切都會隨即崩塌。但是另一半呢？另一半也會如此嗎？

他和萬芊認識那麼多年，感情是一定有的。但是這份感情有多深、多堅定呢？說到底他們正式交往還不到一年，他真的完全了解她嗎？

尹富凱低下頭，小聲地說：「我不知道。」

宋子藤說：「是不想知道吧。」他停頓了一下又說，「你聽好，四月六號那天晚上十一點到十二點，你一定要到四季超市前等一個貴人。」

「什麼？四季超市？等誰？還有啊，四季超市不是連鎖的嗎？你說的是哪一間啊？」

「到時候就知道了。」

「靠，每次話都講一半。」他最煩宋子藤賣關子。

宋子藤又交代：「盡可能接受那個貴人的贈與和幫助。她的提議都要接受。」

「你……媽的，要不是因為我們小學就認識，我一定以為你是神棍。」尹富凱重重嘆了一口氣，有些認命地說，「那個所謂的『貴人』能幫我解決債務嗎？」

宋子藤微笑地說：「她可以給你真正的財富。」

「給我真正的財富？」

「對。所以要好好善待、珍惜那個貴人，知道嗎？」

尹富凱沒有回答，而是再問：「你和天天真的不幫我嗎？」

宋子藤回以溫柔一笑，說：「放心吧，時機到了，我和天天都會出手幫你。接下來幾個月，你就當作是下凡歷劫吧。」

四月六日，微涼的夜晚。

尹富凱背著背包，面容有些憔悴地在楓林社區附近的某條巷內毫無目的地走著。

這幾個禮拜以來，他為了還債每天忙得焦頭爛額，根本沒時間和心情去打理儀容，現在不只鬍子留長了，本來就長過耳的頭髮也留到及肩。再加上這一個多月來，他沒睡過一天好覺，臉色自然也不會好到哪去，因此整個人看起來十分頹廢。

他也不知道自己走到哪裡了。今晚他無處可去。至於明天何去何從，他也不知道。

他出生富裕，又是獨子，從小就備受寵愛。大學時父母車禍雙亡後，對數字極為敏銳的他就開始運用遺產投資股票，尚未畢業身家便已翻倍。因此畢業後既未求職，也未再進修。

前面幾年的投資確實都很順利，他天真地以為往後的人生也可以單純靠投資股票，享有數不盡、花不完的榮華富貴，沒想到會突然摔一個大跟頭。

這次雖然是他第一次跌倒，卻也已經跌到谷底。

更慘的是女友萬芊對他的態度。

其實他那日對宋子藤說了謊。出事之後，萬芊先是好幾天都不接他電話，後來接了電話後，對他的態度又變得冷淡生疏，他根本不好意思開口跟她借錢或請她幫忙和銀行協商。

他借錢無門，澈底破產。

時到今日，他居然羨慕起家徒四壁的人，最起碼那些人還有「家」，而他現在連家都沒有了。

今天，四月六日，是他的家被查封的第一天，之後就會被法拍了。

稍早他離家之前，家裡已被斷水、斷電，所有值錢但尚未被賣掉的東西全被扣押了；就連他家的電視機、冰箱、冷氣和沙發都不放過。現在的他用「一貧如洗」來形容都不為過。

薛管家臨走之前還好心問尹富凱，是否有地方可去。

當時尹富凱很想誠實地說沒有，連霍天煦、宋子藤和萬芊都不讓他借住。但礙於面子，他勉強笑回：「當然。我尹富凱是什麼人？你老是愛瞎操心，比我爸媽還囉嗦。」

薛管家當時聽了，面帶憂傷地說：「要是他們還在世就好了。」他頓了一下，似乎有些猶豫，「需要我幫忙介紹工作嗎？我女兒她在附近開了間——」

他話說到一半就被尹富凱打斷：「不必！我尹富凱需要打工？我活到現在就沒給人打工過！你走吧。」

「那……好吧。以後有什麼事，你儘管聯絡我。」

雨滴打到尹富凱的頭上，將他抽離出回憶。他抬頭一看，天空下起雨了。

旁邊正好有一家便利商店。他有那麼一剎那想到店內的座位區待一晚。但是身上沒錢的他，實在沒臉不消費就霸占位子。

他站在門口躊躇了一會，嘆了一口氣，還是轉身離開。

這時他剛好走到十字路口，看到「四季超市麗湖店」時，突然想起了不久前宋子藤叮囑他的話。

他喃喃道：「四季超市……就是這間嗎？欸，今天正好就是四月六號啊！」

四季超市麗湖店內，雖然時間接近打烊，但是收銀櫃台前仍有不少顧客推著購物車、排隊等待結帳。

疫情期間，不論是店員還是顧客通通都戴著口罩。

此時有位外貌約六十歲左右的女客人要用禮物卡結帳，女店員張家佳掃過所有商品條碼，接過禮物卡後，問客人：「全部用禮物卡支付嗎？還是需要部份付現或刷卡呢？」

客人回問她：「怎麼？禮物卡裡面金額不夠付嗎？」

張家佳耐心解釋：「夠的。只是禮物卡結帳，是不開發票的。如果部份付現或刷卡，例如用現金付一元，剩下用禮物卡付，就能開發票給妳，妳就能多一張對獎了。」

豈料女客人竟彷彿深受震撼一般，倒抽一口氣，驚呼：「還有這一招！」

家佳因她的過分反應有點錯愕，但還是隨即點頭微笑說：「嗯，對啊。」

女客人撫著胸口一會，才冷靜下來說：「那我就付現一元，請妳開發票給我。」接著又上、下打量家佳幾眼，「從來都沒有人告訴我這件事。妳很不錯。」

張家佳回以禮貌一笑，又指向一旁加價購商品籃，趁機推銷說：「妳的禮物卡餘額還剩三十一元，下次可以考慮買這邊的限量促銷商品，全部都是低於五折，超划算的！」

女客人雙眼圓睜地說：「五折！限量的還等什麼下次？我現在就買！」說完又掏出一疊禮物卡。

張家佳不只外貌甜美，個性更是樂觀、樂於助人，對生活和工作也都充滿熱情，因此向來很有長輩緣，也是四季超市裡的「菜籃族殺手」，只要推銷東西，婆婆媽媽大多會買單。

待家佳結完帳，將發票遞給女客人時，女客人還十分鄭重地伸雙手與家佳握手致謝：「謝謝妳。」

家佳忙道：「應該的、應該的。」

雖然女客人反應怪異，但家佳從大學就在超市工作至今，見過的奇人怪事實在太多了，因此她不以為意地繼續為下一個客人結帳。

一陣結帳人潮過後，站家佳旁邊收銀、外型斯文挺拔的男同事陳致偉趁收銀區沒客人，對她說：「家佳，妳剛才幹嘛特別提醒客人另開發票的事？妳已經很忙了，幫她多開發票、還要解釋給她聽，不是自找麻煩、多浪費時間嗎？」

張家佳一邊低頭整理檯上的加價購商品籃，一邊回他：「我不覺得啊。」

「妳就是人太好了啦。」

「還好吧。」

「家佳、家佳。」

張家佳聽到有人喚自己，抬頭一看，回道：「阿珍姐，怎麼了？」

一個身材豐腴、留著一頭短捲髮，相貌約莫五、六十歲的婦人從麵包區走來，手上拿著幾袋即期麵包。她走到張家佳面前，說：「給妳一袋。妳太瘦了，要多吃一點。」

張家佳眼睛一亮，甜笑道：「謝謝，我好喜歡吃巧克力豆麵包。」說完便順手幫兩人結帳。

阿珍姐覺得她可愛，想伸手捏捏她的小肉臉，但是忍住了，只是摸摸她的頭，笑說：「一袋即期麵包就開心成這樣，這麼容易滿足啊。」

「這是今日小確幸。」張家佳露齒一笑，小小的圓臉上彷彿發著光。

「要是我女兒有妳這麼可愛就好了。」阿珍姐又對張家佳說，「我跟妳說喔，我上禮拜買了《朝來》。厚，幾天下來就賺了好幾萬塊捏。妳要不要也試看看？『萬國來朝』這四檔隨便買都賺啦！」

「萬國來朝？朝來？那些是什麼？」張家佳眨眨水汪汪的大眼，困惑道。

「『萬國來朝』就是最近四檔股價狂飆的生技股啦；萬安、國康、朝來和朝陽。我還打算再加碼買幾張朝陽，它是朝來的子公司。」

理財保守的張家佳向來都是將閒錢投定存，連儲蓄險、債券、基金都沒碰過，自然是不願意的。她回道：「我對股票沒興趣耶。」

「我原本也沒興趣啊。一開始別人勸我買，我也都說不要。後來我看我朋友她們都賺錢，才跟著買了一張朝來。幾天以後，我就後悔沒有多買幾張。妳不知道那種『每天沒做任何事，就多賺好幾千』的感覺。『被動收入』實在太讚了！」

「那是股價在上漲的時候啊，要是在跌的時候，妳就不會這樣想了。」張家佳反過來勸阿珍姐，「我覺得妳還是要適可而止比較好。」

「放心啦，朝來每天的交易量[2]那麼大，要是開始跌，一定可以很快就賣掉啦。」阿珍姐繼續說，「今年不是股市熱嗎？很多券商都有開戶優惠、手續費優惠，妳不趁現在台股一萬點的時候進場，難道要到一萬五的時候才進場嗎？」

張家佳搖頭說：「股票的風險太大了，我不想碰。」

就在這個時候，兩人背後突然傳來女人低沉冰冷的聲音：「我是請妳們來聊天的嗎？」

張家佳和阿珍姐嚇了一跳，同時對女人畢恭畢敬地說：「店長……」

薛店長身材高䠷纖細，留著一頭及下巴的俐落短髮，雖與張家佳年紀差不多，但卻多了一股不容置疑的威嚴。她推了一下眼鏡，雙手抱胸，冷眼瞪著兩人說：「還知道要叫我店長啊。把這裡當自家客廳閒聊啊？還不快去工作！」

「是！」

阿珍姐立刻小跑步離開，而張家佳將巧克力豆麵包收進櫃台下，繼續整理檯面。

夜已深，四季超市的鐵捲門已拉下。

尹富凱看鐵捲門上的營業時間，猜測現在已經過了十一點。

他東張西望了一會，心想：也不知道是不是真的會遇到那個「給我真正財富的人」。誰知道那個貴人會長什麼樣子。但松子向來算得很準，今晚就聽他的話再等等吧。反正也沒地方可去。

他坐在超市外面的長椅上，假裝在玩手機。其實螢幕是黑的，手機早就沒電了。他不僅不知道可以去哪裡渡過漫漫長夜，甚至連哪些公共設施有提供免費充電都不知道。

等了一陣子，他開始懷疑自己錯過那個貴人了。

「不知道現在幾點了。」他落寞地自言自語道，「看來我今晚真的要在街頭過夜了。」

「咕嚕咕嚕。」他的肚子忽然叫了起來。

早餐過後就沒吃東西的他，此刻餓到不行。偏偏他平常習慣刷卡，身上的零錢加起來還不到十塊錢，連一顆茶葉蛋都買不起。

他忽然意識到自己成了「流浪漢」了。

這個打擊對他來說實在是太大了，大到他鼻酸想哭。一個月前，他根本沒辦法想像自己會有這麼落魄的一天。

他好後悔，要是當初不那麼揮霍、不那麼死要面子，能再多一點積蓄就好；要是當初不那麼貪心、不那麼孤注一擲地借鉅額炒股，他現在也不至於如此。

不知道從以前到現在，有多少人因為我的關係，像我現在一樣流落街頭？這是我的報應嗎？

就在這個時候，一袋麵包突然出現在他面前。

他沿著提麵包的手往上看，是一個撐著傘，皮膚白皙、面容年輕可愛的女人，看上去像個大學生。

他狐疑地想：她就是那個「貴人」嗎？看起來不像有錢人啊。

她怯生生地問他：「那個……先生，你吃過晚餐了嗎？」

他愣了一會，慢慢地搖搖頭。

他看她身上白綠相間的Polo衫，印著「四季超市」一行小字，猜測她應該是這間店的員工，麵包應該也是在這間店買的。同時，他也注意到她胸前口袋上，有個小名牌。

他將名牌上的名字唸出來：「張家佳？」

她愣了一下，注意到他的眼神，趕緊將名牌拆下，尷尬地笑說：「對。剛下班，忘記收了。那個……我剛才經過的時候，好像聽到你的肚子在叫……」她將名牌隨手放進口袋，有些靦腆地笑說，

「不嫌棄的話，這袋麵包送你。」

她帶酒窩的笑容似曾相識，因此他心想：這個人好眼熟，我一定在哪裡見過。張家佳、四季超市……

記憶力過人的他馬上想起來了，暗自心道：啊！就是她！那個踩死蟑螂的小白兔！這麼巧？等等……松子說的『貴人』該不會也是在說她吧？不對，我在想什麼，區區一個超市店員，怎麼可能。

張家佳不知道尹富凱正在想事情，看他眼神呆滯，有點擔憂地在他面前揮了揮手，問他：「先生，你還好嗎？是不是餓昏了？」

他這時才回神，想到了宋子藤的叮囑，雖不認為這個張家佳就是「貴人」，但還是接過麵包。

他定睛一看包裝上的標籤，訝異地說：「十七元！這能吃嗎？怎麼會有這麼便宜的麵包？」

「當然！這個巧克力豆麵包很好吃的。只要打烊的時候有看到，我都會買回家當隔天早餐。」

「咕嚕咕嚕。」他的肚子似乎在催促他。

儘管他心裡對麵包存有疑慮，可是他實在太餓了，猶豫了兩秒還是決定吃它。

當他吞下第一口時，眼淚突然掉了下來。這是他吃過最好吃的麵包了。

她看他吃得狼吞虎嚥，很是同情，心想：不知道他到底餓了多久。他看起來這麼年輕，該不會是乞丐吧？好可憐啊。

他三、四口就將麵包吃完了。她又問他：「先生，你是不是遇到了什麼困難？我想我可以幫得上一點忙。」說完便摸摸口袋，打算將身上的零錢全給他。

他點點頭，連忙回道：「妳能借我一億嗎？」

「啊？」這下換她傻眼了。

「五千萬也行。不，三千萬就好。一千萬？」

張家佳聞言輕輕點了一下頭，心想：啊，原來他是神經病啊！還是智能不足或兩者皆是呢？怪不得他剛才在玩螢幕全黑的手機。唉，雖然看起來年紀比我還大，但心智年齡會不會其實只有五歲呢？

這麼一想，她覺得他更可憐了，便問他：「你爸媽呢？」

他也不知道她為什麼突然問候起自己爸媽，但她看起來很善良單純，於是他老實告訴她：「他們去世了。」

「啊！那……你家在哪？我送你回去，好嗎？還是你需要警察幫忙？我可以幫你打電話報警的。」

他黯然低下頭，小聲說：「不用了。我家破產，房子被查封了，我也回不去。」

她點點頭，同情地想：好可憐，爸媽去世又無家可歸，他一個人只能在街頭流浪。他現在一定很徬徨害怕吧？

於心不忍的她說：「我雖然沒有那麼多錢，但是我們家還有空房。如果你沒地方去，可以來我們家住一、兩晚。」

尹富凱初時因她的好心而心存感謝，但前一陣子處處受盡冷眼、借錢碰壁的遭遇令他對人性產生了懷疑。他開始擔心她是別有所圖，例如貪圖自己的美色。

因此他回道：「這個嘛……我考慮一下。」

他猶豫地想：雖然松子曾經說過，要盡可能接受那個貴人的贈與和幫助，但是這個張家佳就是我在等的貴人嗎？她一個超市員工有可能給我什麼財富？如果她不是貴人，我跟著她離開，錯過貴人怎麼辦？媽的，都怪松子，每次話都講一半。講清楚一點會死喔。

張家佳突然道：「如果剛才的麵包不夠吃，我們家也有很多東西可以吃喔。」

尹富凱腦海中頓時浮現一桌烤火雞、牛排、戰斧豬排、義大利麵……等熱騰騰、香噴噴的美食，理智線瞬間斷掉。

「那不用考慮了，走吧。」他猴急地接過她的傘。

路上，兩人有一搭沒一搭地說著。正當他幻想著自己待會可以在按摩浴缸裡邊泡澡邊敷臉時，張家佳突然停下了腳步。

「到了。」她說，「我家就在這棟。」

他抬頭一看，是一棟外觀老舊到磁磚剝落、看起來像鬼屋的公寓。

這對他來說無疑是晴天霹靂。他錯愕地說：「哇靠，這是危樓吧。」

她一臉無辜地說：「怎麼會呢，這棟屋齡才四十幾年而已。」

不遠處，宋子藤和霍天煦正站在街道暗處默默觀察尹富凱和張家佳。

霍天煦雙手抱胸，口氣冰冷道：「就是這個女的？你確定？根據我的人的調查，她的家境非常一般，怎麼可能會是阿凱命中註定的人。你要不要再算一次？」

「不必。姻緣大事豈能兒戲。我確定的很。」

當尹富凱要跟著張家佳進公寓時，霍天煦突然向前一步。

宋子藤連忙拉住他問：「你去哪？」

霍天煦理所當然地說：「當然是帶阿凱回我家住。難道你真的打算讓他住那麼破爛的地方？」

宋子藤沒好氣地說：「急什麼急。」

「你不是說，他們兩個相遇之後，就可以出手幫他了嗎？」

「這種子撒下去，都還沒發芽呢。還得給它時間開花才行。」

「可是她——」

宋子藤知道他心中的擔憂，溫言勸道：「別太早下定論。繼續看下去吧。」

股市小辭典

註1　散戶：相較於「大戶」（見第一章註釋）而言，散戶指的是投入資金較小的投資者。一般而言，絕大多數的民眾都是散戶。

註2　交易量：屬於「技術面」分析的其中一項。一般來說，交易量大的股票代表其是熱門股。流動量大的同時，股價波動也大。

Chapter 03

撿個流浪漢回家

張家佳住的公寓外觀讓尹富凱心生嫌棄，但是眼下他實在不知道可以去哪裡過夜，再加上肚子餓到不行，他只好說服自己張家佳就是宋子藤說的「貴人」，順著她的邀請、硬著頭皮隨她進公寓。

張家佳的家在五樓，這對於平時沒在運動又飢腸轆轆的尹富凱來說，簡直是要他的命。等到他爬到五樓的時候，都覺得自己快要虛脫了。

五樓是這棟老公寓的頂樓，天花板有壁癌不說，有些地方連水泥都掉了，裡頭的鋼筋還裸露出來，比外觀更像危樓。

半掛在樓梯欄杆上的尹富凱看傻了眼，心想：妳這不是在耍我嗎？房子爛成這個樣子，妳家裡肯定也很窮吧！還說要請我吃飯、收留我幾天。待會肯定也沒什麼東西好吃的。唉，完了跟錯人了。不知道現在回到超市門口等貴人還來不來得及？

他想找個藉口離開，無奈實在太喘，一時間竟說不出話。

張家佳打開家門時，室內光線灑了出來，他下意識抬頭一看，裡頭屋況比外面好上太多了。雖稱不上富麗堂皇但陳設溫馨樸實，令他頓時放心不少。

這一放心，飢餓的感覺就更強烈了。

「咕嚕咕嚕！」

無論如何，先在這飽餐一頓再說吧。他想。

眼前的畫面很奇異，客廳中央的三人座沙發被一隻白貓、一隻虎斑貓和一隻黃色土狗霸占，兩個貌似是張家佳的媽媽和弟弟分別坐在左右兩側單人座沙發上，而另一個像是她爸的男人則盤腿坐在沙發旁的地上。彷彿貓狗才是一家之主，張媽和弟弟是奴才，而張爸是牠們的寵物似的。

狗一看到陌生的尹富凱，立即警覺地吠叫幾聲，從沙發上跳下來、衝向他。

「地瓜，不可以喔。」張家佳出聲制止牠。

牠後退了一步，偏著頭一臉困惑地看著張家佳和尹富凱。

她將他簡單介紹給家人時，稱呼他是她的「朋友」，來借住幾晚。他一方面心存感激，一方面再度懷疑她對自己一見鍾情。

他不免有點煩惱：像張家佳這麼樸實的女生，應該不可能隨隨便便把男生帶回家。她家人一定以為我們發展到某個程度了，待會搞不好會問我們什麼時候要結婚。是不是應該一開始就主動強調說，我們只是普通朋友？

然而張家全家根本沒往那方面想，張爸瞪了尹富凱一眼，沒好氣地說：「又來了。」

尹富凱一驚，說：「又來了？」

什麼意思？難道她之前也帶別的男人回來？

不知道為什麼，想到這，他心中震驚之外又莫名多了一絲不平衡。

張家佳的弟弟打量尹富凱一眼，便語帶抱怨地說：「姊，妳也太誇張了吧。又帶流浪漢回來。」

張家佳一驚，連忙對弟弟比「噓」的手勢，說：「家華你不要這樣稱呼他，他會難過的。」

「流……流浪漢？」尹富凱錯愕地想：我是不是真的很像流浪漢？不可能啊，我一身名牌，而且還都是今年新款，難道他們沒發現？還有，聽他們說的意思是，張家佳之前曾經帶流浪漢回家過夜？難道她今晚收留我完全是出於好心，不是貪圖我的美色？不會吧！

想到這，他不自覺地摸摸自己的臉，心想：鬍子什麼時候長那麼長了啊？而且皮膚還很乾燥。不知道薛管家在幫我整理背包的時候，有沒有幫我把電動刮鬍刀和乳液放進去？頭髮又被雨淋得溼答答的。可惡，現在一定很塌、很醜！實在太丟臉了！

此時地瓜繞著他打轉，嗅了他一會後，認定他不是威脅，便友善地搖起尾巴。隨後白貓叫了一聲，地瓜彷彿收到指令，立即去叼額溫槍過來。

張媽熱情地招呼他說：「你吃過了嗎？」她看了一眼壁鐘又說，「應該還沒吧？我幫你熱個菜。家佳，我今天煮的是香菇雞湯，妳也喝點。」

說完，張媽量起兩人的額溫，說：「不好意思，疫情期間還是要量一下比較保險。」量完確定兩人都沒發燒，又替兩人的雙手噴酒精消毒，才領著地瓜走進廚房。

飯廳餐桌上的菜餚都是尋常人家的家常小菜，又是家裡晚餐吃剩的，擺盤自然不好看。尹富凱一看到菜色心裡再度嫌棄了起來，但是礙於張媽和張家佳實在熱情、好客，所以他不好意思表現出來，只是筷子懸在空中，遲遲不知該先從哪一道菜夾起才好。

「別客氣揑，盡管吃。」張媽夾了一大塊菜脯蛋給他。

他看蛋裡夾雜著一粒粒碎丁，用筷子戳了它們兩下，皺眉問道：「這些是什麼？」

「菜脯啊。」

他一臉狐疑地問她們：「好吃嗎？」說完便夾起一小塊蛋嗅聞。

「你沒吃過嗎？」張媽有些詫異，她和張家佳互看一眼，張家佳趁尹富凱低頭時，對張媽比手勢示意他「精神有問題」。

張媽立即了然地點點頭，轉而用同情的目光看著他，又多夾了一些菜給他，說：「來，趁熱吃，我煮飯很好吃揑。」

尹富凱盛情難卻，再加上飢腸轆轆，只好鼓起勇氣、閉上眼將那小塊蛋送入口中。

沒想到菜脯蛋的滋味如此美妙，菜脯的爽脆鹹香再加上煎蛋的滑嫩與青蔥的辛香，滋味一點也不輸給松露、番紅花、魚子醬。

他睜大了雙眼，開始夾菜、扒飯，大快朵頤一番。

同時家華對家佳招了招手。她一帶著媽媽回到客廳，家華便低聲說：「姊，妳是在哪遇到他的啊？他雖然看起來有點頹廢，但衣服看起來還很新，整個人看起來很乾淨，不太像流浪漢。妳不會是被他騙了吧？」

張家佳說：「可能他才剛開始流浪吧。」接著將她方才在超市前遇到他的經過悄悄告訴家人，包括她看到他在玩一支沒電的手機和聽到他肚子咕嚕咕嚕叫的細節。

飯廳裡的尹富凱還不知道，在他吃得津津有味的時候，客廳裡的四人已經一致認為他有精神疾病或智力缺陷了。

張媽雖然也很同情這個流浪漢，但她想了一會還是對張家佳說：「收留他一個晚上沒問題。但是家華明天就回學校宿舍了，妳爸後天又要出差，家裡只有我們母女倆，收留一個陌生男人總是不太好。妳上網查一下哪裡有收容所，明早就送他去吧。」

「可是——」

張家佳還想說點什麼，就被張爸打斷了：「沒有可是！妳能收留他到什麼時候？難道妳要養他一輩子嗎？家裡已經養了兩隻流浪貓、一隻流浪狗還不夠啊？妳要搞清楚，他是人，不是貓狗，同情心不要太氾濫了！」

吃過飯後，尹富凱看到廚房的時鐘，才意識到時間早就已經過十二點了。按宋子藤的說法，就算張家佳不是那個他該等的人，他現在回超市也已經錯過時機點了。

唉，現在只能期望張家佳就是那位「貴人」吧。雖然完全看不出來他們家有什麼能耐。他想。

而張家佳帶尹富凱到客房休息後，便回到自己的房間內。

她房裡到處都放滿了夜市套圈圈贏來的玩偶，還有一個袖珍的雜貨店模型屋，給人一種兒童樂園般的童趣感。當她拿起其中一顆迷你橘子時，時光瞬間倒流，回到張家佳小學六年級的時候。

有天老師出了一篇作文作業，題目是「我的志願」。

小家佳回到家後，在作業本上寫完題目，就雙手撐著臉頰，一直盯著本子皺眉苦思。

張媽媽見家佳想了兩個小時，一個字也沒擠出來，便對她說：「走，跟我一起出門買菜。說不定妳出去走走後就有靈感了。」

兩人來到家裡附近的四季超市，媽媽推著購物車帶家佳逛了一圈後，問她：「有什麼靈感嗎，家佳？」

家佳愁眉苦臉地搖了搖頭。

媽媽輕撫她的頭，對她說：「告訴我，妳看到了什麼？」

家佳不明所以地仰頭看了一眼媽媽，接著視線環顧一圈後道：「醬油、蛋、菜、水果、肉，還有一些有的沒的。」

媽媽聽了莞爾一笑，雙手搭著她的肩膀溫柔地說：「媽媽覺得啊，這是全世界喔。」

家佳雙眼圓睜，困惑道：「啊？全世界？」

「對啊。」媽媽指著架上的商品對她說，「妳看，這是義大利的橄欖油、我們台灣的醬油，那是紐西蘭的奇異果、美國的櫻桃。還有那邊，有法國的紅酒、日本的清酒。架上的每一樣商品，都是來自世界各地的人的努力結晶。而超市就是一座橋樑，幫助好產品遇到更多人。超市就是一個自己能賺錢，也能幫助其他人賺錢的地方。」

家佳眼睛閃爍起光芒，興奮地說：「超市真了不起！媽媽，我想到我將來要做什麼了！我將來長大也要開超市！我要當超市老闆！」

開超市談何容易啊。儘管媽媽感到詫異，覺得女兒太天馬行空了，但女兒畢竟年紀還小，也不能打擊她。所以媽媽對她微微一笑，語帶鼓勵道：「有什麼想法都好。我只是想告訴妳，只要是正當工作，能養活自己，又能幫助到別人，不管是什麼工作，媽媽都會支持妳。」

這便是家佳夢想開超市的源頭。

想起這段記憶，家佳不僅莞爾一笑。

將迷你橘子放回迷你蔬果籃，她轉而坐到電腦前，一邊搜尋失業遊民的去處，一邊對桌上的兔子玩偶說：「他到底是有精神疾病還是智力低下，還是兩者都有呢？又不能直接找他問清楚，怎麼辦？不知道依他的條件能不能到工作站登記、找工作。如果他沒有精神疾病的話，不知道能不能去應徵烘焙屋……唉算了，還是先幫他找收容所吧。」

牆的另一頭，客房空間較小且布置得簡單，只有一張床、一張書桌和一個單門衣櫃，一眼便可望盡。

在尹富凱眼裡，這間客房寒酸的像大學宿舍，但眼下有人願意收留，他好像也不該再繼續嫌東嫌西。

現在想想，他都覺得自己很誇張，才認識張家佳幾分鐘，居然就跟著她回家了。

他搖頭輕笑，看到牆角的插座，眼睛頓時一亮。

可以充電了！

他打開背包要拿充電器時，留意到裡面的衣物都被薛管家摺得整整齊齊。他突然好想家、好想念以前的生活。

但是那個家，他再也回不去了。

就在這個時候，他發現衣服裡面夾著一封Ａ４大小的信封袋。打開來一看，竟然是薛管家幫他準備的履歷表和信封袋；袋裡有一疊紙鈔，想必是薛管家給他拿來應急的。

從小到大，薛管家總是設想周到地幫他準備、打理好生活中的大小事，讓他幾乎是「茶來伸手、飯來張口」。以前他總將這一切視為理所當然，現在回頭想想，就連他爸媽也沒辦法像薛管家這樣無微不至地照顧他起居、包容他的幼稚任性和頤指氣使。

薛管家看著他長大的同時，他又何嘗不是看著薛管家慢慢變老啊。

一想到這，他看著信封袋，後悔道：「以前應該要對老薛好一點的。至少應該聽他的話，不要總是花錢如流水……」

他又想到宋子藤在平安夜時對他的叮嚀，還有萬芊當初勸他不要砸那麼多錢炒興櫃股。只是現在後悔又有什麼用呢？

他將手機接上充電線後，開啟手機、點開 LINE，打了通網路電話給萬芊。她還是沒接。這兩天傳給她的訊息依舊是已讀不回。他開始害怕自己要被萬芊冷處理、被分手了。就算真是如此，現在背負龐大債務、連個住的地方都沒有的他，又能怎麼挽回她？拿什麼挽回？

關燈就寢後，滿腹心事又心情鬱悶的他，在床上翻來覆去許久就是睡不著。

他看著天花板想道：變賣所有財產之後，我還欠銀行六千五百多萬，如果房子在第三拍被賣掉，就能還清這筆錢。但是如果流到第四拍怎麼辦？明天我又該何去何從？如果不想上街要飯，是不是就只能開始投履歷、找工作？

他忽然覺得自己過去的奢華生活宛如黃粱一夢、轉眼成空，不免再次感到惆悵。

「唉，過去幾年投資賺了那麼多錢又怎麼樣？一夕之前就全沒了。唉……看來今晚又要失眠了……」

突然腳邊傳來毛茸茸的觸感，他下意識縮腳、彈坐起來，是白貓和虎斑貓跳到床上了。

意識到客廳照進來的夜燈光線，他才發覺房門被打開了。

「薏仁、花生你們幹嘛？」他不滿地命令牠們，「下去。」

兩隻貓不為所動，只是盯著他看。

他不耐煩地將牠們抱出去，關上門、回床上後，疑惑地想：不對啊，牠們怎麼進來的？難道是剛才門沒關好？

他閉上雙眼沒多久，房門又被打開了。

他轉頭一看，薏仁踏著優雅的步伐走進來，而花生一雙前腳抱著門把，正在空中盪呢。

「靠，你會開門！」

兩隻貓再次跳上床，一左一右、完全不客氣地躺在尹富凱身邊。

在寒冷的冬天裡被貓咪包圍的感覺，特別溫暖療癒、特別有安全感，他忽然覺得眼皮好重。

完了，怎麼突然睡意那麼濃？我該不會被下藥了吧⋯⋯

這個念頭才剛閃過腦海，他就睡著了。

Chapter

04 潛力股

隔天早晨，張家佳來到客房門口，往內一看，床上的尹富凱被薏仁、花生和地瓜團團包圍，一起呼呼大睡。

她覺得眼前畫面很有愛，忍不住輕笑了起來，輕輕敲門說：「起床了，你們四個。吃早餐囉。」貓狗的耳朵特別靈，一聽到「早餐」二字便跳下床往外跑。床上這番動靜吵醒了尹富凱。他慢慢睜開雙眼、適應光線後，坐起身、伸了個懶腰，感到神清氣爽。

這是一個多月以來，他第一次一夜好眠。

感受到陽光，他轉頭往窗外看，是一片綠意盎然的公園，令人看了心裡平靜。

他一走出客房，就注意到客廳有著大片採光，整個屋子顯得窗明几淨，給人一種舒服恬靜的感覺，就像是張家佳。

現在想想，這棟公寓本身雖老舊，但它所在的地段是交通便利、生活機能很不錯的文教區。是他小瞧了張家佳，其實她的家境應該是不差的。

當他來到飯廳時，張爸、張媽已經吃得差不多了，張媽起身招呼他說：「來，坐這邊。今天早餐是火腿蛋吐司，吃不夠再跟阿姨說。」

向來習慣一個人吃飯的尹富凱，不太自在地坐了下來。

張家佳對他道了聲「早安」，而張爸正在看晨間新聞，沒留意到他。

張媽對張家佳說：「妳弟咧？還在睡？」

「對啊。」張家佳又說，「就讓他睡吧，他今天是下午的課。」

張爸看到一半，指著電視說：「老婆、家佳妳們看，《群護》那檔股票的投資人都血本無歸了。現在自救會居然想申請國賠，真是太可笑了。所以我說嘛，千萬不要買股票，不然遲早傾家蕩產。」

張媽有些不耐煩地說：「好啦好啦，講過多少遍了。」

「我這不是怕妳們誤入歧途嗎？」張爸不放心地問張家佳，「妳有沒有買股票？」

張家佳搖頭，張爸指著尹富凱的鼻子問：「你有沒有買股票？」

「我？呃，沒有。」尹富凱心虛地否認。

張爸滿意地說：「很好。買股票就跟賭博一樣，十賭九輸。」

尹富凱不以為然地想：放屁。股票投資是一門學問，好不好。你以為那些投信公司是整天擲骰子選股嗎？專業投資人選股的標的都是經過一連串理性、多方的數據分析，才篩選出來的。你憑什麼說買股票跟賭博一樣？

這些話差點就脫口而出，但話到了嘴邊，又默默吞了回去。他很想當面反駁，但他知道現在最沒資格反駁的人就是破產的自己，只好憋著一肚子氣、低頭默默啃吐司。

張爸看了一眼時鐘，說：「好了，我要去上班了。」

他離開飯廳一會，又拿了支沒拆封的拋棄式刮鬍刀來，對尹富凱說：「給你。最起碼把鬍子刮乾淨吧。一臉流浪漢的樣子……」

張家佳聽了馬上勸道：「爸，你不要這樣說他，他聽了會難過的。」

張爸不滿道：「幹嘛？我供他吃住，還要顧慮他的心情喔。」

張家佳湊到張爸耳邊，對他悄悄說：「他是神經病，要是受到刺激，想不開怎麼辦？」

張爸其實是刀子口豆腐心的人，聽女兒這麼一說，心裡也有些顧慮，便只小聲交代她待會將人送走，隨即出門上班。

飯後，尹富凱進廁所刮鬍子。他以前用電動刮鬍刀用慣了，這還是他第一次使用拋棄式手動刮鬍刀，刮了半天才總算把鬍子刮乾淨。

他照著鏡子，沾水將長長的頭髮簡單往後梳理，整個人看起來就精神多了。他對鏡中的自己說：「是該面對現實，開始找工作了。」

但是，該從哪裡開始找起啊？

此時在廚房洗碗的張家佳正在煩惱尹富凱的事。昨晚她搜尋了一會附近的收容所，但是那邊的環境並不好，她擔心有精神問題或智力缺陷的他不能適應或是被欺負。於是她便想，尹富凱四肢健全，雖然偶爾會冒出奇怪的話，但精神狀態看起來很穩定，基本的應答也不成問題，或許她可以推薦他到四季超市當工讀生。要是他能預支薪水，租間雅房就不成問題了。

但是，超市工讀生需要面對顧客，形象不能太邋遢啊……

就在這個時候，尹富凱正好從廁所走出來。

陽光照在他乾淨的側臉上，將他略為消瘦的五官襯得更為深邃。張家佳這時才發覺他的長相有多麼俊帥。

這個形象太可以了……咦，他怎麼那麼眼熟？我是不是在哪裡見過他？

他注意到她愣愣地看著自己，劍眉一挑，眼神中帶著探詢。

張家佳意識到自己失態，馬上害羞地別過視線，說：「那個……行李收好，我們就出門吧。我送你。」

他知道她這是在委婉地趕他走，心裡莫名有點苦澀。他點點頭，快快走進房間，將東西胡亂塞進背包後，又回到客廳。

張媽送他和張家佳到玄關處時，拍拍他的手臂說：「好好振作，你還年輕，沒什麼事是不可能的。記得按時吃藥喔。」

「吃藥？」他不太確定自己是不是聽錯了。

張媽和張家佳交換一下眼神，張媽有些尷尬地擺擺手說：「沒什麼、沒什麼。」

張家佳馬上催促道：「走吧。」

兩人下樓，沿著公園的人行道往巷口走時，張家佳對他說：「我先帶你去我工作的地方應徵看看好不好？」

「妳工作的地方？四季超市？」

「嗯。」張家佳點頭說，「每天都可以買便宜的即期品回家吃喔。」

「爛死了，這哪算是誘因啊。」

「不算嗎？我覺得很棒啊。」

「嗤。平民老百姓。」接著他又想：不過……宋子藤說過，要盡可能接受貴人的贈與和幫助。假設家佳是貴人，我是不是也要接受她幫我找的工作？

尹富凱大學時念的是財金系，原想到一般公司應徵相關職缺，但一來是他已經脫離社會三年，恐怕一時間沒那麼容易應徵上；二來是因為他急切需要一個穩定的收入以負擔房租，所以他決定先拿下超市的工作後，再慢慢找其他正職工作。

於是他點頭答應。此時他心裡突然冒出一個念頭：如果在四季超市打工的話，應該會常常看到家佳吧。

想到這，他偷瞄了她一眼，她正打電話給阿珍姐，將尹富凱的事大略告訴她，並請她待會幫忙說話。

阿珍姐的嗓門大，話筒傳出的聲音連尹富凱都聽得一清二楚：「夭壽喔，流浪漢妳也敢帶回家？妳就不怕他把妳怎麼樣？而且現在是疫情期間耶！」

張家佳將手機拉遠，忙道：「別擔心啦，我家人都在，很安全。」

「萬一他是什麼通緝犯，趁你們全家睡覺的時候偷錢、滅口，怎麼辦？居然收留了他一個晚上，你們全家都太誇張了啦。」

「好啦，我們快到超市了。晚點再說。」張家佳掛上電話後，鼓勵尹富凱說，「雖然你爸媽去世、家裡又破產，但活著就有希望。每一天都是新的開始，你要趕快堅強起來才行。」

雖然這些都只是尋常的老生常談，但不知道為什麼，從張家佳口中說出來就是特別真誠、特別鼓舞人心。

「嗯，每一天都是新的開始。」尹富凱複述她的話。

陽光穿過樹梢灑在她的身上，她回以微笑的剎那，帶酒窩的純真笑容、帶臥蠶的杏眼和閃爍光澤的飄逸髮絲都美的讓令他心頭一震。

他也跟著微笑了起來。就在這個時候，內心有個聲音告訴他：沒錯，家佳就是宋子藤說的貴人。

雖然他暫時還不知道她能怎麼給他真正的財富，但心裡已然覺得溫暖。

兩人還沒到四季超市，就看到阿珍姐站在店門口，面有憂色地來回踱步。

她一看到張家佳，立即向前道：「妳說的那個流浪漢咧？」

尹富凱頓時覺得有支箭射進自己胸膛，心裡罵道：幹！為什麼全世界的人都叫我流浪漢！

張家佳看了一眼尹富凱，勸阻阿珍姐：「妳不要這樣說人家啦，他會難過的。」

「喔。」阿珍姐疑惑地打量他一會，「妳說的流浪漢，呃不，妳說的那個先生就是他喔？他不像流浪漢啊。」

「就是他啦。」張家佳說。

尹富凱覺得胸口那支箭才被拔出一半，又被猛力刺得更深。

心痛啊。

「真的喔！」阿珍姐又再次打量他，「厚，那妳眼光很好耶，路邊撿回了一個潛力股[1]。」

尹富凱嘴角微微一勾，回她一個勉強的微笑。

「妳在說什麼啊？妳最近是不是玩股票上癮了？開口閉口都是股票。」張家佳又說，「好了，我們先進去吧。待會麻煩妳一定要幫他說話喔。」

「沒問題。」阿珍姐又對尹富凱說，「你要是真的應徵上，要請我們喝飲料喔。」

他還沒來得及開口，張家佳便忍不住說：「這太強人所難了，他自己都沒飯吃了，哪有辦法請客啊。」

尹富凱低頭看了一眼自己，彷彿看到胸口又多了一支箭。鮮血淋漓啊。

股市小辭典

註1　潛力股：指的是市值被大幅低估的股票。例如，有些公司營收極差、甚至周轉不靈、瀕臨倒閉，這時他們公司發行的股票股價可能跌到不足五元，需要全額交割才能買賣。不少知名投資客就是以擅長投資「全額交割股」聞名，他們看準該公司仍有大筆土地資產可變賣還債，且公司本身體質良好、產品具前景，仍有翻身可能，所以在極低價時大量買入，在股價漲數十倍後賣出，賺取暴利。

Chapter

05 虎落平陽

張家佳帶尹富凱到店長辦公室門前，低聲對他說：「我們店長姓薛，看起來很兇，但其實是一個明理的好人，你不用緊張也不用怕她。」說完，她先深呼吸了一會才敲門。

尹富凱看了想笑，心想：到底是誰要應徵啊，妳怎麼比我還緊張？

「請進。」從門內傳出的女人聲音低沉卻有力。

其實張家佳才是真的怕店長的人。她不敢直視店長，推開門後瞄了她一眼，便低下頭，怯生生地說：「店長，那個……這位是我朋友，他來應徵工讀生的。」

店長正在忙，她一邊盯著電腦螢幕，手指一邊飛快地在鍵盤上游移，頭也不抬地問：「以前有在超市打工過嗎？」

尹富凱直截了當地說：「沒有。」

「那有打過什麼工？」

「完全沒有。」

張家佳忙道：「但是他做事勤快、認真負責。我會好好帶他，他一定很快就可以上手的。」

店長沒抬眼，又問：「有帶履歷表嗎？」

張家佳愣了一下，正要開口，尹富凱突然開口：「等一下。」他從背包裡抽出一份履歷表，單手隨意扔到桌上。

張家佳瞪大了眼，心想：你也太不敬了吧！完了、完了，這下你真的要去住收容所了啦。

店長也因他的無理舉止而眉頭微皺，然而當她掃過一眼履歷表，看到上面的大頭照和人名，雙眼立即睜大、抬起頭來看他。

尹富凱對上店長的視線，不明白她為何如此訝異。他不記得自己曾經見過她。

同時張家佳也有些驚訝尹富凱居然有準備履歷表。她低頭看了一眼表格，發現他竟是椰林大學財金系畢業！

她暗暗吃驚：椰林大學！是全台灣最好的大學啊。能考上那所大學的人，應該都是天才吧。太好了，他沒有智能障礙！

接著她腦中已在瞬間腦補出一段前因後果：尹富凱原本是個天才，結果爸媽意外過世的打擊太大而發瘋，之後又面臨家裡破產、被迫流浪街頭……

想到這，她對於尹富凱的同情指數又創下新高了。

店長說：「家佳，妳先出去一下。我要單獨面試他。」

「喔。」張家佳不太放心，她出辦公室前，又轉頭對尹富凱說，「放輕鬆。加油。」

在門外等待的阿珍姐一看到張家佳出來，就馬上問她：「怎麼樣？」

「店長正在跟他面試。」

「等他面試完，我馬上進去幫他說幾句。」阿珍姐看張家佳一臉擔心，又安慰她說，「安啦，只是工讀生而已，條件應該不會抓太嚴啦。不過就算沒應徵上，妳也別自責。他不過是流浪漢，非親非故的，妳已經仁至義盡了啦。」

「他真的很可憐，我真的很想幫他。」

張家佳將尹富凱的學歷和自己的猜想全都告訴阿珍姐。

阿珍姐也是熱心腸，她聽了以後也覺得他很可憐，於是便決定，要是他被錄取，她以後就要多照顧他一點。

◇

張家佳一走出店長辦公室，店長便緩緩站起身，態度不冷不熱地對尹富凱說：「你就是那個『連喝可樂都要人拿到面前』的大少爺尹富凱？」

尹富凱挑眉問道：「妳認識我？」

「你以前是不是住在楓林社區，家裡有一台紅色麥拉倫和一台藍色瑪莎拉蒂，但最近破產、家裡被查封？」

突然被陌生人揭底，尹富凱嚇得往後一退、雙手抱住自己說：「哇靠，妳誰啊？」

店長開門見山地說：「其實我們以前有見過幾次，但你大概忘記我是誰了。我們第一次見的時候，你才剛升高一，而我還在念國中。」

「所以妳是？」

「薛世美。」

「誰？」

「我是薛宏志的女兒。」

「薛宏志？啊！該不會是……老薛吧？」

店長翻了圈白眼，不悅地說：「什麼叫做『該不會』？我爸在你們家當了三十年的管家，你竟然還不確定他叫什麼！」

尹富凱因心虛而別開視線，心道：倒也不是不確定，只是沒想到他小孩已經長這麼大了。

店長看他一臉尷尬，不知該氣還該笑，她閉眼、嘆了口氣又說：「總之，我爸常跟我提到你，包括最近的財務狀況。」

「應該都不是些好聽的話吧。」尹富凱有自知之明地說，「看來我是不可能應徵上……」

「誰說的。」店長說，「你是難伺候沒錯，但如果不是因為你給的薪水高，我爸也沒辦法資助我開這間超市。說起來，我還得感謝你。總之，你被錄取了。」

尹富凱眨了眨眼，訝異地想：真是峰迴路轉，前面說了那麼多廢話，居然還是錄取我了。而且是這麼輕易就錄取我了！看來家佳這個「貴人」的運氣加乘效果還不賴。

店長又問他：「你現在有地方住嗎？」

「唉……坦白說，沒有。」尹富凱一邊搖頭，一邊苦笑，「所以我現在急需一份穩定的收入，而且我需要向你預支薪水、開始找租屋了。」

店長想了一會，說：「我得先觀察你的工作表現，再決定是否預支薪水給你。但考量到你現在的狀況，我會破例讓你領周薪。不過，我猜你每周的薪水都會自動被銀行扣除固定比例作為還款，所以實際拿到的會更少。這樣吧，如果你暫時找不到地方住，你可以在打烊後，暫住在休息室內。」

「你們休息室有床啊？」

「沒有，你得打地鋪。睡袋我們超市有賣。基本上，只要是生活必需品，我們超市都有賣。你待會可以直接請家佳幫你用員工價買。」

「喔。」尹富凱心想：付出去的薪水又再賺回來，這算盤打得真好。

「你就趁今天開始工作吧。早班是最輕鬆簡單的，家佳今天也上早班，剛好可以帶你。」店長看了一眼電腦上的時間，「時間差不多了，晚點我會交代值班經理，他會告訴你要做什麼。基本上第一個禮拜都是補貨、拉籠車。有什麼問題，就問家佳和阿珍姐。」

「你們四季超市工時這麼長嗎？從早上八點半到晚上十一點半？我昨天遇到家佳的時候，都已經快晚上十二點了。」

「不是，我們是四班制。她昨晚臨時幫同事代班，今天早上又接著上原本排定的早班。」

尹富凱挑眉心想：家佳看起來就是個爛好人。一定是太心軟又太好說話，所以常常幫人代班。

想到這，他莫名有點心疼她。

「了解。」他說，「沒別的事，我就先出去了。」

他轉身就要走出辦公室，店長突然喊道：「等等！」

他停下腳步，轉頭看店長。

店長原想問他，他和家佳是什麼關係、怎麼認識的，但想想還是算了，便改問他：「不說聲『謝謝』？」

「謝啦。」他隨口一說，便走出辦公室。

店長看著被關上的門，自言自語道：「還是那麼不懂禮貌。」

她想起她第一次見到他的時候。

那時她還是個平凡的國中生。有天在放學路上看到一隻受傷的流浪狗，在前往動物醫院的路上，恰巧碰到正載著尹富凱回家的爸爸，也就是薛管家。

當時後座車窗一降下，她就被相貌英俊、神情有些高傲的尹富凱給吸引住了。

尹富凱得知緣由後，便讓她抱著狗上車，並且要薛管家先載她和狗去動物醫院再回家。

一路上，還是高中生的尹富凱，言語雖無禮傲慢，卻很關心受傷的流浪狗，時不時流露出一股男孩的幼稚天真，令她印象深刻。

抵達醫院門口時，尹富凱隨手給了她一張空白支票，表示願意支付全額的醫藥費。她因此對他有了一點好感。

狗順利動完手術並住進醫院後，她才安心離開。由於牠實在可愛乖巧，她原打算將牠帶回家照顧，沒想到尹家先一步領養牠了。

她初時有些不甘心，還埋怨爸爸太晚帶她回動物醫院。之後她又擔憂狗的傷勢，因此幾天後便跑到尹家外，想找機會看狗。沒想到正好撞見尹富凱和狗正在花園草地上玩。

午後的陽光下，燦笑的尹富凱是如此的耀眼迷人。而已被清理、梳剪過的狗看起來是如此地快樂、充滿活力。

那一刻，她忽然覺得：幸好領養狗的人是尹富凱，他能給牠的遠比自己多太多了。她應該要為牠開心，因為牠找到了一個可以照顧牠、疼愛牠的好主人。

也在那一刻，她對尹富凱動了心。

後來她常以「探望狗」為由去拜訪尹家。尹富凱雖同意，卻不再理她，連一個正眼都沒有。她就像是尹家的傭人一樣，被他當成是空氣。

她才意識到：那天如果不是因為那隻流浪狗，她根本不會有機會見到尹富凱、與他說上話。而爸爸口中，向來高高在上、不可一世的尹富凱也根本不可能理她。

想來也是，她只不過是管家的女兒，如何配得上尹富凱？他又有什麼理由與她做朋友？

意識到兩人身家背景的懸殊差距的她，始終沒有勇氣主動向前和他說話，連向他打招呼都做不到。只能一直默默地偷看著他。

幾年後，狗因心血管疾病去世，她從此沒有理由再去尹家。再加上她那時已升上高中，課業繁重的情況下，只能收起自己初萌芽的暗戀心思，告訴自己不該心存妄想。

這段青澀的暗戀就此止步，而這段記憶也從此深埋在她心裡多年。

片刻後，薛店長的思緒從回憶裡抽回，不自覺地喃喃道：「但現在不一樣了。他不再是富二代，我也不再是『管家』的女兒……」她露出難得的笑容，眼鏡下的雙眼閃爍，「雖然現在憔悴削瘦不少，但還是很有魅力。」

員工休息室內，一個年近五十，頭髮稀疏、身材圓胖的王經理正站在白板前，分派員工今日負責的工作項目。

而早班員工們則坐在長桌左右兩邊的折疊椅上，按王經理點名的順序一一應和。

「……好，沒問題就上工。」王經理指著尹富凱說，「你留下。我拿制服給你。」

尹富凱點頭回應。

其他員工一一起身離開，王經理轉身從旁邊櫥櫃裡找出一件全新的員工制服，粗魯地將它扔給尹富凱。

尹富凱單手接住，拆開包裝後，將制服在身上比了比，面露嫌棄。

與此同時，仍在座位上的張家佳深吸一口氣，從自己的包裡拿出一疊裝訂過的Ａ４紙，走到王經理旁邊，雙手將它遞給他說：「經理，這是我打的一些建議，希望有助於提升我們店的商品銷量。」

王經理低頭掃過封面斗大的標題《門市改善建議書》，並沒有直接接過來，反而抱胸冷哼一聲，語帶譏諷地說：「『改善建議』？」

家佳遲疑地點了點頭，略帶怯意地問王經理：「怎、怎麼了嗎？」她雖聽得出他的口氣有異，但不知道哪裡做錯了。

王經理回以臭臉，冷道：「放著。」然後用下巴指著門的方向，示意她可以去工作了。

「喔喔喔。」

家佳將建議書放在王經理身前的桌上，正要往門邊走時，尹富凱忽道：「好醜喔，而且肩線還不合、線頭一堆，還有味道。我不要穿。」

王經理叉腰怒道：「你以為你是誰啊，還挑三揀四的！」

尹富凱詫異道：「你、你竟然這樣跟我說話？你知不知道我是——」

「是什麼？你給我搞清楚狀況：要不是店長看你可憐，給你一份工作，我看你頂多就是當個乞丐，在門口乞討！」

一旁的張家佳試圖阻止王經理說：「不要這樣說他，他會傷心……」她話講到一半，感覺到王經理殺人的視線，忍不住縮到阿珍姐身後，聲音也越來越小。

王經理罵得比當日小吳還狠，向來養尊處優的尹富凱如何嚥得下這口氣。火一上來，他將制服往王經理身上扔，向前語帶威脅道：「你再說一次試試看！」

「造反啊你。」王經理也不甘示弱地挺胸、往前站，鄙視道，「脾氣還挺大的啊，你以為你是大少爺啊。好手好腳，都已經大學畢業了，還來超市當工讀生，不是廢物是什麼？別以為我不知道喔，你那份履歷我剛才看了，大學畢業到現在都三年多了，中間在幹嘛？是不是在家裡啃老、混吃等死啊？」

阿珍姐也出來勸道：「好了啦，王經理，大家日子都過得不容易。」

「干妳什麼事？輪得到妳插嘴？妳以為妳是什麼東西？也不看看妳都多大年紀了，除了我們店，哪家還願意雇用妳這個阿嬤？你們要搞清楚狀況耶，要是你們真的有本事，今天就不會只能站在這裡挨我罵了啦！」王經理變本加厲，用粗短的手指指著阿珍姐、張家佳和尹富凱，邊罵邊噴口水：「廢物、廢物、廢物！怎樣！」

「放肆！」尹富凱抬手就要揍人。

王經理反射性地彎腰、用雙手護住自己的頭。他平常作威作福慣了，沒預料到會有人敢向自己動手，嚇得匆匆拿起桌上的保溫杯，邊跑出休息室邊不甘示弱說：「換好制服就馬上出來，別想偷懶！」

尹富凱追上去、抬腳就要踹他屁股，可惜被張家佳和阿珍姐拉住，沒踢中。

他氣得握拳大吼：「我要客訴！叫你們店長出來，我要他向我下跪道歉！」

阿珍姐說：「客訴個鬼啊！你以為你是什麼高級餐廳的ＶＩＰ啊。這件事，你叫店長來也沒用啦。」

家佳也說：「王經理是店長的親戚，你要是真的動手，不只會被開除還有可能被告。要是沒錢、沒地方住，你真的得去住收容所了。」

阿珍姐說：「那個王經理就是嘴賤啦。你就當他是野狗在叫就好，沒必要因為他的話生氣。」

尹富凱甩開兩人的手，滿肚子氣卻無處發洩，低聲咒罵了幾句，心想：可惡！要不是現在有困難，我根本不必忍這王八蛋！真是虎落平陽被犬欺！

家佳幫他把地上的制服撿起來、拍一拍，遞給他。接著才發現自己寫的建議書還在桌上。她正想拿給王經理，就被阿珍姐拉住。

阿珍姐對她搖搖頭，說：「妳沒注意到他剛才的態度嗎？他打從一開始就不想收妳的建議書。不然建議書明明就放在保溫杯旁邊，他為什麼只拿了保溫杯？他是故意不拿的。」

家佳畢竟還年輕，人情世故的道理也只比尹富凱多一點點而已。她疑惑道：「為什麼他不想收？我真的覺得我們店還有改善空間。如果可以提升銷量，這樣不是很好嗎？而且我這份……」她聲音轉小，但口氣更哀怨，「打了好幾天耶。」

「傻孩子。其他人我不敢說，但他的想法肯定跟我一樣，都覺得反正是領固定薪水，做到該做的就好，幹嘛沒事找事做。再來，妳想啊，銷量提高對他來說有什麼好處？他薪水會變高嗎？不會。銷量高反而代表店裡會更忙。而且他仗著自己是經理，根本瞧不起我們這些基層員工，又怎麼會認為妳的建議有價值呢？」

家佳聽了有些失望道：「那我不就白打了嗎？」

尹富凱對家佳說：「妳就直接交給店長啊。順便告訴她那王八蛋罵妳廢物。」

家佳才點頭，阿珍姐又阻止道：「不行啦，越級報告是大忌耶。妳直接越過他，帶阿凱向店長應徵可能還事小，畢竟本來就是由店長直接面試。但越級報告店內有什麼地方要改善，不就是變相告訴店長：王經理還不如妳一個基層小員工用心？他心眼那麼小，要是因此懷恨在心，之後找妳麻煩怎麼辦？」

尹富凱對阿珍姐說：「沒那麼嚴重吧？妳想太多了吧。」

阿珍姐說：「哎，你們不要看我是二度就業的歐巴桑，就覺得我與時代脫節、什麼都不懂。我以前年輕的時候也在大公司工作過好幾年好不好。職場的眉眉角角還是要聽我的啦。」

尹富凱煩躁地撥頭髮說：「煩死了，明明就是那個王經理有問題，大家也都知道。但是店長不開除他也不懲罰他，還要我們容忍他、揣測他的想法、避免惹到他。媽的，有沒有搞錯啊！」

「沒辦法啊，出來呷頭路就是這樣啦。」阿珍姐看尹富凱處境堪憐、又受了委屈，又對他說，「我告訴你啦，你現在就是忍、就是努力工作賺到第一筆錢。你領到薪水後也不要亂花喔，要像我一樣把一部份拿來買股票。低買高賣，這樣才能早點存到錢去租房。」

她說完就開證券ＡＰＰ，給他看自己買的飆股「朝來」，說：「來，我教你。你看Ｋ線走勢圖上方有顯示５ＭＡ[1]，只要股價跌到比５ＭＡ還低再買就可以了，很簡單吧。」

尹富凱聽了不屑地想：班門弄斧。妳這個菜鳥就等著被割韭菜[2]吧。股票分析不只要看技術面，更要看基本面、籌碼面和消息面。就算是技術面好了，妳也看得太隨便了吧。

家佳認為風險太大，急道：「不行啦，阿珍姐妳瘋了嗎？」

阿珍姐說：「反正他現在一點存款都沒有，就算領到薪水，那點錢也不能幹嘛，倒不如拚拚看啊。」

「萬國來朝」這四檔最近實在太紅了。尹富凱也有分析過，其中兩檔目前確實還有肉[3]。再者，這四檔都是上市、上櫃股，單日漲跌各有一〇％限制，對他來說遠遠比興櫃股風險低。

因此他思考了一下便爽快地應道：「沒錯，我想拚拚看。」

家佳瞪大眼睛說：「不要亂下決定啊，喂！」

股市小辭典

註1　MA指的是均線，是技術面分析的重要指標之一。5MA是五日線，俗稱週線，即過去五個交易日的平均收盤價。以此類推，20MA是二十日線，俗稱月線。60MA是六十日線，俗稱季線。

註2　割韭菜：「韭菜」指的是被大戶操控、坑殺，源源不絕的新散戶，常常高買低賣。「割韭菜」指的是主力將股價炒到高點後大量賣出。因為少了主力炒股，股價便會開始下跌，而買到的散戶就會被套牢。等到散戶為了停損於低點賠賣後，主力再大量買入，展開新一輪操作。

註3　肉：即股價還有成長空間。

Chapter

06 萬國來朝

尹富凱一上工就被王經理叫去補貨，而且故意叫他去補最重的飲料類。

他過去養尊處優，又是個愛面子的人，怎麼可能這麼輕易放下身段去搬貨。所以他一聽就拒絕，王經理又不讓他做別的工作，於是他轉身就去辦公室找薛店長。

他大言不慚地拍店長桌說：「我可是椰林大學財金系畢業的耶，至少也要讓我當經理吧。」

追上來的王經理聽了怒道：「你開什麼玩笑！你以為你是誰啊！椰林大學畢業了不起啊。還有，店長辦公室你開門就進，你有沒有禮貌啊！」

尹富凱才懶得理王經理，他直勾勾地看著店長，等她給答案。

他過去是什麼樣子，店長再清楚不過。他雖身價一度是富豪等級，但說到底還是一個從沒出過社會、只會在家炒股的宅男而已。別說職場上的事他一竅不通，他根本連一點社會經驗也沒有。這種人再好哄騙不過。

於是店長先請王經理出去後，一臉正經地對尹富凱說：「我當然打從一開始就把你當成是儲備幹部來栽培。但是現在要你馬上當超市的經理，你知道要怎麼管理、怎麼調派下屬做事嗎？所以你要從基層做起，等你熟悉超市的運作和基層事務之後，我一定馬上幫你升經理。」

「真的？馬上？」尹富凱半信半疑地說。

「是不是『馬上』就要看你的表現了。如果你連最基本的工作都做不好，我怎麼放心把經理的位子交給你。」

尹富凱點點頭，覺得店長說得有理。但他還是不太能接受王經理的指派，抱胸仰頭抗議道：「可是基層工作這麼多種，為什麼一定要我做搬貨、補貨這種粗活？」

店長一臉無奈地說：「因為其他工作內容比較複雜，新人都要從最簡單的補貨開始。而且超市人力有限，你不做的話，就變成家佳一個人要補兩人份的貨了。真可憐啊，她那麼瘦弱，真怕她身體吃不消。」

尹富凱個性囂張跋扈，但基本的紳士風度還是有的，而且恩怨分明。張家佳待他不錯，他自然也會待她好。所以即便之前聽薛管家說她力氣大，他還是不願讓她一人做粗活。

因此他心不甘情不願地說：「好啦好啦，我做啦。用苦肉計這招。」說完便逕自走出辦公室。

店長嘴角一勾，笑了起來。

此時一陣敲門聲傳來，店長以為是尹富凱，正要起身幫他開門，門外便傳來家佳的聲音：「店長，是我，家佳。請問現在方便說話嗎？」

店長立即斂下笑容、坐回辦公椅上，聲音平淡道：「進來。」

家佳從進到辦公室到走至辦公桌前，店長都未曾抬眼看她，只是看著電腦螢幕，一邊打字一邊問：「什麼事？」

家佳鼓起勇氣將她那份《門市改善建議書》雙手遞給店長，說：「那個……我覺得如果我們店的商品上架方式和銷售方式可以做一些調整和新嘗試，也許產品銷量可以提升。所以我打了這份，想向你報告。」

店長瞥了一眼建議書封面，又收回視線說：「以後這種『意見回饋』交給王經理就好，不需要直接拿來給我。」

家佳解釋道：「我原本是先交給王經理的，但他沒有拿走。還有……」她嚥了嚥口水，決定要為自己和其他員工說句公道話，「我覺得王經理的管理方式需要改變。他很多時候都罵人罵得很難聽，但我們明明沒做錯事。而且那些謾罵都是情緒性的，言語中並沒有任何建設性和指導性。我們都是大人了，就算做錯了，也可以好好講，沒有必要動不動罵人廢物。我們基層員工也是需要尊重的。像剛才，阿珍姐和阿凱就被王經理罵得狗血淋頭。」

原本家佳說了什麼，店長都不為所動，連施予家佳一個眼神都沒有。但是當家佳提到尹富凱時，店長打字飛快的雙手突然一頓，抬眼看向家佳，問：「妳說的『阿凱』是尹富凱？」

家佳點點頭，店長說：「好。我知道了，我會好好說說王經理。」

這時她才發現家佳雙手還拿著那份建議書。但她並沒有因此接過，而是對家佳說：「我知道妳是出於好意和對工作的熱誠，才打了這份『意見』。關於行銷的部分，我們店是連鎖超市，光是配合總公司的行銷檔期和促銷活動就已經忙不過來了，所以現階段不打算再額外做單店的行銷活動。

至於上架方式嘛，商品的陳列位置不是隨機的，除了與抽成、利潤、銷量有關，還要符合總公司制定的商場上架規範和規劃書。我知道妳大學的時候念的是企管，因為對超市管理感興趣，所以在畢業後繼續留在這裡工作。但妳真的這麼有自信，認為自己不到幾年的工作經驗，就勝過總公司整個部門分析師歸納總結多年的商品陳列法則嗎？」

「沒有沒有，我不是那個意思。我只是覺得我們店是加盟店，經營模式可以比直營店更有彈性，所以才打這些建議來優化現行的貨架陳列和行銷方式。」

店長面無表情地看了她幾秒，才將視線轉回電腦螢幕上，繼續打字。

「還有別的事要報告嗎？」

家佳看得出店長也對自己提的建議書不感興趣。她垂下視線、抿了抿嘴，輕聲說：「沒有。」

她灰心地縮回雙手，默默走了出去。

走回員工休息室的路上，她傷心地想：為什麼店長連看都不看一眼？難道我寫的東西真的一點價值都沒有嗎？

進到休息室時，尹富凱剛換上制服。兩人點頭打招呼時，尹富凱注意到她紅了眼眶。

她的視線隨即轉到門邊角落的紙類回收箱。伸手將建議書扔進去後，隨即轉身走出休息室。

尹富凱看了一眼那份被捏皺的建議書，便猜到店長也沒有收。

「連續被拒絕了兩次，她應該很不爽吧。」他喃喃道。

◇

買飲料的人實在太多了，尹富凱補貨補到中段，前面又得再補。他來來回回搬飲料箱搬得又累又渴，便決定休息一下、拿瓶飲料來喝。

他從架上選了一瓶常喝的氣泡水，打開、喝到一半，瞥到標價，口中的氣泡水瞬間噴了出來。

「六十塊錢！以前在餐廳喝，一瓶都要三百耶。」

他心想：這些一定是瑕疵品，不然不可能這麼便宜。可是，喝起來很正常啊。

他狐疑地掃過一排架上的飲料標價，發現都不到一百元，奇道：「難道超市賣的東西都這麼便宜？對了，以前學校的福利社、販賣機飲料也都很便宜。那麼這些商品應該都很正常吧。」

他這時才發現面前的飲料上都是他剛才噴出的氣泡水。自知闖禍的他，馬上把後方的飲料通通挪到排頭擋住，然後趕快離開中段，繼續往後段補。

他補到一個段落，回頭就看見家佳正默默把他藏在後面的飲料一一挑出來、用抹布擦乾淨，將它們另外放在推車籃中，準備報銷。

他不免有些後悔，心想：下次應該要趁她沒看見的時候……

他走到她身邊，心虛地說：「妳剛才都看到了？」

「嗯，弄髒的商品就要下架，不可以賣給顧客的。你、你……」天性軟萌的家佳雖有些生他的氣，但口氣就是兇不起來，「下次不可以再這樣了。要是被王經理發現，他一定會要你自己花錢把它們全都買下來的。」

他看她一副想罵人又找不到詞彙的樣子實在可愛，便抿嘴掩飾笑意，裝作不情願地說：「好啦，知道了啦。」

「知道就好。」她又說，「好了，你先去忙你的吧，我這邊快清好了。」

他沒有回答，也沒有馬上走開。他看著她清秀的側顏和俐落的動作，忍不住嘴角上揚，心想：要是以後有錢，我一定也要雇她當管家。這樣老薛可以跟她輪班，就不用那麼累了。

◇

尹富凱腦筋動得很快，他開立薪資戶後，便打算找欠債的鉅富銀行談。

在他的奪命連環 call 下，萬芊總算接了他的電話，答應幫他和銀行談判。

最後他在萬芊的幫助下，親自到鉅富銀行和其達成還款協議：銀行在第一年的寬限期內，只會預扣他薪資戶中，固定比例的薪水，其他帳戶裡的存款由他自由運用。

談成後，萬芊送尹富凱到銀行門口。

他感覺出她的疏遠冷漠，便問她：「這幾天在忙什麼？為什麼都不接電話、也不回訊息？」

萬芊冷著一張臉說：「我今天不是接了嗎？而且還幫你和銀行談成了協議。」她的語氣開始帶有怒火，「你有沒有想過我現在的處境？當初經手借款的人是我，現在你還不出來，我有多難堪。在你的房子正式法拍出去之前，我在這裡都不會好過。而且這個案子還會直接影響年度考核。然而事情發生到現在，你有關心過我這些嗎？你只會跟我抱怨：跑車、遊艇被買走了、現在買不起直升機了、沒辦法今年退休了、家裡的什麼東西被誰誰誰低價買走了。簡直幼稚得像個小學生！」

在此之前，他確實沒顧慮到她的處境和感受。不，或者應該說他幾乎從來不顧其他人的處境和感受。

但是他現在知道自己錯了。

於是他極其難得地放低姿態，溫言解釋道：「我沒想到……」

「你沒想到！」她語帶尖酸地說，「對，也對，你一個公子哥，從小茶來伸手、飯來張口，被眾星捧月、細心呵護，哪懂得民間疾苦，哪懂得職場、哪懂得看人臉色、哪懂得別人生活有多不容易！」

他很想跟她說，他現在有點懂了。但是話到嘴邊還是吞了回去。他哪有臉告訴她：自己到處借錢碰壁、現在在超市打工，而且還身無分文、無家可歸。

萬芊意識到自己情緒過於激動，她深深嘆了一口氣、緩和情緒後才問他：「現在有空嗎？我們找個地方談。」語調是一貫的冷靜平穩。

咖啡廳內的一處角落，尹富凱和萬芊面對面而坐，兩人之間一陣沉默。

尹富凱靜靜地喝著黑咖啡，等著萬芊說話。直覺告訴他，萬芊這麼臨時約他，大概凶多吉少。

萬芊喝了一口咖啡後，率先開口：「我們都是乾脆的人，我也不跟你拐彎抹角了。」她頓了一下，「我們分手吧。我現在已經在和另一個人約會了。」

他閉上眼心想：果然。

他一直都知道萬芊個性理性現實、果斷、敢愛敢恨，也知道一旦自己不再坐擁財富，萬芊便可能會離他遠去。但即便知道這天遲早會到來，他此刻仍舊感到心寒。

「就這樣了嗎？」他閉目沉聲道。像在問她，又像在問自己。

這樣的分手，就好像一起打「雙打」多年、默契十足的夥伴，突然因自己重傷，嫌棄自己扯後腿、要跟自己拆夥一樣。

虧他之前還動過結婚的念頭，為了她與從小一同長大的兄弟們爭辯。現在想起來都覺得可笑。

「嗯。」萬芊應聲，繼續說，「至於分手的原因，你應該清楚。我們之間最大的問題就是你的債務，而且債務金額龐大到難以清償。」

他垂下視線。這點他無法否認。

萬芊嘆了一口氣後又說：「就這樣吧。」她起身道，「以後除非公事，否則我們也沒有必要聯絡了。」

他冷不防問她：「妳的新對象是誰？」

「你也認識。他現在在外面等我。」

尹富凱轉頭透過落地窗往外一看，錯愕道：「小吳？」

他心想：妳無縫接軌就算了，畢竟妳一直都很多人追。但是妳怎麼會選小吳？妳眼光也太差了吧！

萬芊與尹富凱認識多年，自然與他有一定的默契。看他的反應就知道他在想什麼。

於是她說：「跳板而已。不然你要介紹你那兩個好朋友給我認識嗎？」

他的心毫不猶豫地回答：不要。

雖然這麼想很過份，但他覺得功利導向的萬芊配不上松子和天天。

這麼一想，他終於明白松子跨年夜時對他說的那番話了。

等不到他的回答，萬芊冷哼一聲，說：「還有什麼話要說嗎？」

他無言以對。

她有些自嘲地說：「看來是我太有自信了，原本以為你會挽留我的。」

她正要離開時，他又突然問她：「妳有愛過我嗎？」

她停下腳步，但是沒有回頭。她回他：「有。而且你是我最滿意的一任男朋友。我也曾經幻想過我們結婚。只不過……」

她沒有接著說下去，取而代之的是越來越遠的高跟鞋叩叩聲。

尹富凱以只有自己聽得到的音量說：「愛過妳嗎？我也不知道。也許我們兩個人都是算計多於真心……」

隔天清晨，尹富凱從超市休息室走出來，正要去上廁所時，聽到隔壁店長辦公室傳來的聲音。

「……小美啊，妳怎麼能讓他做那種粗活呢？」

這聲音沉穩中帶些蒼老，聽起來很耳熟。尹富凱禁不住好奇，便將耳朵貼到門上偷聽。

「我給他工作就不錯了，他以前連打工的經驗都沒有。」店長說。

「他以前可是大少爺啊，當然不可能打工啊。小美啊，我們做人要懂得知恩圖報，要不是他之前給我的薪水那麼高，又讓我跟著他學投資，我怎麼有錢讓妳加盟、開超市呢？現在他有難了，給他做一些簡單輕鬆的工作吧。薪水也不要給得太小氣，好嗎？」

門外的尹富凱聽到這，便知道現在在裡面的是店長和老薛。他點頭心想：幹得好，老薛！我就知道你有義氣。快叫你女兒給我爽差啊。

「你的意思是要『錢多事少』啊？肥貓啊？你塞了三舅過來，還不夠？好人都讓你做了，最後付薪水、收拾爛攤子的都是我耶。」

「我不是這個意思，我就是……啊！像是請他算算帳啊、打打報表啊，這些。他好歹也是椰林大學畢業的，讓他做那種搬貨、補貨……基層的工作，太屈就了。」

「財務報表這些自然有會計和我來做，他當初來應徵的就是工讀生。我給他的待遇已經很好了。」

「可是……」

「沒什麼可是。」店長頓了一下又說，「說完了嗎？快到上班時間了，沒事的話，我要先去上廁所。」

尹富凱怕店長跟自己搶，連忙墊腳快步跑向廁所。

當尹富凱從廁所走回休息室時，在門口就看見裡面的老薛正在發飲料給其他員工，同時對他們說：「我們阿凱就拜託大家照顧了。」

員工們都一臉茫然。資深的員工雖然都知道他是店長的爸爸，但沒人知道尹富凱和他的關係。

阿珍姐疑道：「那個尹富凱是你的？」

店長不想別人知道她爸曾經在尹富凱家當過管家，便搶先一步說：「朋友的兒子！尹富凱是我爸朋友的兒子！」同時對老薛投以一記眼神。

老薛馬上意會過來，附和說：「對，他是我朋友的兒子。拜託你們幫忙照顧了。」接著又悄悄對店長說，「還好上次來尹家的小女生不在。不然她要是認出了我就──」

店長馬上眼神犀利地對老薛說：「她應該也快到了，你快走。」

阿珍姐和其他員工的表情皆閃過一絲疑惑，但還是客氣地答應了老薛。

躲在門外偷看、偷聽的尹富凱雖然沒聽到老薛和店長的悄悄話，但內心仍有一處被觸動了。他知道老薛是好人，但不知道老薛這麼為自己著想。同時，他又覺得有點丟臉。畢竟自己早就已經成年了，卻還讓老薛這麼不放心。

他在心中暗下決心：我一定要東山再起！

他從口袋中掏出手機，決定將薛管家留給他的六成現金，拿來買「萬國來朝」中的「朝陽」。

◇

接下來的幾天，白目的他雖然只負責搬貨補貨，但還是常搞得雞飛狗跳。

憑藉著股票話題，他和阿珍姐混得很熟。每天兩人都會趁空檔一起盯著證券APP，阿珍姐總會樂呵呵地說「今天又漲了幾趴、幾趴」。

而家佳看他們兩人「天天數錢」，也越來越心動，最後忍不住偷偷去開了證券戶，但始終鼓不起勇氣下單。

有天中午，她看到電視新聞在報導「萬國來朝」的盛況，一時衝動便想掛漲停的價格買一張「朝陽」，卻下單失敗。

她打電話問了營業員，才知道「朝陽」是處置股[1]，下單之前要先請營業員圈錢[2]；要賣出之前，也要先請營業員圈股[3]。

她成功下單之後，發現同時掛漲停買的量有好幾萬，但掛賣的單量卻一直是零。所以直到收盤，都沒輪到她。

她有點失望，但打定主意要隔天一開盤就掛漲停買。

隔天上早班的她，提早到超市、換上制服後，就先跑到無人的貨架角落，偷偷打電話給營業員圈錢。

她透過營業員才知道，八點半就可以開始掛單，這樣排序就會早於九點開盤後的掛單。

她下單後，就趕快回到休息室，等王經理分配本日的工作。接下來工作時，她便時不時趁空檔偷看ＡＰＰ。

快十一點左右，她終於收到了成交的推播通知。

她倒抽一口氣，開心地想大聲歡呼，又怕會引起注意，便一個人在零食區蹦蹦跳跳。

午休時，員工們分批到休息室用餐。

在阿珍姐的帶領下，尹富凱也學其他員工幫忙拿竹筷和遞紙巾。

家佳一進休息室，就看到阿珍姐和尹富凱邊吃便當邊討論股票。她看他們眉飛色舞的表情，就知道今天股價又漲了。

她跟著微笑了起來，很想加入他們，一起討論、一起分享喜悅。但是她之前天天勸說阿珍姐和尹富凱「見好就收」、「回頭是岸」，現在實在不好意思承認自己也進場了。

阿珍姐一看到她，順手將她訂的便當遞給她。她接過來、打開便當一看，眉頭頓時一皺。配菜格中有她討厭的三色豆。

她決定一股作氣地將討厭的菜先吃掉。

沒想到她剛吃完那一格，坐她旁邊的男同事陳致偉便說：「妳喜歡吃三色豆啊？那我的給妳，多吃一點。」他邊說邊用湯匙撈給她。

他早就對家佳有好感了，以為她喜歡吃，便想獻殷勤。

家佳還來不及拒絕陳致偉，坐她對面的尹富凱也說：「真的假的，妳喜歡吃三色豆？那我的也給妳，三格配菜都給妳。」說完便將整個便當盒都推給她。

阿珍姐在不知不覺中，已把尹富凱當兒子，她開始叨唸：「你怎麼都吃那麼少？你現在被王經理盯上，一天到晚要搬重物，不多吃一點怎麼會有體力咧？要趕快長肉、變壯啊。」

「這便當真的太難吃了。配菜難吃就算了，連主菜、連飯都難吃。」尹富凱補充說，「尤其是三色豆！天底下怎麼會有三色豆這麼噁心的東西。」

家佳小小聲抱怨：「其實我也討厭吃三色豆。」

「啊？」三人齊聲道。尹富凱又問，「那妳還吃光？而且還先吃？」

「我想說先苦後甘嘛。」家佳有點委屈地說。

「有病啊，不爽吃就不要吃啊。」尹富凱完全無法理解。

「不可以糟蹋糧食。」家佳說是這麼說，還是一臉糾結。她不好意思要求陳致偉把配菜夾回去。出於教養，尹富凱沒辦法看女孩子為難。所以他搶先陳致偉一步，將她便當裡的三色豆挖到自己的便當，捏著鼻子將剩下的配菜全部吃完。

家佳正想謝謝尹富凱替她解決難題，他突然開口對她說：「嘔嘔嘔，有夠噁心！去買氣泡酒給我漱口。」

「氣泡酒？」

「對啦，我要氣泡酒漱口。」

張家佳說：「上班時間怎麼能喝酒呢。」

阿珍姐翻了圈白眼，直接戳尹富凱的太陽穴說：「你嘛幫幫忙，你吃的三色豆是自己的還有陳致偉的，怎麼會是要家佳買給你？」

「我不管，反正你們要買氣泡酒給我。」

陳致偉瞪了他一眼，不發一語地拿起空便當盒，離開休息室。

「神經病！」阿珍姐罵道，「一小時的薪水也買不起一瓶氣泡酒啦。」又對家佳說，「別理他，我們走。」

「可是我還沒吃完便當啊。」家佳邊抗議邊被阿珍姐拉走。

尹富凱看著三人陸續往門口走，便對他們招手說：「喂、喂！好啦，氣泡水也可以啦。」

三人都沒停下腳步地走出休息室，當門關上的剎那，尹富凱突然覺得很委屈，心想：我這麼犧牲、吃這麼難吃的三色豆，要瓶飲料怎麼了？

想到這，他氣地朝門吼道：「你們這些人怎麼這麼小氣啊？你們以為我稀罕這裡賣的氣泡酒、氣泡水啊？我才不稀罕！要換作是以前，你們送我一箱，我還看不上咧！」

家佳在商品架上換標籤時，注意到尹富凱一直在附近打轉，又時不時偷瞄自己。

她以為他需要幫忙但不好意思開口，便走過去問他：「怎麼了，你在找什麼？」

「我口渴。」

「休息室裡就有飲水機了。你沒有保溫杯的話，我找紙杯給你。」

尹富凱搖頭說：「我要喝飲料。」

家佳看了左右一眼，他們正在飲料區，她不懂他為何在此徘徊那麼久，疑惑地問他：「所以？」

尹富凱指著家佳身旁的飲料說：「這個牌子的氣泡水我沒喝過，不知道好不好喝。」

家佳瞥了一眼標價，勸道：「這太貴了，一瓶就要四十五，都可以買好幾把菜了。你還是喝白開水吧，免費的呢。」

「我就不想喝白開水。」

「那你選茶類吧。喝茶解渴。」

「我不要。」

「那……汽水？汽水也有氣啊。」

尹富凱點點頭，看向汽水那排，指著可樂，說：「就這個吧。」

「那你拿啊。」

「妳幫我挑一瓶。」尹富凱又說，「我不知道要怎麼挑。」

「為什麼要挑？同樣的商品，拿哪一瓶都一樣啊。」

他理直氣壯地說：「不一樣。妳挑的一定比較好喝。」

她哭笑不得地說：「又不是挑水果，哪有差啊。」同時心想：該不會是又「發作」了吧？不過這種像小男孩的任性，也滿可愛的啦。

其實尹富凱剛才一說完，自己也覺得怪怪的。但他還沒意識到自己對家佳有了好感，只道：「妳這種小資族一定很懂得精打細算，所以挑的一定是最好的。」

她隨便拿起排頭的第一瓶，正要遞給他時，最上層的一箱飲料竟當頭砸下！

尹富凱在千鈞一髮之際，反射性地一手將她往懷裡拉，一手護住她的頭。而她的反射動作也快，墊腳、雙臂一伸穩住那箱飲料，這才沒砸中較高的尹富凱。

家佳突然與他拉近距離，抬頭見他的眼神變得銳利有光，心跳陡然加速了起來，心中暗嘆：雖然是神經病，但是好帥啊！

意外發生得太快，尹富凱先是問她：「沒事吧？」接著才意識到她雙手還頂著那箱飲料。

家佳一時還沒回神，先是迷茫地「嗯」了一聲，才道：「喔，沒有。你沒事吧？」

他這時才注意到兩人靠得有多近。她的皮膚細緻得幾乎看不到毛孔，他順著她的眉眼一路往下到薔薇般的唇，突然一陣怦然心動。

他又驚又疑，心想：怎麼可能？我尹富凱怎麼可能對一個超市店員心動？不可能！

他慌忙別開視線，幫她把飲料放回架上後，馬上掉頭就跑。

股市小辭典

註1　處置股：證交所針對連續數天股價波動或成交量過大的股票進行「處置措施」，藉由增加交易難度讓買賣降溫。

註2　圈錢：下單買前，請營業員從證券戶中先預扣一筆錢，通常會多扣。假設投資人預計要買一張股價十九元的股票，也就是一張一萬九千元，便可以請營業員圈兩萬元整。最後實際買到的一張價錢是一萬八千元，那麼在收盤後，便會退回多扣的兩千元。

註3　圈股：下單賣前，請營業員先預扣股票，通常會多扣。假設投資人手中持有十張股票，便可以請營業員先圈十張。最後實際賣出五張，那麼在收盤後，剩下沒賣出的五張便會退回庫存。

Chapter

07 賺錢好簡單？

晚上下班後，尹富凱獨自一人在休息室吃著即期便當，同時用手機分析股票。

以前他是主力，要抬價、要壓價，全憑他心情。但現在不一樣了，他是個任主力宰割、輸不起的小散戶，所以他的操作手法比以往更加小心謹慎。

過去的每晚，他都在員工休息室裡研究股票。不只留意「朝陽」，而是「萬國來朝」四檔的各自主力籌碼動向。因為這四檔已經被緊緊綑綁在一起炒作，成為生技股的焦點、具重要指標性。任何一檔跌都有可能會打擊散戶對於其他三檔，甚至是所有生技股的信心。

尹富凱分析之後，覺得「朝陽」差不多要開始跌了，決定明天八點半盤前就掛單出清、見好就收。

他這時才發現自己早已不知不覺把整個便當吃得乾乾淨淨。這是他第一次吃光便當。而且還是這麼難吃的便當。

「噢——」他一邊驚嘆，一邊開手機相機功能，拍下這驚為天人的一刻。拍完之後又自言自語道，「是不是應該把便當盒留下來，明天給家佳、阿珍姐看？」

他看了看照片，突然苦笑道：「原來人真的很餓的時候，再難吃的東西都吃得下去。」

他隨即想到家佳吃三色豆吃得五官扭曲的樣子，忍不住笑了出來。

在他眼中，她平常膽子小的跟兔子一樣，怕店長、怕王經理。雖然如此，卻常常挺身而出、維護他的尊嚴，甚至還敢在第一天認識他的時候，就把他帶回家過夜。

現在想想，他還是覺得家佳很不可思議。

接著他陡然意識到，從小到大，什麼樣的女人他都見過，就是從來沒有一個讓他心裡，有這種暖暖甜甜的安定感。

想到這，他就納悶了。

「她為什麼……都沒有向我表示什麼？難道她對我不感興趣？不可能啊，我這麼帥，就算是穿這麼醜、這麼粗糙廉價的 Polo 衫，也帥得像網球名將，沒道理她不覺得我帥啊。難道說，她喜歡猛男型的？」

他舉起自己的右臂，又說：「再搬幾天貨，應該就可以練出二頭肌、三頭肌了吧？嗯，以後還是要把便當都吃完才行。不對啊，我管她喜不喜歡我。嗯對，她喜歡什麼型的男生關我什麼事啊？」

他正要將桌上垃圾丟到角落的垃圾回收區時，突然想到了什麼，遂開始在紙類回收箱翻找。很快就翻出家佳丟掉的建議書。

他將它拍乾淨後，開始翻閱。

建議書內容主要分為五大部分，分別是「關聯商品行銷」、「促銷即期品」、「動線複雜化」、「更改結帳區商品項」和「天花板行銷」。

關於「關聯商品行銷」，家佳提的非常具體，譬如衛生棉區掛巧克力串，啤酒區掛下酒點心或零食優惠廣告牌……等。

其次，「促銷即期品」的部分，則是建議透過簡單快速的小遊戲，像是轉輪盤、套圈圈、抽牌……等。

再來，動線變得更複雜，有助於拉長客人停留超市的時間，如此也有更多機會買更多東西。

而「結帳區商品」則建議不放冷門、滯銷品，而是新增開瓶器、開罐器、低價香料罐、小包堅果零食，還有單價低於二十元的牙籤、棉花棒、牙刷、牙線、護唇膏……等長銷小物。

最後，商品除了可以用貨架陳列，家佳還提議用天花板垂掛小物。如此客人在排隊等待結帳時，還可以再對其展開一波靜態推銷。

尹富凱讀得津津有味，頻頻點頭道：「看不出來她有這麼多想法。雖然不知道是不是真的有助於提升業績，但是想法滿有趣的，而且有幾點實踐起來很容易。為什麼店長和王八蛋連看都不看？真可惜。」

早晨，四季超市內。

家佳買的「朝陽」股票已經連漲好多天了，所以她趕在九點開盤前又加碼掛買一張。

她一開盤就買到了，所以覺得今天很幸運。她輕輕哼著歌，調整新一期特價商品的擺放位置，心不在焉地想著，等她領到這個月的薪水，就要all in。這樣就可以早點存到創業基金、早點實現夢想；開一間屬於自己的超市。

到時候她一定要把阿珍姐、阿凱找來工作。這樣他們就再也不必看王經理的臉色、忍受他無禮的謾罵。

此時有個客人詢問家佳：「小姐，請問這裡有在賣滷包嗎？滷豬腳用的那種。我找了好久都找不到。」

家佳一時恍神、答不上來，正在補貨的富凱隔著一排貨架回答客人：「向左走三排，再右轉。滷包就在最下面一層的貨架。」

「喔。」客人應了一聲，改問尹富凱，「什麼牌子的？有在打折嗎？我記得你們最近有買一送一的活動，有包括滷包嗎？」

天資聰穎的尹富凱在短短幾天內，就把超市裡所有優惠活動和商品都記下來了，而且連牌子、品名、價格和重量都記得清清楚楚。

這時店長和阿珍姐正好經過，看他全都對答如流，店長滿意地點頭時，客人又問他：「那牌子的味道怎麼樣？好吃嗎？」

「誰知道啊。」尹富凱聳肩道。

店長一愣，立刻制止他再說下去，直接帶那個客人去找。

阿珍姐則把家佳拉到一旁，偷偷問她：「我看阿凱好像記憶力很好、很聰明捏。妳確定他是神經病嗎？我這幾天觀察下來，他除了很白目、偶爾說奇怪的話以外，大部份的時候都很正常啊。」

家佳說：「很多神經病都是這樣，不是嗎？」她複述阿珍姐的話，「他們也是『大部份的時候都很正常』啊。」

阿珍姐點點頭，同意地說：「也是厚，有道理。唉，真是可惜，這麼聰明的孩子，要是沒發瘋就好。」

尹富凱看她們站在角落、交頭接耳的，便問她們：「妳們在說什麼？是不是在說誰的八卦？我也要聽。」

阿珍姐忙道：「沒有啦，我們在講『朝陽』啦。」

尹富凱說：「那支[1]我今天早上就全賣了。」

阿珍姐吃驚地叫了一聲，惋惜地說：「你這麼早就賣了！怎麼不再多放幾天？唉唷，這樣少賺好多錢喔。」

「我都已經獲利超過五十%，已經很滿足了。」

他知道家佳全家的理財觀念都比較保守，所以不敢多說，怕家佳發現自己其實很懂股票，便委婉地提醒阿珍姐。

「妳獲利都已經翻倍了，可以停利[2]了。」

阿珍姐的想法和家佳一樣，她說：「我才不要咧。等我這個月領到薪水，我要再加碼。等到它開始跌了，再賣也來得及。」

到了中午，尹富凱和阿珍姐進休息室後，同時坐下、各自開證券ＡＰＰ察看。這已經變成兩人的習慣。只不過今天家佳也加入他們的行列。

「朝陽」成交量突然爆大量[3]，股價瞬間飆高後開始下跌。家佳午休時看到股價比開盤價跌了五％，一慌就把兩張「朝陽」都賣了。

阿珍姐看到後，對尹富凱說：「沒事、沒事，這一定只是一些人獲利了結[4]。不要自己嚇自己。」

尹富凱看了一會，判斷主力已經出貨得差不多了，接下來如果沒有新大戶接手當主力、繼續拉抬，這支股票就成了棄嬰，股價肯定會溜滑梯般一路下跌。

他再次委婉勸阿珍姐：「我看還是收盤前賣出吧。」

但阿珍姐還是不聽，她說：「反正我就抱緊緊、一張不賣。」

尹富凱補貨補到一個段落，回頭往倉庫走時，看到家佳正在補蛋。他看到她認真的樣子，突然很想捉弄她。他躡手躡腳地從她背後靠近她，猛然抓住她窄小的肩膀、大叫：「啊！」

「啊！」家佳嚇了一大跳，手上的兩盒蛋應聲落地，蛋液隨即從塑膠盒的縫隙流了出來。

他惡作劇得逞，一邊拍手一邊哈哈大笑。

家佳則慌道：「糟糕！」她馬上撿起蛋盒，對富凱說，「你在這邊顧一下，不要讓客人踩到。我去拿抹布，馬上回來。」

「那麼緊張幹嘛？」

「你！」家佳有些生氣地說，「不知道該怎麼說你。」說完便快步離去。

他想起上次把整排飲料架噴得都是氣泡水，疑道：「難道我又闖禍了？」他低頭看了一眼地上橫流的蛋液，「不就是打破了幾顆蛋嗎？」

尹富凱邊等家佳，邊幫她補蛋。生蛋區補完，他就擅自將多的蛋盒疊到其他商品區。沒想到其中一盒沒放穩，馬上就倒下來。雖然他及時接住，裡面還是有顆蛋因此破掉。

這一幕剛好被王經理給看到。他氣急敗壞地衝過來，大罵：「你在搞什麼鬼？蛋是放這邊嗎？誰准你亂放的？就算你不知道生蛋要放『黃金陳列線』上，也應該要知道蛋盒不能疊在其他商品上吧！你是白癡還是智障啊？喔不對，你是豬！你他媽就是隻豬！連蛋盒都不會放！」

尹富凱突然被劈頭痛罵，初時傻眼，等反應過來後，也火大得出手推王經理一把，說：「放肆！你這是什麼態度？輪得到你來罵我？你欠扁啊？」

「你才欠扁咧！竟然這樣對主管說話！你不要以為你是我們宏志朋友的兒子，我就拿你沒辦法！」

尹富凱揪起王經理的衣領，抬起手臂正要開揍的時候，阿珍姐突然跑過來、抓住他的手臂說：「別打、別打啦。」

王經理看周圍都是客人，不相信尹富凱敢在眾目睽睽之下動粗，便對阿珍姐說：「妳不用攔他，我就不信他敢真的對我動手！」

她不小心脫口而出：「他哪有什麼不敢？他有精神病，瘋起來什麼都敢做。你再罵他，小心他拿刀砍你！」

王經理信以為真，雙眼一瞪、渾身一抖，倒退兩步後，趕緊轉身跑開。

尹富凱看他一臉窩囊，「噗」地一聲笑出來，頓時氣消。他對阿珍姐說：「這個俗辣就是欺善怕惡。」

他以為阿珍姐是故意騙王經理，讓王經理對自己心生恐懼、不敢再隨便責罵自己，便對阿珍姐豎起大拇指說：「幹得好。」

阿珍姐白他一眼說：「好什麼好啊？不知道這個王經理是不是跑去找店長告狀。」接著打一下自己額頭，「都怪我，亂講話。」

股市小辭典

註1　支：證券商正式說法是「檔」，但股民之間口語上都是用「支」。

註2　停利：一般而言，是指股價漲到停利點（預設目標）後，賣掉股票。相反地，「停損」是指股價跌到停損點（能承受的最大損失）時，將它賠賣，以免繼續下跌、越賠越多。

註3　成交量爆大量：通常是主力「出貨」；出貨即大量賣出股票，通常會先透過媒體放出好消息。

註4　獲利了結：不一定有賺到錢，而是指賣掉股票後，結算損益。

Chapter

08 夜市初體驗

王經理一衝進店長辦公室，就對店長說：「快把尹富凱開除！」

王經理是薛店長的三舅，她早已對他時常公私不分的態度很感冒，再加上他沒敲門就直闖進來，還用這種命令式語氣與自己說話，令她更為不悅。

她冷冷問他：「原因？」

「因為他是神經病！」

「怎麼說？你看過他的就醫紀錄？他有精神病症的證明？」

「沒有，但是──」

店長打斷他的話，毫不猶豫地說：「就我所知，他不是。」她內心又補了一句：除了白目以外，其他都很正常。

「吼，真的啦。阿珍剛才講的，我親耳聽到的。」

「我確定他不是。」店長斬釘截鐵地說。

「就算他不是，他工作態度也很差。」他刻意加油添醋地說，「他連補蛋都做不好，光是今天就打破了好幾盒，搞得到處都是蛋汁，有夠噁心。聽妳三舅的，還是早點把他趕走比較好，不然早晚會吃虧。」

店長臉色一沉，道：「這是我最後一次提醒你：上班時間時，我和你是上司對下屬的關係。如果你再記不住，該走的人就是你。」

她的眼神讓王經理感到一陣寒意，他趕緊陪笑道：「知道、知道，我一時忘了嘛。管理職還是要交給自家人才安心嘛，妳說是不是？」

店長沒有回答，只是抱胸、冷冷看著他。

「那個尹富凱──」他話講到一半，又被打斷。

店長說：「目前考察的結果，我很滿意。現在超市缺人，我不只不會開除他，而且還考慮提早將他轉成正職。」

「什麼！」

「還有，我常聽說你對員工很苛刻。勸你收斂一點，我不想再聽到類似的話。」

王經理惱羞成怒、激動地握拳說：「胡說八道！誰？誰說的？我跟妳說，那些都是謠言、都是毀謗！那是他們嫉妒我、想取代我，所以才這麼講的。妳千萬不要信。」

店長不耐煩地說：「我又不是第一天認識你們。是不是毀謗，大家心裡有數。我還有事要處理，你先出去吧。」接著又補了一句，「下次進來先敲門，王經理。」

王經理自知理虧又知道店長正在氣頭上，所以不敢久待，應了一聲便匆匆退出辦公室。

他灰頭土臉地走出後，覺得很奇怪：她為什麼就這麼看好那個尹富凱？我剛才說他是神經病，為什麼她連查都沒查，就這麼篤定他不是？難道他們是好朋友？但看他們的互動，也不像啊。

儘管王經理摸不著頭緒，他暫時也不敢再這麼橫行霸道了。

午休時間，員工休息室內，尹富凱、張家佳和阿珍姐坐在一起，同時打開證券APP。

不只「朝陽」跌停，它的母公司「朝來」也跟著大跌五%。

坐左邊的富凱心如止水，因為一切都在他意料之中。

坐中間的家佳鬆了一口氣，心想：還好昨天先跑了。我看我還是不要再亂跟單[1]好了。

她趁左、右兩人正在專注看APP時，趕快關掉自己的證券APP，幫忙拿便當、筷子給他們。

坐右邊的阿珍姐看了則倒抽一口氣說：「我看我晚上來抄個心經[2]好了。」

尹富凱又勸阿珍姐：「趁現在還有賺，趕快賣一賣啦。『朝陽』這種飆股股價都是炒出來的，它根本沒有那麼高的價值。」

家佳拚命點頭，但阿珍姐還是堅持不賣，她擺手說：「麥啦！一張不賣，奇蹟自來。[3]」

尹富凱耐心用完，也懶得再勸，便說：「隨便妳。我都已經大發慈悲地勸妳那麼多次，不聽就算了。到時候賠錢，不要在那邊哭。」

家佳心想：雖然「朝陽」股價急漲、急跌很可怕，但光是這幾天的漲幅也讓我賺了一萬一千多耶。下班買些罐罐回家給薏仁、花生和地瓜好了。嗯……再買杯珍奶犒賞自己。對了，應該請阿珍姐和阿凱吃個飯！如果不是他們的關係，我也不會買股票。

想到這，她看向身旁的尹富凱，他正因肩頸痠痛、在活動伸展。

她突然想到一件事，問他：「阿凱，你這幾天洗完衣服，都在哪裡晾啊？」

超市員工專用的浴廁裡有一間掃除間，裡面的大水槽平常是用來洗抹布、洗拖把用的。但「季度大盤點」時，員工往往會盤點到凌晨三、四點，早班員工會很克難地在這邊淋浴，之後到休息室睡幾個小時，到早上直接打卡上工。家佳知道這幾天尹富凱都是在這裡的浴廁洗澡，所以以為他也是用掃除間裡的那個水槽洗衣服。

尹富凱震驚地睜大雙眼，指著自己：「我？洗衣服？我堂堂尹富凱需要自己洗衣服？」

家佳疑惑地說：「不然你的衣服是誰洗的？」

他聳肩道：「誰知道啊。我都把髒衣服丟在掃除間。反正它們幾天後就會被洗得乾乾淨淨、疊得整整齊齊地，放在休息室的椅子上。」

家佳和阿珍姐兩人互看一眼，都覺得很奇怪：大家下班後都巴不得趕快離開，誰會那麼好心幫他洗衣服？

除了店長以外，沒人知道幫他洗衣服的人就是老薛。

尹家被查封以後，老薛也沒了工作。他年紀也大了，加上儲蓄也夠，因此並不急著要找下份工作。

然後一下子多了很多時間的老薛，不知該做什麼，便常常跑超市、偷偷關心尹富凱的近況，順帶幫他清理衣物。

傍晚，早班即將下班前，薛店長忽然收到 LINE 訊息通知，是《台北二區店長群》傳來的。

四季超市台北區有兩個 LINE 群組，一個是《台北一區店長群》，由總公司的「區經理」負責管理台北市的所有「直營店」店長；另一個則是《台北二區店長群》，由總公司的「區顧問」與台北市所有「加盟店」店主聯繫。

薛店長眉頭一皺，點開訊息。

群組聊天室中，區顧問說：「……第一季的咖啡銷量很差，尤其是麗湖店，平均一天只賣出五十杯，還不到第一名的一〇%。但是麗湖店所在的地段是很好的，業績不應該這麼差才對。總之，咖啡利潤高，如果想提高淨利，各店店長可以多多推廣咖啡喔，希望大家這一季的銷量都可以翻倍。」

薛店長看到自己的麗湖店被區顧問特別點名出來，頓時倒抽一口氣。緊接著便把王經理叫進辦公室，要他想辦法解決咖啡銷量問題。

王經理從辦公室走出來，一邊用手帕擦汗一邊苦思對策。但很快地，他眼睛忽然一亮，想到該怎麼辦了，露出一抹得意又不懷好意的笑容。

他知道這個燙手山芋要丟給誰了。

早班和晚班交接時間一到，早班員工陸陸續續回到休息室打卡下班。然而王經理忽然進到休息室，對早班員工們說：「等一下，早班的先不要走。我有重要事情要宣布。」

早班員工們聞言都順從地圍著長桌坐下，只有尹富凱不耐煩地翻了圈白眼，抱胸倚著牆邊。

王經理神色嚴肅，口氣沉重地說：「總公司上一季的統計報告出來了。我們麗湖店的咖啡銷量是台北二區的倒數最後一名，平均一天只賣出五十杯，而且被總公司的區顧問特別點名，情況非常、非常嚴重！所以我們這一季一定要提升銷量。家佳，我看妳之前不是還寫了一份建議書嗎？既然妳銷售點子多，這件事就交給妳辦。」

家佳雙眼圓瞠，指著自己訝異道：「我？」

「對啊，妳不是點子很多、很會嗎？而且這又是生鮮部門的事，就交給妳處理。」王經理神情依舊嚴肅，但大家都聽得出他語帶嘲諷。

阿珍姐率先跳出來為家佳說話：「這個誰來處理都沒用啦。咖啡都已經買一送一了，還銷量這麼差，不就是因為難喝嗎？外面隨便一間超商賣得都比我們家的好喝。」

尹富凱聽出問題癥結點，便說：「難喝不想辦法改進，反而降價求售，這不是本末倒置嗎？東西不好，後面行銷力度加大也是治標不治本。」

阿珍姐附和說：「對啊，可能一開始顧客還會貪小便宜買單，時間久了就不會再掏錢了啦。」

家佳一聽，忽如醍醐灌頂，心想：顧客是否買單，最後還是要看商品本質的好壞。股市不也是如此嗎？放在股票標的上，就是公司體質的好壞。嗯……我應該要先花時間研究公司的基本面，再決定要不要買、什麼時機點買才對。

王經理不以為然地說：「不要在那邊給我扯東扯西啦。人家季銷量第一名的加盟店平均一天可以賣到五百多杯！一天喔！所以不是產品差，是你們這些人的業務能力差，所以才推銷不出去。」接著他看向家佳說，「就從今天開始，想辦法每天銷量翻倍。」

阿珍姐說：「全都丟給家佳一個人不好吧。而且你說『從今天開始』？現在已經六點多了耶，哪有人晚上喝咖啡的啦。這是不是有點不合理？」

陳致偉也為心儀的家佳抱不平說：「對啊。而且都已經下班了才講，是要她留下來向顧客推銷嗎？超時工作有沒有加班費啊？」

過去從沒打工經驗的尹富凱，不知道就業環境的現實情況是：許多員工時常被凹無償加班。他理所當然地說：「廢話，加班費不是一定要的嗎？勞基法沒寫嗎？」

王經理自知理虧，有點不甘願地對家佳說：「好啦好啦。要不然這樣，要是每天銷量可以提高一倍，也就是總杯數達到一百杯。我就多給妳兩小時加班費。但要是達不到的話，就沒辦法囉。」

尹富凱說：「講那什麼屁話！不管有沒有達標，她都已經付出了時間和勞力推銷，那就應該得到報酬啊。」

王經理變臉說：「開什麼玩笑！要是她從晚上六點賣到十一點，一杯都賣不掉，難道還要我多付她五小時加班費嗎？那豈不是倒賠錢？我又不是腦袋壞掉！」

反而是家佳本人很淡定。她起初不發一語，這時才忽然開口問王經理：「每日銷量要達到一百杯才有兩小時加班費？」

「對。」

家佳腦袋轉得很快，馬上問：「也就是說，以後每天銷量只要每增加五十杯，我就多兩小時加班費？」

王經理打從心底看不起基層員工，更不認為她可以做到，因此沒聽出她偷偷轉換了概念，答應得很爽快：「可以。」

尹富凱眼睛一亮，心想：聰明，她直接把概念轉換成「累進制」。看來小白兔應該已經想到方法了。

「只要有達標，怎麼賣都可以嗎？」

王經理樂了，笑說：「當然，隨便妳。妳也不一定要在店裡推銷啊，我看別的分店是把咖啡煮成一大壺到夜市叫賣，妳也可以照做啊。」

阿珍姐面有歉意地對家佳說：「不好意思，我還得回家煮飯給孫子吃，不能留下來陪妳。」

家佳說：「沒關係啦。」

陳致偉說：「家佳我陪妳。」

王經理又說：「其他人不算，只有家佳有加班費。」

陳致偉口氣堅定地說：「沒關係，我自願幫她。」

王經理冷笑一聲，對家佳說：「那就麻煩妳囉。加油，看好妳喔。」接著便很故意地在大家面前打卡下班離開。

家佳婉拒陳致偉說：「沒關係啦，我自己來就可以了。我也不想耽誤你的下班時間。」

陳致偉難得有表現的機會，自然不願錯過。他找了個藉口說：「不會耽誤啊。妳剛才這麼淡定，我猜妳應該已經想到要怎麼推銷了吧？我很好奇妳的想法是什麼，如果點子好的話，我也可以學到東西。」接著又問她，「所以，妳打算怎麼推銷？」

家佳非但不因王經理的譏諷而惱怒，反而平心靜氣地說：「就照王經理說的，去夜市叫賣啊。」

「啊？開玩笑的吧？」陳致偉頗感意外地說，「妳真的要去夜市？剛才王經理擺明只是想調侃妳而已，妳把他的話當真幹嘛。」

「可是我覺得他的提議很好啊。要是可以讓更多潛在客人注意到我們店，把他們引流過來就太好啦。」

陳致偉說：「好吧。要是妳真的打算試，我也可以陪妳啦。那我先去幫妳裝咖啡。」說完便跑出休息室，不給家佳再次拒絕的機會。

休息室裡只剩下家佳與尹富凱。尹富凱等著她開口求助，心想只要她開口，他就幫。

沒想到她與他對到視線時，竟皺眉抿嘴，好像很「同情」他的樣子，還舉起右拳對他說：「你加油喔。」接著便轉身，一聲不吭地走出休息室。

尹富凱瞪大眼睛，既訝異又困惑道：「什麼意思啊？我加油什麼，妳才需要加油吧！幹嘛用那種眼神看我？瞧不起我啊？」

◇

待張家佳和陳致偉各自抱著沉甸甸的紙箱、準備好要去夜市時，尹富凱突然出現，似乎是想跟他們一起去夜市。

陳致偉意外地說：「幹嘛？你也要來幫忙？」

尹富凱抱胸仰頭說：「誰說我要幫忙，我只是想去逛夜市而已。」

陳致偉說：「少來了，想幫忙就說嘛。沒想到你人還不錯嘛。」

家佳忙對尹富凱說：「不用了、不用了，我們兩個人就夠了啦。」

尹富凱心中不平衡地想：為什麼陳致偉可以，我就不行？是瞧不起我的能力嗎？她該不會以為我拿不動吧？

於是他直接抱走家佳手上那箱即期品和道具，她想拿回紙箱，他馬上側過身子、把紙箱托高，不讓她碰，並且回他們：「只是順便拿一下。」說完便抱著紙箱先行一步。

家佳和陳致偉互看一眼，陳致偉對尹富凱喊：「欸，你要幫忙，好歹也幫我拿這箱咖啡吧？很重耶。」說完便追了上去。

尹富凱頭也不回地說：「誰理你。我又沒有要幫忙。」

但陳致偉把自己箱中的咖啡塞幾杯進尹富凱的紙箱時，他也沒有拒絕。

家佳微微一笑，心想：阿凱人其實也滿好的嘛，只是不擅長表達善意而已。

待三人來到燈火通明、人聲鼎沸的夜市口時，尹富凱不禁雙眼發光，興奮地說：「哇！真的跟電視上的一樣耶。」

他雙眼掃過一攤攤美食，躍躍欲試。

陳致偉疑道：「你是沒來過夜市喔？」

被說中的尹富凱馬上反駁說：「誰說的！我只是沒來過這個夜市。」說完便自顧自地往前走。

家佳馬上小跑步到他前頭說：「我帶路。我已經想好要在哪裡賣咖啡了。」

三人走沒多久，尹富凱就發現地上都黏黏的，而且有些路段還會飄著臭味，讓他覺得很噁心；尤其是賣吃的攤位，烹煮環境更令他對衛生存有疑慮，不免對夜市美食有些失望。

很快地，家佳在一排遊戲攤位間的小空地停下。待她把紙箱中的道具架好之後，尹富凱和陳致偉才看出是紙箱做成的「轉輪盤」。

未待家佳向他們解釋，尹富凱便已面露驚奇道：「這不就是妳建議書裡寫到的其中一點嗎？只不過原來是用來清即期品而已，現在多了咖啡的選項。」

陳致偉一臉疑惑地說：「什麼建議書？什麼時候的事？」

同時，家佳詫異地問尹富凱：「你怎麼知道？」

尹富凱尷尬地別開視線，撥頭髮、隨口搪塞說：「沒有啊，我在休息室找紙張墊便當的時候剛好看到。」

陳致偉繼續追問：「等一下啦，你們到底在說什麼啊？」他對尹富凱說，「怎麼你一個新來的都知道，我都不知道。」

家佳不想讓其他人知道自己被店長和王經理拒收建議書的事，遂馬上說：「喔，也沒什麼啦。總之，我先來說明這個遊戲吧，玩一次五十元。

輪盤被切成十幾個大小不同的區塊，但占六十％總面積的是安慰獎『研磨咖啡一杯』；三十五％的『超值好物』是比較受歡迎、賣相比較好、平均五十元的即期品；剩下『頭獎』、『二獎』和『三獎』占總面積五％，是平均一百元的即期品。這樣就可以變相賣出咖啡，順便清即期品。」

尹富凱快速心算了一下，粗略估計說：「不錯。這個遊戲只要有四十個人玩，你的五十杯咖啡銷售額就可以達標，剩下的咖啡找個地方倒掉就可以收工了。」

家佳先是對他的心算速度感到震驚，訝然道：「對，確切來說只要有三十七個人玩，我就可以達標了。」接著又急道，「怎麼可以倒掉！太浪費了！可以送人嘛。」

尹富凱又說：「不過要是我的話，會設定玩一次五百，這樣只要——」

家佳馬上打斷說：「那麼貴誰會玩啊！」

陳致偉傻眼地說：「等等，你們兩個到底為什麼來超市打工啊？怎麼好像都很厲害的樣子。」

家佳理所當然地微笑說：「我想學超市經營啊。」

同樣一句話卻深深刺進尹富凱的心，他默默低頭看著自己胸膛上的箭，心想：為什麼又中箭了？

家佳拿起紙箱裡的大聲公，對兩人說：「那我們開始吧。」接著便開始叫賣：「來喔來喔，四季超市限時活動，簡單好玩，人人有獎喔！四季超市小遊戲，人人有獎，獎品限量，錯過可惜喔！」

聲音一出，馬上引來許多人的好奇與興致，不少人都上前問這遊戲要怎麼玩。

尹富凱和陳致偉一開始都略顯害羞、手足無措地站在家佳後面，反而是平常給人感覺乖巧聽話的家佳熱情大膽地向遊客解釋，引導大家來玩。

而來夜市玩遊戲的人多半抱著好玩心態，對於是否有獎品或獎品的價值並不會太計較。家佳這個「人人有獎」的宣傳口號，成功吸引了人潮，遊戲輪盤前馬上就排起一條人龍。

陳致偉見家佳如此努力，便接過大聲公，放開來叫賣，並催促杵在一旁的尹富凱來幫忙。

尹富凱在內心一番天人交戰後，也放下身段、學他們叫賣、帶客人玩，沒想到與客人互動的感覺也滿新鮮好玩的。有些客人得知他們是被超市派出來賣咖啡，還對他們說辛苦了；有些客人則誇讚他長得很帥，令他很開心，因此沒多久他也開始樂在其中、享受熱鬧的氛圍。

他從小就是獨子，父母去世後，家裡就更冷清了，所以他變得更加喜歡熱鬧、更加渴望溫暖。眼看著夜市裡來自各地、不同出身背景的男女老少，因這個遊戲自然而然地聚在一起同樂，他們眼中的快樂是那麼的真，真的令他動容。他覺得此刻比他平安夜刻意找人來家裡開趴還好玩、還有溫度。

原來快樂和溫暖不一定要用錢才能買到；而發自內心的快樂和別人真誠的關懷是錢根本買不到的。

想到這，他不禁偷偷看向正在拿咖啡給客人的家佳，心想著：如果不是因為破產、如果不是因為遇到家佳，我可能不會有機會體悟到這些。

推銷活動比三人預期得還順利，不到一小時就結束了。家佳清點完現金後，喜道：「扣掉咖啡和即期品，我們還幫超市多賺了六百多塊耶。」

陳致偉也為家佳開心地說：「恭喜妳。」

尹富凱露出不以為然的表情，犀利地說：「『幫超市』？這些都是我們犧牲自己下班時間、做了超出工作內容外的事才得來的。要我說，這多出來的六百多塊營利就不應該交給超市，你們兩個自己留著吧。我先走了，肚子快餓死了。」他擺擺手，轉身瀟灑離開。

陳致偉對家佳說：「我覺得他講的滿有道理的。家佳，這些錢妳自己留著吧。反正王經理也不一定會說話算話，真的給妳加班費。」

家佳想了想，叫住尹富凱說：「等一下，阿凱！我請你們吃晚餐吧！謝謝你們幫我這個大忙！」

陳致偉點頭燦笑，不是因為家佳請客，而是因為多了和她相處的時間。他問她：「有想到要吃什麼嗎？」

家佳說：「就在這邊找一家來吃吧。」

尹富凱停下腳步，轉頭問家佳：「這裡吃？吃了會不會拉肚子？」

家佳回道：「不會啦，這夜市我從小吃到大，都沒事啊。」接著又說，「這裡有一家牛排很好吃喔，而且份量很大，男生吃了也會很飽，很划算耶！走，我帶你們去。」

「牛排？」尹富凱腦中浮現的是昔日在高級餐廳裡吃牛排的景象，這令他食慾大振。他一時忘記自己早已今非昔比，只覺得已經好幾天沒吃到「像樣」的食物，便催促她，「不早說！快帶路啊。」

家佳點點頭，熟門熟路地帶他們在夜市裡鑽來鑽去，很快就來到一家鐵板牛排的攤位前。

她指著招牌說：「就是這家。」

「啊？」它陽春的門面與尹富凱想像的畫面落差太大，他難以接受地說，「這家看起來超破的耶。」

「怎麼會呢？他們的招牌才剛換新的耶。」家佳又墊腳、湊到尹富凱耳邊抱怨了一句，「而且牛排還漲了五塊。」

尹富凱一聽，嘴角微微抽搐一下，直接轉身走人，但被陳致偉拉住。他問他：「你去哪啊？進去啊。」

尹富凱翻了圈白眼，想起之前去張家的景象，他們家的公寓也很破爛，但張媽煮的飯確實好吃。這麼一想，他覺得好像應該給這家鐵板牛排一個機會。

於是尹富凱又回頭問家佳：「妳真的有吃過？真的不會拉肚子？確定好吃？」

家佳認真地點點頭，不懂他為什麼突然表情那麼嚴肅。她和致偉直接走到一張空桌旁坐下，回頭看他還杵在招牌下，便對他招手說：「過來坐啊。」

尹富凱一臉狐疑地走過來、坐下，一邊東張西望一邊問她：「怎麼都沒有人帶位？」

陳致偉說：「有病喔，這是路邊攤，又不是餐廳。」

家佳馬上制止說：「不要這樣說他，他會傷心的。」接著又問尹富凱，「你別放在心上，致偉開玩笑的啦。你想吃什麼？有牛排、豬排和雞腿排。」

尹富凱說：「當然是牛排啊。」

陳致偉也說：「我也是。」

家佳就對老闆喊：「老闆，三客牛排，謝謝。」

老闆娘回頭看了他們一眼，簡短應道：「好的，美女，馬上來。」

尹富凱急道：「可是我還沒說是哪一種牛排、要幾分熟耶。」看了一圈，又問家佳，「怎麼沒有菜單、酒水單？」

陳致偉一臉問號，家佳則心想：唉，又發作了。

她有耐心地跟他解釋路邊攤和餐廳的不同。尹富凱聽了似懂非懂，他又問她：「那口渴怎麼辦？」

「有紅茶和玉米濃湯啊。」她說完就與陳致偉起身去倒茶、盛湯。

尹富凱這些天與大家相處下來，也學會幫忙拿餐具。三人坐定後，他拿起旁邊一疊方形的粉紅色餐巾紙問家佳說：「這個顏色也是正常的嗎？」

家佳回他：「當然是啊。難道你以前都沒看過嗎？」

「沒。」尹富凱用湯匙舀了一口湯，納悶地說，「怎麼都沒有玉米？」

老闆娘突然轉頭朝他們大喊：「帥哥、美女，你們要蘑菇醬還是黑胡椒醬？」

家佳馬上回：「蘑菇醬。」而陳致偉則回：「黑胡椒醬。」

尹富凱覺得奇怪，便問老闆娘：「不能只加鹽嗎？普通的玫瑰鹽就好。」

老闆娘擺擺手說：「沒有那種東西啦。」

「啊？」尹富凱頓了一下，勉強地說，「那黑胡椒醬好了。」

「好。清一下桌子，要上桌囉。」

家佳才剛把紅茶和玉米濃湯移到邊緣，三客牛排就上桌了。

尹富凱學家佳、致偉攤開白色的大餐巾後，老闆娘一開蓋，熱滾滾的噴油馬上就被餐巾擋住。

老闆娘走掉後，尹富凱用叉子戳戳牛排，疑道：「這上面黏糊糊的東西，能吃嗎？」

「當然可以啊。這是你剛才點的黑胡椒醬，你忘了？它有勾芡，所以才會糊糊的。快吃吧。」

家佳說完自己就先切起牛排。

股市小辭典

註1　跟單：跟風下單買股票。不少投顧會員、網紅粉絲和新聞觀眾都會跟單。

註2　抄心經：股市名言：「抄心經，讓心靜。成年人，不容易。」這句話表示散戶買的股票正在下跌，需要想辦法來緩解焦慮。

註3　一張不賣，奇蹟自來：這句也是股市名言。同樣也是散戶買的股票正在下跌，但無論是否跌到停損點，散戶都深信它會再漲回，因此一張不賣。

Chapter

09 糖葫蘆

尹富凱切了一小塊來吃，簡直難吃至極。

他放下叉子，喝了一口紅茶，味道也很怪。再嚐了一口湯，也是如此。

他環顧店內一圈，其他客人包括家佳、致偉都吃得津津有味。他開始懷疑自己是不是在座唯一有味覺的人。

他看家佳切得毫無章法，就說：「切得那麼醜，妳到底會不會？」他順手幫她切了幾塊，「牛排就要像這樣『逆切』，就是『橫切』，這樣才可以斷筋，吃起來才嫩。」

家佳過去從沒注意到這個細節，嚐了一塊，果然好嚼許多。

她喜孜孜地對他說：「真的變得更嫩了耶。」她又問他，「你覺得好吃嗎？」

「不好吃。還不如妳媽煎的菜脯蛋。」

話是這麼說，但他還是認命把牛排吃完。以前他不知道，現在他「出社會」工作賺錢，才知道錢有多難賺。而目前的自己根本沒有挑食的本錢。

陳致偉聽了瞳孔地震，心想：什麼！他吃過她媽媽煮的飯！他們到底是什麼關係？他們認識很久了嗎？怎麼我完全不知道啊，幹！

家佳回尹富凱：「那我下次再請你來家裡吃飯吧。」

說到這，她突然留意到尹富凱和陳致偉吃東西都很快，但尹富凱的吃相卻很優雅，舉手投足之間都流露著貴氣。

有個念頭閃過她的腦海：會不會阿凱根本不是精神有問題，而是……富二代？如果是這樣的話，一切都說得通了。

她知道詢問別人家裡經濟狀況很不禮貌，但是她實在太好奇了。她猶豫了一會，小小聲地問他：「那個……請問……你以前家裡是不是很有錢？呃，如果不方便說的話，就算了，不要理我。」

「不是『很』有錢，是『超』有錢。」尹富凱得意了兩秒，又消沉地垂下視線說，「可是現在一切都沒了。」

家佳心想：原來從頭到尾都是我誤會人家了，他根本沒有智力或精神問題。不過就算如此，家裡破產、流落街頭還是很可憐。

陳致偉還兀自震驚時，家佳為尹富凱打氣道：「那就重新開始吧。你那麼聰明，一定可以再站起來的。」

尹富凱回以一個勉強的微笑。他看家佳和致偉也吃完了，出於習慣，正要起身結一桌的帳時，家佳忽然跳起來、搶先他一步衝向老闆娘說：「結帳！」

尹富凱愣了一下，看她拿著小錢包、在老闆娘面前數銅板，突然心裡百感交集。

這是他長這麼大，第一次被女生請，說不感動是騙人的。

但是他不懂，為什麼三客牛排加起來才六百六。

這家牛排真的沒問題嗎？

三人吃飽後便順著原路回去，尹富凱在途中看到一家百元理髮店。他摸摸自己的頭髮，似乎該剪了。

於是他對家佳、致偉說：「你們先走吧，我要去剪頭髮。」

家佳點點頭，說：「明天見。」接著又提醒他，「喔，對了，你明天是上晚班，別記錯時間喔。」

「知道。」他說完、揮揮手，就往一旁的理髮店走。

家佳和陳致偉走在回超市的路上，他邊走邊偷看她，心想：現在氣氛這麼好，擇日不如撞日，乾脆現在就告訴她好了。

於是他開口喚了她一聲：「家佳。」

「嗯？」家佳心不在焉地回應。她雖然已經吃飽了，但還是有點嘴饞，想吃點甜的，又暫時沒看到想吃的。

「其實我喜——」

他話說到一半，一個賣糖葫蘆的小販突然出現在他們前方，喊道：「來喔，糖葫蘆！現做的糖葫蘆，又香又甜、不黏牙！」

家佳眼睛一亮、注意力馬上被吸了過去，立即上前問老闆怎麼賣。

陳致偉尷尬地抓了抓頭，也跟了上去。

糖葫蘆老闆說：「一支三十五塊。」

家佳開始翻找小錢包，但錢不夠。她雙手合十地對老闆說：「不好意思，我身上只剩這些，可不可以算我二十六？」

「不行，我賣三十五已經很便宜了，其他人都賣五十耶。」

「喔……」

家佳低下頭，正打算要離開時，陳致偉掏出皮夾說：「我請妳吧。其實我剛才就有點不太好意思。明明我也沒幫到什麼，妳還請我們吃飯。」

「怎麼會呢？你們兩個幫了我很大的忙。真的很謝謝你們。」

這時突然有個人拿了錢給老闆說：「兩支。」

老闆收了錢，遞給他兩支糖葫蘆，又繼續往前邊走邊叫賣。

那人隨即遞了一支給家佳，說：「還妳那天請吃的麵包。」

她抬頭一看，正是尹富凱。

他頭髮剪短之後，不只整個人的氣質更清爽、更有精神，也變得更俊帥了。

她以前就意識到他好看，但這是她第一次覺得他很耀眼。特別是在人群之中，他耀眼的令她快要無法直視。

等等，這個畫面，好熟悉……

突然間，她想起來了！

尹富凱不是別人，正是她去年平安夜去楓林社區送貨時，為她解圍的屋主！

一瞬間，她想起過去尹富凱告訴過她的事，想起他爸媽車禍去世，他家破產、被查封。

他也太慘了吧！

她為他感到難過的同時，也很想問他：怎麼會在短短幾個月間淪落到這個地步？

但這種話如鯁在喉，她如何說得出口。於是她垂下視線，接過糖葫蘆，對尹富凱說：「謝謝。」

尹富凱說：「神經病，有什麼好謝的啊，不過一支糖葫蘆而已。」

家佳回尹富凱一笑，說：「喔對了，你怎麼那麼快就剪完了？」

「對啊，我剛才也是這樣問理髮師。」他拍掉肩上的髮屑，「結果她跟我說：『你這顆還算慢的了。』」

家佳莞爾一笑時，尹富凱指著不遠處的攤位，問她：「那些人在幹嘛？」

她轉頭一看，答道：「喔，他們在套圈圈。」

「套圈圈？」

「你沒玩過嗎？」

尹富凱搖頭。他覺得很新鮮，便與家佳一起擠到攤位前看熱鬧。

神情落寞的陳致偉並沒有跟上。他剛才看到家佳看尹富凱的眼神，又看到她接過他給她買的糖葫蘆，就覺得自己沒戲了。

尹富凱在套圈圈攤位旁看了一會，覺得有些玩家真的遜斃了，老闆給了一桶圈圈還套不中，便想試試看。

家佳是務實的人，她勸他：「你沒玩過肯定套不中，還是別玩吧。玩一次最少要五十耶，比我們超市一袋即期麵包還貴。反正套不中，玩了也是浪費錢。」

這番話刺激到尹富凱，他好勝地說：「誰說我套不中。」他付錢給老闆後，胸有成竹地對家佳說，「妳等著，我馬上就套那個最大、最貴的玩偶給妳。」

他拋出第一個圈圈，不中。第二個，也不中。

他停下來計算了一下各區的機率，決定先丟獎品密集的地方來練習。但是，他拋出第三個、第四個……不是不中就是彈飛。

他心煩氣躁地說：「可惡！這麼單純的遊戲，為什麼會這麼難中？」

一旁的家佳突然開口：「最後一個，可以讓我試試看嗎？」

他這時才發現手中的套環只剩最後一個了。

「好啊，妳試試。」他主動抱走她手上的紙箱，「不過不要抱太大的期待，這個真的超難中的。」

他話才剛說完，家佳就套中了一瓶彈珠汽水。而且看她的表情，這似乎是很理所當然的事。

他張大了嘴、呆若木雞了一會才回神，低語道：「怎麼可能……」

家佳將汽水遞給他說：「給你。」

「不用啦。妳套中的，就是妳的。」

家佳搖頭說：「你剛才出錢幫我買糖葫蘆，我現在只是回禮而已。拿去吧，你不是喜歡喝氣泡飲料嗎？」

尹富凱確實是愛喝。於是他也不再推辭，接過來、扭開瓶蓋就喝。那種氣泡感湧下喉嚨的感覺就是過癮。

接著他驚奇地盯著卡在玻璃瓶瓶頸的彈珠說：「這是怎麼放進去的啊？」

家佳看著他那純真的疑惑眼神，忍不住笑了出來，覺得他像個小孩子似的，很可愛。

兩人就這樣一個喝著汽水、一個吃著糖葫蘆，慢慢往超市的方向走。

尹富凱看著家佳吃糖葫蘆的幸福表情，覺得可愛又太誇張，便笑道：「有這麼好吃嗎？」

家佳頻點頭，將糖葫蘆遞到他嘴邊，說：「吃吃看。」

尹富凱挑了挑眉，狐疑地咬下一顆。他咬破外殼薄脆的焦糖，甜甜的麥芽糖與番茄微酸的果肉巧妙地混和在一起，十分美味。

家佳看他的表情就知道他也覺得好吃，便說：「剩下的都給你，拿去吧。」她話才說完，突然被一陣人潮擠向他懷裡。

他們同時睜大雙眼，互相凝視著彼此，一陣悸動在兩人之間蔓延。

家佳感覺自己的臉正在發燙，此時旁邊攤位老闆忽然叫賣了起來，那宏亮有力的聲音霍然打破了這層曖昧，家佳立刻彈跳開來，尹富凱愣愣地站在原地、還沒回神。

感到尷尬的她，下意識地想逃，於是她低下頭、往前快走。尹富凱這時才回神，他邁開長腿，輕而易舉地就跟上她。

「喂，家佳。」他叫住她，不自在地撥了一下頭髮，「下次再來夜市吧。」

她停下腳步，轉頭問他：「真的？你還想再來嗎？感覺你好像不是很喜歡來夜市。」

「妳讓我對它改觀了。」

他冷不防冒出這句，家佳覺得自己的臉又更燙了。

沒想到他接下來卻說：「我也要成為征服套圈圈的強者！」

不遠處，宋子藤和霍天煦正站在暗處偷偷觀察尹富凱和張家佳。

宋子藤說：「所以呢？你怎麼老是這樣鬼鬼祟祟地跟蹤阿凱？」

晚上還戴墨鏡的霍天煦面無表情地說：「你難道不擔心他嗎？」

「他一個大男人有什麼好擔心的？不是，你自己跟蹤他就算了，叫我來看幹嘛？」

「他們這樣子可以了吧？我可以出手幫他了吧？」

「不急，種子是發芽了，但距離開花，還早得很。」

「你確定？要不要再算一次？」

宋子藤翻了翻白眼，無奈地說：「你急什麼急？愛上一個人哪有那麼快啊。」

「為什麼一定要『愛上』一個人？形式上差不多就可以了吧。」

距離他們幾步遠的地方，老薛也正巧在逛夜市。他看到宋子藤和霍天煦，正要上前打招呼時，聽到了他們的對話。

宋子藤說：「你聽聽你自己說的話，合理嗎？當然不能只是做做樣子！」接著又安撫霍天煦說，「別急。他們天天在超市相處，應該有很多機會可以培養感情。」

老薛雙眼一瞠，直覺告訴他：他們在說尹富凱和他女兒！他引頸朝他們兩人的視線望去，果然看到尹富凱。但張家佳正好被人群擋住，因此他便先入為主地以為剛才的直覺是真的。他隨即混在人群中，慢慢繞到宋子藤和霍天煦身後，以便繼續偷聽。
霍天煦還是擔心不已，又問了一次：「阿凱的正桃花真的是她？你確定你沒算錯？」
宋子藤加重語氣說：「確定！」他拍拍霍天煦的肩說，「你放心，錯不了。」
「我還是不相信那女的有辦法解決阿凱的債務問題。」
老薛聽到這，更是渾身一震，擔憂不已。宋子藤的占卜能耐，他是知道的。
此時宋子藤後方的路人手機突然響起，老薛怕被他們轉頭發現自己在身後偷聽，立刻轉身就跑。
果然宋子藤回頭瞥了一眼，全然沒看到老薛，又回頭對霍天煦說：「當然沒辦法解決啊。你以為普通人還得起阿凱欠的錢？」
「那你怎麼跟阿凱說她是貴人，還說她會招財？你這樣不是在騙他嗎？」
「我不這樣說的話，阿凱會乖乖到四季超市前等人、乖乖在超市裡工作嗎？再說，我可沒騙他。『貴人』的定義本來就很廣泛，『財富』的定義也是。」
霍天煦露出疑惑的表情。宋子藤笑道：「等著看吧。到了該你出手的時候，我自然會告訴你。」
老薛跑到與宋子藤、霍天煦拉開一大段距離，才放慢腳步。
尹富凱是老薛從小看到大的，雖然驕縱任性，但對人向來大方、大度；與其說他器重老薛，倒不如說是依賴老薛。而老薛是個知恩圖報的人，多年相處下來對尹富凱也有一定的情誼，他也希望他能早日清償債務，並且得到幸福。

但是，如果另一半是他女兒的話，那就另當別論了。現階段的尹富凱真的稱不上是好對象啊。

事關女兒的幸福，憂愁的他邊走邊喃喃自語：「小美要是真的到最後跟負債累累的阿凱在一起，日子一定會過得很辛苦的。不行啊！絕對不行！」

股票獲利的滋味，就猶如糖葫蘆般甜美。家佳首次跟單買股就賺到了錢。嚐到了甜頭以後，她就決定要再接再厲。

由於全球疫情的關係，她依然將目標聚焦在最近流行的生技醫療產業。只不過這一次，她不想再去碰「萬國來朝」這類的熱門飆股，而是打算穩扎穩打地找其中基本面[1]比較好的公司股票。

她坐在電腦前查找資料時，倏地想起她與尹富凱在夜市時，被推擠而撞進他懷裡、兩人相視的那一刻。

她一下子就臉紅了，害羞地自言自語：「我在想什麼啊？」

她輕輕地甩頭後，將桌上的兔子玩偶擁入懷中，繼續查找資料。

在研究過幾間公司的財報後，她看中了「康達」和「全拓」。這兩間公司都是原料藥供應商，「康達」每年穩定獲利，「全拓」則是去年開始營收轉虧為盈，後勢看好。

然而它們的業績並沒有反應在股價上，不僅相較於其他類股[2]，它們的股價偏低；就算是以自身過去的股價走勢來看，現在也都正處於低谷。只不過今日股價開始反彈。

家佳猜測，這是因為同產業的「萬國來朝」有著強大的磁吸效應，吸走了市場多數的關注和資金，再加上這兩支股票還沒被市場大多數投資人注意，所以買的人很少、成交量也一直都很低。但她相信股價遲早會反應公司本身的價值，於是她決定先下單各買一張。

「趁它們還沒被炒上去，我先彎腰撿鑽石[3]。」

她想像自己買的這兩支會成為下一個「朝陽」，而買在起漲點的她，屆時獲利翻上數倍也不是不可能。想著想著，她忍不住傻笑了起來，感覺自己好像離「開超市」的夢想又更近了。

股市小辭典

註1　基本面：指公司本身的體質。例如研究公司制度、營運、負債狀況、營收是否正向、配息是否大方；旗下產品是否具競爭力；其所屬產業是否具前景……等。

註2　類股：同類型的股，例如「食品類股」、「鋼鐵類股」和「運輸類股」……等。以「海運股」為例，有著名的長榮、萬海、陽明……等。

註3　彎腰撿鑽石：指的是一種投資策略：價值投資。透過基本面分析，找出股價暫時被低估的股票。投資人在股價低點時買入，待股價漲到符合公司價值時，再考慮是否持有或賣出。

Chapter 10

彎腰撿鑽石？

時間過得很快，一下子就到了尹富凱領週薪的時間。

這是他從小到大第一次領薪水，所以他非常雀躍。他登入銀行ＡＰＰ察看金額時，先是愣了一會，將手機螢幕湊近、再看一次，金額完全沒變。

他瞪大眼睛，難以置信地說：「怎麼可能只有五千多！」

他怒氣沖沖地去找店長理論，一推開辦公室門，便對店長怒道：「喂，妳薪水到底是怎麼算的啊？為什麼給我這麼少？」他邊說邊將手機畫面遞給店長看。

若換作是別人，店長早就開除了。但她只是面露不悅地瞪他一眼，又看了一會螢幕，接著拿起計算機敲了幾下，最後口氣平淡地對他說：「你的薪水要先扣掉勞、健保，再扣掉二十％給債權銀行，最後才會撥入你的薪資帳戶。」

尹富凱半信半疑地看向計算機，從公式上推敲出一個驚人的事實。

「我時薪只有……一百八十？」

「其他新進員工的時薪只有一百五十八[1]，我已經給你很高了。別得了便宜還賣乖。」

他震驚地說不出話。店長拿回計算機，並將手機遞還給他，語帶輕微的調侃：「歡迎來到平民老百姓的世界。」接著她又自誇道，「你能來我們店工作已經算走運了，我可是少數真正有在付加班費的老闆。像家佳之前在夜市賣咖啡，銷量達標以後，我就有多付她兩小時的加班費。」

「那不是應該的嗎？而且妳也就只付那一次而已吧？原本王經理答應她：以後銷量每增加五十杯，就多付她兩小時的加班費。我看最近幾天咖啡銷量都有破百，可是妳有每天多給她兩小時加班費嗎？」

「後來『轉輪盤』移到收銀區旁邊，所有值班員工在上班時間都要輪流去顧，不再是只有家佳一個人付出勞力，所以我當然『不必』再多付她加班費。」店長又說，「回歸正題，你對於『你個人的薪資』還有什麼不滿意嗎？」

「當然！」尹富凱頓了一下又說，「不是啊，我知道一般人的薪水沒有我以前賺得那麼多。但是也沒那麼少吧？我拚死拚活地搬貨，就只賺到這麼一點錢，我實在是——」

「認清事實吧，你現在的勞力就是只值這點錢。」

這句話對他來說宛如晴天霹靂。他面如死灰地說：「照這種賺錢速度，我豈不是要幾百年才能還完債？」

店長很清楚他現在的處境與以前相比是多麼的淒涼可悲。她見他因自己的話而神色黯然，才意識到自己說話太傷人。

「你不是還有房子在法拍嗎？說不定法拍出去後，你的債務問題就能一筆勾消了。」她的語調仍是一貫的平板，但是內容明顯溫和許多。

這點尹富凱當然知道。問題是法拍程序日久時長，房子正式賣出恐怕還得再等上數月。

他轉身背對她，消化了一會情緒，靜下心後想道：這份工作薪水實在太低。看來還是得找金融業的工作才行。但是我現在又沒電腦，要怎麼投履歷？

於是他又轉回來問店長：「我能跟妳借電腦用嗎？」

「不能。不過你可以去附近的圖書館借電腦用。」

「圖書館？」他想了一會，點點頭說，「也行。」他說完便逕自轉身走出辦公室。

店長翻了圈白眼，捏著鼻樑，自言自語道：「還是這麼沒禮貌。」

◇

接下來幾天，不只「朝陽」、「朝來」，「萬國來朝」四檔股票都跌了。雖然尹富凱和家佳都不再勸說阿珍姐，但阿珍姐也越來越不抱希望，想賣的心也越來越強烈。

到了今天的午休時間，阿珍姐終於決定要在尹富凱和家佳的「見證」下賣出股票。

她已經設定好價格，卻遲遲按不下「賣出」按鈕。

此時她腦袋裡正播放著經典台語老歌《車站》，她用台語對ＡＰＰ上的股票說：「捨不得，我真的捨不得……難道真的漲不回去了嗎？」

尹富凱不耐煩地說：「妳是在囉嗦什麼，到底要不要賣啊？等等要是跌停，看我怎麼笑妳。」

家佳馬上勸他：「你不要這樣說阿珍姐啦，她是真的捨不得。」

經尹富凱一說，阿珍姐也怕再不賣，晚點真的會跌停，於是她馬上按下「賣出」按鈕。

一下單就交易完成、順利賣出，ＡＰＰ上也隨即顯示出損益。

家佳原本以為阿珍姐會賺得比自己多很多，因為她比自己早兩個禮拜買、持有張數也比自己多，沒想到最後阿珍姐的獲利居然和自己差不多。

家佳暗自心驚：阿珍姐只比我晚幾天賣，沒想到就少賺這麼多。看來買賣真的是不能猶豫，一猶豫就會錯過時機。

阿珍姐自我安慰道：「好啦，至少還有賺。」她問尹富凱說，「怎麼樣，最近有沒有聽到哪一家『明牌』？說出來給我參考一下。」

「沒。」尹富凱說。

家佳很想告訴他們，自己買了「康達」和「全拓」，但想了想、還是忍住沒說。她想要等到「康達」和「全拓」的漲勢穩定後，再告訴他們。

午休過後，員工們一一步出休息室，準備上工。

尹富凱出來時，正好遇到老薛。他之前便已打定主意以後要對老薛好一點，因此他主動上前向老薛打招呼。沒想到老薛卻露出略顯慌張的微笑。

尹富凱看他手中提著便當袋，看起來像是來送店長午餐的，便走上前，伸手道：「來給女兒送飯啊？快打開來讓我看看裡面有什麼好吃的。」

老薛一反常態地避開他，乾笑地說：「哪有什麼好吃的。就是普通的家常菜而已。」說完便匆匆走向辦公室，連門都沒敲就直接推門入內，似乎是在躲他。

尹富凱察覺到他態度有異，便又悄悄走到門邊，將耳朵貼在門上偷聽，好奇他來幹嘛。畢竟他很少來超市。

此時家佳戳戳他的手臂，悄聲道：「你在偷聽嗎？這樣不禮貌。」

尹富凱也小聲回道：「我是好心好不好。老薛今天怪怪的，不知道發生了什麼事。」

「老薛？」

尹富凱摀住她的嘴，輕聲說：「就是店長她爸啦。」

家佳這才終於意識到：原來薛店長的爸爸就是尹富凱家的薛管家！

她偏著頭想了想，也將耳朵貼在門上。

辦公室裡的店長對於老薛的出現似乎很訝異，她說：「爸？你怎麼會來？」

老薛沒馬上回答，而是先問店長：「吃過了嗎？」

「還沒。我剛在忙。」

「喔，那妳快吃吧。我就想說，妳老是一忙就忘記吃飯，最近胃口又不好，整個人都瘦了，所以特別做了妳愛吃的菜。」

接著裡面陷入一陣沉默。不到一分鐘，店長便問老薛：「你是不是有事找我？」

老薛乾笑道：「嗯，對。是這樣的，我這幾天就在想，如果阿凱真的不適任的話，那還是不要勉強吧。」

門外的尹富凱和張家佳面面相覷，兩人都感到錯愕。

「什麼？」店長也訝異地說，「你之前不是還怕我給他的工作太粗重嗎？」

「是，我當時是這麼說的，沒錯。但我後來想想，做生意嘛，又不是做慈善。他現在的工作，請一般的工讀生來做就行了，而且時薪也不用付那麼多。」

「爸，你怎麼突然……你以前不是還滿感謝阿凱的嗎？你說他雖然任性幼稚，但其實是個好人，甚至有點單純，而且從沒把你當外人，所以你要加倍努力工作、加倍對他好。怎麼現在？」

「對，我知道他對我很好。但是小美啊，他欠的錢不是小數目，是天價啊，天文數字！要是以後討債的知道他在妳這工作，來討債怎麼辦？」

「報警啊，不然呢？」店長說。

尹富凱聽到這，彷彿背被人捅了一刀般，非常難過心寒。他怎麼也沒想到，老薛會在他背後說這些話。他一直以為老薛很忠厚老實，而且老薛過去的表現也從沒辜負他的信任。

但是現在……

張家佳看尹富凱皺起了眉頭，她也跟著皺起了眉頭。

從小家裡人就教她：人有餘力就要雪中送炭。如果做不到雪中送炭，也絕不能落井下石。她不喜歡薛店長的爸爸這樣對尹富凱。

老薛繼續對店長說：「而且他過去的大少爺脾氣妳是知道的，在外面得罪了多少人，妳知道嗎？要是以後有仇家知道他在妳這工作，來找碴怎麼辦？影響了生意怎麼辦？」

店長仍淡定地說：「爸，我覺得你杞人憂天了。」

「唉小美啊，妳就聽我一句勸，請他走人吧。妳頂多多給他一些資遣費。」

尹富凱正琢磨著老薛為何會突然對自己的態度大變時，張家佳突然把他拉開，然後自己開門衝進去，劈頭就罵老薛：「你、你這樣子是不對的！你怎麼能這樣對阿凱呢？」

門外的尹富凱愣了一下，心想：嗯？「衝進去罵人」這種事不應該是我做的嗎？怎麼就被她搶先了？她平常不是很俗辣嗎？啊我知道了！果然她還是愛上我了，所以才為我打抱不平。果然我還是很有魅力的。

他兀自在門外志得意滿時，辦公室裡的家佳繼續對老薛說：「你剛才說的債主討債和仇家尋仇都是假設，實際上根本沒發生過。你怎麼知道他們一定會知道阿凱在這工作，又怎麼知道他們一定會上門來亂呢？」

家佳又對店長說：「阿凱在工作上不只沒再犯錯，而且越做越好。如果妳不信我，我現在可以請所有員工來為阿凱作證。」

店長揉揉太陽穴，說：「不必了。妳說的我都知道。妳先出去吧。」

「店長，既然妳知道阿凱現在有經濟困難，就不要開除他吧？不然他真的要去住遊民收容所了。」

「夠了，出去！」

「可是——」

家佳還想再為尹富凱求情，就被店長打斷：「我沒有要開除他，滿意了吧！出去！現在！」

店長的語氣堅定，老薛瞪大眼睛、不可置信地看著她，家佳則眉開眼笑道：「真的？謝謝店長！」

家佳一出辦公室就想拉著尹富凱一起大聲歡呼，但是店長和老薛都不知道尹富凱就在門外，所以她便對尹富凱比了個ＯＫ的手勢，接著便開心地跑去倉庫工作了。

尹富凱看著她蹦蹦跳跳的背影，不自覺地微笑了起來，心想：明明這麼弱小，卻這麼愛多管閒事……不，她一點也不弱，她比其他人厲害多了。

突然有個念頭閃過他腦海：就算家佳不是那個能解決他債務的貴人也無所謂，因為家佳本身就彌足珍貴。

能有這樣一個朋友，真好。

接下來這幾天，家佳每天都會利用上班空檔關注股價走勢。然而，「康達」和「全拓」都只小漲兩天，之後便持續下跌，而且越跌越兇。

今天股價來到了她的停損點，她只好忍痛掛賣「康達」和「全拓」。

「康達」馬上就賣出。

她才鬆了一口氣，股價居然就開始漲了！

她杏眼圓睜、倒抽一口氣，決定將另一支「全拓」給取消不賣，而是改為加碼買一張。

沒想到到了隔天，「全拓」又大跌。這下子她損失得更多了。

她欲哭無淚地想：原來我彎腰撿的根本不是鑽石，是大便。主力是不是偷看我的單？我是不是被主力狙擊了啊？不然怎麼那麼巧，我一買就跌，我一賣就漲。

她將兩張「全拓」給賣了。光是「康達」和「全拓」這兩支，她就賠了一萬多。幾乎把上一支「朝陽」的獲利，全吐回去了。目前為止，總投資獲利下降到只剩幾百元。

沒想到十分鐘後，「全拓」又漲回來了！

「什麼！怎麼會這樣啦！」她既震驚又沮喪，心想：難道上次賺錢，純粹是新手運嗎？明明這次還特別花時間分析公司財報，結果根本一點用也沒有嘛。

她不知道該怎麼辦，思來想去，決定到網路上高人氣的股市論壇「股海方舟」詢問，看能不能遇到高人為自己指點一二。

她趁中間休息空檔時，躲到罐頭區的角落，用手機發文，標題是：「為什麼總是一買就跌、一賣就漲？」

她在打內文的時候，補貨的尹富凱正好經過。他原本是想嚇她，墊腳走到她後方的時候，恰巧看到一些內容。

他暗笑在心：暱稱「糖葫蘆好吃」喔，原來她有偷買股票。而且看標題內容，是賠錢了吧。

「股海方舟」之所以近年如此受歡迎，是因為它有一個「猜漲跌」的遊戲。除了猜大盤指數漲跌以外，用戶也可以自己追蹤有興趣的個股、猜漲跌。若猜對可獲得虛擬金幣，用它來解鎖專家研究報告；猜錯則會失去金幣，若金幣全沒了，就要透過發文、留言或連續簽到幾天，才能賺回來。

許多股市投資人士都有「股海方舟」的帳號，尹富凱也不例外。只是他很少發言，而且已經好一陣子沒用了。

這個論壇雖然美其名為「股海方舟」，實則是股市的縮影；是危機四伏的怒海。在這裡，爾虞我詐、弱肉強食是不變的法則。家佳在「股海方舟」裡發文詢問，無疑是請鬼拿藥單。

在尹富凱看來，她就像是隻掉進海裡的小白兔，越是掙扎求救，越容易引來鯊魚；所得到的訊息無用也就罷，要是被有心人士錯誤引導的話，恐怕她會越陷越深。

尹富凱心想：該不該現在就告訴她，論壇上的壞人和假消息很多？但是我告訴她這些，她不就知道我很懂股票？

於是他不動聲色地慢慢後退、走開。而家佳從頭到尾都沒發現他，仍專注地在打字。

晚上超市打烊後，尹富凱一人坐在用餐區，邊吃泡麵、邊登入「股海方舟」，察看家佳發的文章。

起初他想惡作劇、留言跟她開開玩笑，但是看網友留言的內容都在嘲笑她或給她錯誤的觀念，他實在看不下去。

於是他刪除了對話框的文字，開始去研究她買的「康達」和「全拓」。

研究完後，他覺得她的眼光其實不錯，只不過太畏首畏尾，每次才小跌就賣。於是他認真地在她的文章底下留言：

「看妳那麼可憐，我就大發慈悲地指點妳吧。

俗話說：『有量才有價』。新手如果追求『短期獲利』，就要避免『不熟悉的冷門股[2]』，除非有主力拉抬，否則冷門股股價不跌也頂多持平、難有明顯漲幅，不過這也代表冷門股的股價相對穩定。冷門股中也有績優股，配息穩定的話，是長期持有的好標的。這兩支基本面都不錯，如果手上還有剩餘張數，建議先不要賣，長期還是看漲的，可以放著每年領配息。

還有，除非妳是職業操盤手或財力雄厚的專職投資人，否則我也不建議妳跟風買飆股或熱門類股，因為大盤、類股和個股股價起起落落都是家常便飯，只有選擇自己『熟悉』的公司或產業，並且定期檢視，妳對持股才有信心，才不會因為一時漲跌就買或賣。

有時間的話，可以去學習何謂『空中樓閣理論』和『磐石理論』。長期來看，股票最終的價值還是要看公司本身，所以基本面才是最重要的，籌碼面、技術面、消息面都只是讓妳 double check 的輔助工具；所以與其花時間去學看線、看籌碼、打聽消息，倒不如認真分析標的公司財務狀況與所屬產業前景。

最後，我以過來人的前車之鑑建議妳：雞蛋不要放在同一個籃子裡，不要將資金重押在單一個股或單一產業上，分散布局，才能分散風險。如果妳對標的完全沒有想法，可以考慮買分散布局概念的『廣積型』股票或ＥＴＦ。」

尹富凱送出留言後，也追蹤了家佳的帳號，如此就能看到她之後猜個股和大盤的漲跌。

他不只用虛擬金幣壓「康達」和「全拓」漲，還決定明天一開盤就買「康達」和「全拓」。

與此同時，在家中邊看電視、邊吃水果的家佳，也收到了ＡＰＰ的新留言和新追蹤者通知。

她看完一位暱稱「Mammon」的留言，嘆了一口氣，低聲道：「可惜我已經全賣出了！不過我哪有畏首畏尾啊，都已經跌了十％了，怎麼會是小跌呢。」

雖然她的想法與 Mammon 不同，但是能遇到好心人願意認真回答，她還是很高興。她一邊打字道謝時，又感到有點奇怪地說：「嗯？他從頭到尾都用『妳』來稱呼我？他怎麼知道我是女的？難道是因為暱稱的關係？」

儘管她覺得奇怪，這個疑問也只是從腦中飄過而已，她聳聳肩就忘了。

經過這次的教訓，她痛定思痛，暫時不敢再貿然買股票，決定先學習一點專業知識再說。她看他追蹤自己的帳號，也追蹤他，如此兩人以後便能私訊聯繫，而她也可以繼續請教他的看法。

股市小辭典

註１　本故事背景為二〇二〇年，當年度基本工資之時薪為一百五十八元。

註２　冷門股：成交量低的股票。它們流動性差、不好脫手，因此不建議新手買入。如文中所說，冷門股不代表不好，其中也有績優股。而績優股之所以成交量低，是因為持有人將它視為「定存股」，打算長期持有、每年領穩定配息，所以不輕易賣出。

Chapter

11 地獄倒楣鬼ETF反

台北市立圖書館內，家佳正抱著幾本股市投資書籍往自助借書區走。

她覺得股海方舟上，暱稱「Mammon」給她的建議很不錯，所以便想藉由書籍了解一些投資的理論知識。

她經過一排電腦查詢區時，看到一個熟悉的背影，於是放慢腳步，好奇那個人是誰。從他螢幕上的畫面來看，應該是在人力網站上填寫履歷。

這時那人突然背向後靠、伸了一個懶腰，長臂不小心打到旁邊的小男孩。

「唉唷！」小男孩叫了一聲，說，「叔叔，你打到我了。」

那人轉頭看向小男孩時，正好與家佳四目相對。

「是妳！」

「是你！」

尹富凱下意識地用手擋住螢幕畫面，有些尷尬地對她打招呼：「妳怎麼在這？」說完便看向她手中的書，封面都與股市有關。

家佳馬上把書藏到背後，心想：糟糕了，他是不是看到封面了？

兩人正各自感到困窘時，小男孩突然開口道：「叔叔，你還沒跟我說『對不起』。」

小男孩的態度很堅持，家佳和富凱兩人互看一眼，都忍不住笑了出來。

尹富凱邊笑邊對小男孩說：「抱歉啊。」

家佳看完借回來的股市投資書以後，對於股市有了更多概念，思索道：「原來 Mammon 提到的《磐石理論》是指：個股都有它的『真實價值』，不論股價如何波動，最終股價還是會回歸到它的『真實價值』，也就是著重於它的基本面、價值投資的概念。

而《空中樓閣理論》的論點正好和磐石理論相反，是指：『真實價值』並不存在，股票的價值應該是取決於投資人願意付的『最高價』。但這樣不就又容易落入大戶炒作的飆股的圈套了嗎？

還是磐石理論比較保險。嗯，我還是先買比較穩健的股好了。電信業市占第一的『穩訊電信』就很不錯，以後就每年固定領配息。」

接下來幾天，『穩訊電信』這支的股價確實很平穩。沒想到有天開盤突然急跌了五％，嚇得家佳還沒搞清楚緣由，就一時心慌把它給賣了。

午休時，她在員工休息室邊吃便當，邊用手機看網路新聞得知，這間電信公司的５Ｇ網路投資案出了問題。她猜測是這個消息造成持股人恐慌，所以大量抛賣股票，造成股價下跌。

她認為股價短期內還會持續下跌，所以她登入「股海方舟」ＡＰＰ，用虛擬金幣壓「穩訊電信」跌，並特別在備註欄貼上這則新聞的連結。

此時還在休息室外補貨的尹富凱收到了ＡＰＰ通知，他打開手機一看，是家佳下注的訊息。

她猜漲跌的戰績已經累積到連五敗，而前幾天都和她對做的他則是連五勝，所以這次他想都不想就壓「穩訊電信」漲。

接著他開 email 信箱看，沒有任何未讀信件。幾天前寄出的履歷，全都石沉大海、沒有回應。

他眼神一暗，肩膀有些垮了下來。

他知道從未有過正職經驗的自己，在人力市場上的價值會隨著時間越來越低，因此並不期待會有國際級企業求才若渴地來約面試。但他好歹也是椰林大學財金系畢業，怎麼主動投了好幾家履歷，卻連一個面試的機會都沒有？

這個結果讓他感到很意外也很沉重。現在想想，是他太樂觀了。

他喃喃自語道：「是不是應該在履歷上加註：『期望薪資只要每月一百萬』就好？」

接著他點開ＡＰＰ，查看「穩訊電信」的股價走勢。

電信業屬於穩健型類股，從來都不是喜歡殺進殺出、快意恩仇的尹富凱會涉獵的標的。但因為是家佳關注的，所以他也對這支起了興趣。

下班來看看這支好了。

他收起手機，繼續補貨。

接下來幾天，家佳仍積極學習，並且嘗試了不同類股和選股方式，但還是常發生一買就跌、一賣就漲的情況。雖然偶有小賺，但總損益還是不斷往負值移動。

到了四月底，台股大盤指數彷彿跟隨著春天的腳步，也回暖到了一萬點。

而這陣子財經新聞報的主要都是電子業，所以家佳也買了一支知名度高的老牌電子股「準鴻」。

結果她下班回到家一看，又是一買就跌，漲跌完全沒跟著大盤走。目前為止，她的總投資損益已經變「負兩萬」了。

雖然兩萬不算多，但那也是她辛辛苦苦打工、省吃儉用存下來的錢。

她對於結果很失望，沮喪道：「明明已經避開了冷門股，卻還是賠錢。難道我是地獄倒楣鬼嗎？買什麼跌什麼，而且還都一賣就漲。我是不是不應該自己選股？如果是看專家的分析報告，會不會比較有機會在好的時機點買到好股？」

她窩在房間床上，抱著筆電，用網頁開啟「股海方舟」的論壇後，發現自己的虛擬金幣都已經輸完了，沒辦法花金幣解鎖專家報告。為了多賺金幣，她決定再次發文問大家，到底自己的操作出了什麼問題。

文章一發出，遠在四季超市內拖地的尹富凱就收到了ＡＰＰ通知。

他點開ＡＰＰ，一看到發文者就忍不住笑了出來，因為家佳把自己的暱稱改成了「地獄倒楣鬼」。

尹富凱早就意識到家佳是極佳的反指標。他把她的選股加入追蹤清單後，還特別為它們建立一個群組。說來也巧，他剛好把這個群組的名稱設為「地獄倒楣鬼ＥＴＦ反[1]」。

一直跟她對做的尹富凱，光是這個月以來，五萬元的股本就已經快要翻倍了。出於感謝，他下班後特別跑到圖書館，用公用電腦回覆她的問題。

這次他回答得更仔細，每一支股票都分開解析給她聽。

夜晚，張家一家四口在飯廳吃晚餐時，張爸、張媽都發現家佳胃口不太好，而且似乎有心事，鬱鬱寡歡的樣子。

張爸和張媽彼此互相交換了幾回眼神，最後張爸輕咳了一聲，夾家佳愛吃的宮保雞丁給她，溫言關心：「妳不是最愛吃宮保雞丁嗎？怎麼今天吃這麼少？」

張媽也忙道：「對啊，是不是我今天煮太鹹啦？還是上班太累了？還是身體哪裡不舒服啊？」

張家一家感情向來很好，家佳心裡又藏不住祕密，父母一問，她眼眶馬上就紅了，一開口眼淚就掉下來，哭著說：「爸爸對不起，我沒聽你的話買了股票，結果賠了錢。我是笨蛋！我是地獄倒楣鬼！」

狀況外的張家華被她的哭聲嚇了一跳，飯粒都從他嘴裡掉回碗裡。他睜著大眼疑道：「幹嘛？發生什麼事啦？」

張爸不但沒責怪家佳，反過來遞面紙給她說：「別哭別哭，爸爸在！我來想辦法！妳是不是融資了？還是跟銀行貸款了？不怕，欠了多少錢，我來想辦法！」

家佳邊啜泣邊搖頭說：「沒有沒有，我是用自己存的錢。賠了兩萬多。」

張爸鬆了一口氣，安慰她：「喔那還好、還好。兩萬也不算太多啦，我當年比妳還慘多了。」

「啊？」家佳一驚，頓時忘了哭，問他，「你以前也買過股票啊？」

張爸嘆了一口氣，才承認：「嗯。但這不是我衝動喔，我年輕的時候，每個人都買股票。那個時候啊，買股票根本是全民運動……」

距今三十幾年前，台灣經濟起飛，國民財富暴增，熱錢開始氾濫，台灣證券業進入牛市，股市一片欣欣向榮。到了一九八九年至一九九〇年間，全台掀起「全民炒股」的風潮，台股進入了真正的奔騰年代！

當時的人有多麼瘋迷股票呢？平日一大早，各家券商「號子」便擠得水洩不通，投資人都等著九點開盤。甚至許多公司部門都要等到十二點收盤[2]後，才開始辦公、處理業務。

巔峰時期，台股平均日交易量相當於紐約加東京交易所的交易量！

那時的大樹金股價不只一路飆漲到破千，更是一度飆到一千九百七十五元。不只是金融股的領頭羊，更是台股股價最高、傲視群倫的「股王」！

可惜花無百日紅，正如華爾街的一句老話：行情總在絕望中萌芽，在半信半疑中成長，在充滿希望中幻滅。

同樣在一九九〇年，台股創下歷史新高時，波斯灣戰爭突然爆發！

全球經濟皆受影響，台股大盤一個重挫便引起投資人恐慌，從全民炒股變「大賣空」，股市很快從牛市變熊市；短短八個月內大盤從一萬二暴跌到兩千點[3]。

「……雖然之後大盤指數慢慢回升，可是大樹金卻一路崩到一百八十幾。」張爸說。

家佳驚呼：「這樣不就是一張將近兩百萬的股票，變成只剩不到二十萬？」

「是啊，兩百萬現在來看頂多只能買停車格，但三十年前已經可以買房了。不過我當時還沒買，妳耐心聽完。」張爸繼續說，「之後大樹金終於開始反彈。我認真做了技術分析，又看新聞說大樹金最穩，所以就在它股價一百九十的時候，果斷進場買了一張。沒想到大樹金只漲回二百，就又一蹶不振。現在又遇到疫情爆發，股價好像還不到四十吧？」

家佳為爸爸感到惋惜，說：「那不就等於你賠了十五萬左右？」

「沒啦，我好多年前就賣掉了。那個時候它好像跌到一百四十還一百五十吧，大概虧了五萬。」

「喔。所以你是因為賠了錢、受到很大的打擊，所以才不讓我們買股票。」

「妳也太小看我了吧？五萬就能讓我深受打擊？還不至於。」張爸擺擺手。

家佳茫然說：「要不然呢？」

「最近因為股市熱，我才想起自己二十幾年前也買了一張台 G 電的股票，然後才發現它現在光是股價就已經賺超過幾十倍了。」

「啊！幾十倍啊！」

「對。可是妳要知道，我買的時候完全沒作任何功課喔，純粹就是熱血衝腦、想支持台灣發展半導體，跟衝動購物沒兩樣。然後咧，我買了以後也沒再去管它，所以後來就忘了它的存在。結果沒想到它放到現在，反而賺那麼多！簡直莫名其妙嘛！所以我不是因為自己賠錢，而是因為感慨股市的『難以預測』，所以才勸你們都不要買。對了，妳有看過《投資經典圖》[4]嗎？」

家佳搖搖頭，張爸用手機 google 出那張圖之後，邊拿給她看邊說：「妳看，股價漲跌根本就沒有規律、沒有邏輯可言，所以股價根本就是沒辦法預測的東西。還有啊，就算賺了又怎麼樣？在把股票賣掉之前，帳面上的數字都只是紙上富貴，會讓人患得患失、睡不安穩。那種日子並不好過，所以我才不想你們去買股票，所以才警告你們不要買。」

家佳嘟起了嘴，不太認同爸爸的想法。雖然她投資到目前為止是賠錢的，但她還是比較偏向磐石理論的。只不過她並沒有當場表達出自己真正的想法。

張爸見她嘟嘴，又對她說：「所以不要傷心啦。妳還年輕，錢再賺就有了。這次學到了教訓，以後就不要再買股票了。」說完便又繼續吃飯。

而一旁的張媽和家華雖未再說什麼，但卻都各自沉浸在自己的心思裡。

飯後，張媽和家佳一同在廚房洗碗時，家華走了過來，冷不防把一張銀行卡塞進家佳的褲子口袋裡，說：「拿去。」

「什麼啊？」家佳問他。

「看妳剛才哭得那麼醜，就給妳吧。」

家佳一聽，連忙將手洗乾淨，將卡掏出來還他說：「不用不用，你拿回去啦。你最近不是想換筆電嗎？我現在有在工作，你要是買筆電錢不夠，我還能贊助你一點呢。」

媽媽見姊弟倆感情深厚，很是欣慰。她微笑說：「拿回去吧，家華。媽本來就打算包個小紅包給家佳。」

家華一聽有媽媽出錢，馬上心安理得地拿回銀行卡、跑出廚房，就怕姊姊反悔。

家佳看著弟弟的背影，微微一笑，接著也同樣婉拒媽媽好意。

「就收下吧。」媽媽突然湊近她，悄聲道，「其實我從三十年前開始就一直有在投資股票，只是沒有跟你們講。妳爸也不知道。」

家佳錯愕道：「什麼！妳也有！那妳怎麼知道要買哪一支？」

「妳媽我雖然是家庭主婦，但年輕的時候也是在證券業工作的。就算之後辭職、專心照顧你們兩個，我也沒有和金融證券圈脫鉤，還是有在持續關注財經動態。」

家佳打岔道：「啊，我知道了，所以妳買的都是金融證券股？」

「我的確只看金融證券股，但不一定都是『買』。三十年前，也就是妳爸剛才說全民開始瘋股市的時候，我開始進場，但不是買而是開始『融券放空』，簡單來說就是股價越跌我越賺。妳爸後來進場的時候，我還是繼續放空，只是他不知道而已。」

家佳驚道：「啊！那豈不是和爸爸相反？」

媽媽笑了，說：「對啊，我就是跟他對作。他只不過是看了一點新聞，學了一點技術面的皮毛，就以為自己是線仙，成天在那裡看線，說得頭頭是道。投資哪是那麼簡單的事。說到金融證券股，他哪有我懂。後來我又陸陸續續買賣了一些股票，雖然賺不了大錢，但至少股利可以減輕一點生活負擔。等到再過幾年，妳爸老了、想退休，我們就可以靠股利和退休金養老了。」

家佳見媽媽一副穩操勝券、十拿九穩的樣子，宛如在股海浮沉之中看見明亮的燈塔，連忙握住媽媽的手說：「那我以後跟著妳買不就好了嗎？」

媽媽回以微笑，說：「想跟單啊？這麼信得過我？」

家佳點頭如搗蒜。媽媽又說：「那要是股價跌了十趴，妳會不會怪我？」

家佳想都不想就搖頭：「不會！」

「要是跌了二十趴呢？妳還抱得住嗎？」

家佳皺起眉、嘟起嘴，顯然有些猶豫。

媽媽又問：「要是大跌了五十趴，我叫妳繼續抱著別賣，甚至是叫妳加碼，妳做得到嗎？」

家佳遲疑地舉手說：「那個，我可不可以在它跌十趴的時候就先賣掉停損呢？」

媽媽被乖女兒的表情逗笑了，她輕點她的額頭說：「看吧！還想要不勞而獲！妳記住，只有買自己熟悉的股票、自己做過功課，才能買得安心、抱得長久，也才能心服口服地承擔成敗。投資其實考驗的不只是技術、眼力，還有人性！」

「怎麼會這麼困難啊！」

「賺錢本來就不是一件簡單的事啊。但它卻是一件必要的事！」說到這，媽媽反握住家佳的手說，「女兒啊，妳一定要記住：我們女人不一定要有自己的事業，但一定要有錢！有錢心裡才踏實。錢滾錢是最快的，所以不要害怕投資，也不要因為一次失敗就氣餒，好嗎？這世上很多事不能急，也不必急，越急越壞事，像投資就是這樣。

妳才剛開始接觸股市，先從零股開始，慢慢培養眼力和膽識吧。」

「嗯。」家佳用力點頭。有了媽媽的鼓勵和建議，她又心生勇氣，想再繼續嘗試。

家佳才回到房間，便收到股海方舟的ＡＰＰ通知，是「Mammon」回覆她的留言。

她馬上盤腿坐在床邊，點開來仔細閱讀。

Mammon 的分析都非常精闢又易懂，所以她對 Mammon 既佩服又有點崇拜。

然而其他網友們的留言都與她的問題全然無關，都是在討論 Mammon 的身分。

「上面那個回文的『Mammon』該不會就是『財魔』吧？」

「你是說那個猜漲跌連勝七十幾次、創下論壇紀錄的『財魔』？應該只是暱稱一樣吧？」

「對啊，我也覺得應該不是『那個財魔』。他已經好幾個月沒出現了，而且他以前也不會打那麼長的留言。我猜以前的『財魔』大概已經賺夠，退隱江湖了。」

有個暱稱「Wu_so_rich」的網友留言：「哈，聽說『那個財魔』之前跟銀行借很多錢炒股，結果遇到公司惡性倒閉、股價大崩，他賠了一屁股，房子都被法拍了。聽說他為了躲債，已經跑路了，現在也不知道人在哪裡。」

「那他也太衰了吧。我是覺得啦，股票這種東西多少還是要看運氣。『財魔』這名字那麼不吉利，怎麼會有人給自己取這種暱稱啊。」

底下還有幾則留言是表達同情。

前面爆料的「Wu_so_rich」又加碼道：「哈，他有什麼好同情的？聽說他以前炒股的手段狠辣無情，很多人都因為買在高點，被套牢好幾年。現在他破產也是報應吧。」

底下又有人將這個過去在論壇上頗有名氣的股神，暱稱的由來解釋給大家聽。

家佳看完之後，一方面有些同情以前那個財魔，一方面又覺得他炒股的方式好可怕。

她抱起進房找她的薏仁，對牠說：「以前那個財魔好像是很冷血、不顧他人死活的人，但是現在耐心回覆我的財魔應該是好人。這兩個財魔應該不是同一個人，只是暱稱剛好一樣吧？嗯，沒錯，一定是不同人。」

接著她想起 Mammon 之前的留言，又對薏仁說：「之前 Mammon 建議我買自己熟悉的股，我以為常聽過的企業就算是熟悉了。但是剛才聽完媽媽的話，我才意識到我跟電信業、電子業根本不熟。這樣不就跟 Mammon 之前點出的癥結點一樣、犯了和之前一樣的錯誤了嗎？難怪我後來買的『穩訊』和『準鴻』也都抱不住。」

她摸摸薏仁、將牠放下後，坐到電腦桌前搜尋了一會，又道：「可是目前沒有超市有上市、上櫃啊。」接著她靈光一閃，眼睛一亮，「啊！超市裡那麼多商品，總會有一些品牌公司有發行股票吧！」

隔天在四季超市工作時，家佳邊拉著高大、滿載重物的籠車，邊打量著架上商品，一時分心、沒控制好施力的方向，整台籠車突然朝她倒下！

千鈞一髮之際，她突然被人猛力拉到一旁。

「碰！」沉重的籠車應聲倒地，裡頭貨物都從上方的開口掉出來。

家佳倒抽一口氣，慶幸地想：好險有人拉我一把。

「呼——」尹富凱鬆了一口氣。他的聲音從她頭頂傳來，「喂，妳沒事吧？」

家佳這才留意到自己被他拉進懷裡，一陣緋紅爬上她的雙頰，她害羞得跳開，搖頭說：「沒事、沒事。」

「沒事就好。」尹富凱輕輕鬆鬆就將倒掉的籠車拉起、推到一旁。

這一個月來，他不只生活作息變得規律，繁重的工作量簡直就是重訓，不只使他變得神采奕奕，體能和體態都跟著提升，尤其是肩膀和雙臂都明顯變寬、變厚，原本略為寬鬆的制服如今都變得有點緊繃了。

不只女同事們看出了他的改變，紛紛對他投以欣賞的眼神，還收穫了一堆迷妹，包括王經理的寶貝獨生女、店長的表妹王秀惠。

這些迷妹只要發現尹富凱跟誰走得太近，就會面露妒忌；尤其是王秀惠，那眼神像飛刀一樣，可怕得很。因此家佳根本不敢靠尹富凱太近。

她與他保持兩步的距離，一邊答謝他，一邊將散落的貨物一一撿起。

「有什麼好謝的，又沒什麼。」

因。

家佳注意到尹富凱幫忙撿貨時，並沒有把它們直接放回籠車，而是先分開堆放在地上，便問他原因。

「這妳都看不出來？看在妳那麼呆的份上，我就大發慈悲地教妳吧。」尹富凱頓了一下又說，「大家平常都是按照補貨路線決定堆疊的順序；最後補的放最下面，最先補的放上面。其實應該要考慮到貨重，重的放在最下面，這樣整體重心才會低，籠車在推拉的時候才不容易倒。」

家佳覺得他說話的慣用語好熟悉，突然靈光一閃，開口喚他：「Mammon？」

正把貨物依輕重堆回籠車的尹富凱，下意識地回答：「幹嘛？」

他一回應，家佳立即瞪圓了眼，驚呼：「你就是『股海方舟』上的『財魔』對不對？」她開心地與他相認，「我是『地獄倒楣鬼』啊！」

尹富凱環顧四周，還有別的同事在。雖然他們站得比較遠，聽不到家佳的聲音，但他還是裝作什麼都不知道地說：「什麼啊，神經病。不知道妳在說什麼。」

家佳一愣，心想：難道只是巧合？是我想太多了？

她靈機一動，蹲下來假裝綁鞋帶時，拿出手機、點開「股海方舟」APP，取消追蹤Mammon後，又重按追蹤。

尹富凱的手機突然響起提示音。他點開螢幕時，家佳霍然站起身、湊到他旁邊看，果然是「股海方舟」APP的新追蹤者通知。

「真的是你！」家佳喜道，「你為什麼不承認呢？現在我可以當面跟你說『謝謝』了。」

雖然被拆穿了，尹富凱還是嘴硬地說：「不知道妳在說什麼，神經病。」說完便快步走開。

「阿凱，我……」她望著他的背影，先是詫異，後是不解，「他是不是生氣了？我說錯什麼了嗎？」

這時她感受到王秀惠射來的嫉妒眼神，不自覺地縮了一下肩膀，低頭心想：糟糕，剛才靠他太近了。

股市小辭典

註1　ＥＴＦ反：ＥＴＦ是股票型指數基金，簡單來說就是一次買許多支股票的「組合」。ＥＴＦ買賣方式與股票一樣，沒有普通基金申購、贖回的程序，且每年手續費和管理費也比一般基金低。許多投信、資深投資客都會自創數組「ＥＴＦ」來分散風險。有趣的是，有些投顧和網紅是「反指標」，部份投資人會把他們推薦的股票組成「ＥＴＦ」，並且與他們對做，就變成「ＥＴＦ反」。

註2　直到二〇〇一年，收盤時間才延至下午一點半，詳情請見證交所官網。

註3　經典港劇《大時代》亦反應了同一時期，香港的「全民炒股風潮」；劇中同樣有港股大漲與暴跌，投資人因而一夜暴富與一夕破產的情節。

註4　《投資經典圖》是股市投資圈廣為流傳的圖，呈現「散戶難以預測股價」與「散戶面對股價波動時的心態」。

Chapter

12 解開誤會

籠車事件之後，家佳幾次想趁工作空檔找尹富凱問清楚，但是他都刻意躲著她，讓她既不解又鬱悶。

平常愛笑的她，也因心事重重而不時皺眉嘆氣，結帳櫃台都被她的低氣壓給壟罩。

阿珍姐趁沒顧客的時候，把她拉到旁邊，問她：「家佳，妳怎麼了啦？收銀台被偷錢了是不是？有什麼事跟我說，我幫妳想辦法，不要一個人憋著。」

陳致偉也湊過來關心說：「對啊，到底發生什麼事了？妳還好嗎？」

家佳勉強一笑，說：「沒什麼啦。可能身體不太舒服吧。」不太擅長說謊的她，趕快找個理由離開，「我先去一下洗手間，馬上回來。」

她去洗手間的途中被同事王秀惠攔下。她雖然是新人但愛擺架子，對同事都很不客氣。而且工作態度很散漫，對顧客也常顯露不耐煩的態度，幾次被客訴都被她爸爸王經理壓下來。

王秀惠對家佳說：「喂，晚上幫我上晚班。」

家佳蹙眉問說：「妳又沒辦法上了嗎？是家裡有急事嗎？」

「哪有什麼急事。我同學揪我去夜唱啦。」

以往同事找家佳代班，只要她能力所及，她都會幫忙。但是王秀惠對她的態度一直都很不禮貌，她覺得自己已經忍王秀惠忍到極限了。所以她婉拒道：「可是我今天身體不太舒服，可能沒辦法耶。妳找其他人吧。」

「吼——為什麼？妳哪裡不舒服？」王秀惠不悅地抱胸說，「妳之前都答應耶。」

「我光是這個月就已經幫妳上晚班三次了。」

「那是妳賺到了啊。」王秀惠不僅毫不感激，還得寸進尺地說，「如果不是我，妳哪能多賺幾千塊。妳應該要請我吃飯才對。妳要是不能幫我代班，就找人幫我代。」

就在這個時候，王秀惠旁邊的貨架突然一震，她上方一排泡麵同時掉在她頭上。

「啊——」王秀惠護頭尖叫道。

家佳也被嚇得愣住了，忙問她：「妳沒事吧？」

泡麵的重量雖不足以打傷王秀惠，但還是讓她嚇了一跳。她又驚又氣地跺腳說：「泡麵是誰補的啊？」

「是我。」尹富凱從貨架後面走出來。

王秀惠原本要罵人，一看到是尹富凱，氣瞬間就消了。她反而語帶撒嬌地說：「你怎麼搞得嘛，害人家剛才被倒下來的泡麵砸中，頭好痛喔。」

一旁的家佳縮起肩膀，感到一陣雞皮疙瘩，心想：秀惠怎麼翻臉跟翻書一樣快。

尹富凱說：「剛才泡麵沒擺好，不好意思。」他嘴上是這麼說，但表情和語氣絲毫沒有任何歉意，也沒有要彎腰撿泡麵的意思。

「沒關係啦，下次小心一點就好。」王秀惠向前問他，「你晚上有空嗎？要不要跟我一起去唱KTV？」

「不要。」尹富凱趁機把家佳支開，他對她說，「阿珍姐找妳。」

家佳信以為真，以為結帳櫃台那邊突然有很多顧客在排隊結帳，立刻跑回去。

此刻王秀惠早忘了要找家佳代班的事，只是拉著尹富凱追問：「為什麼不去？你晚上有約？」

沒想到尹富凱突然臉一沉，把手抽開，冷冷問她：「妳前一陣子都負責補飲料區對吧？」

王秀惠想了想，說：「好像是吧……喔對！那時候我和我爸吵架，結果上班的時候，他就叫我來補飲料。真的很機車耶，他明明就知道飲料很重。欸，你幹嘛突然問這個？」

「貨疊得真爛。」

家佳在尹富凱心中的份量越來越重，他早在不知不覺中將她視為自己人。前一陣子家佳差點被飲料砸傷，事後他就打聽到當天補飲料的人是王秀惠，而且還得知她常欺負家佳，這些帳他自然要幫家佳慢慢討回來的。

「討厭，你走開啦。」王秀惠又語帶撒嬌地說。

誰知尹富凱真的調頭就走，丟下一地泡麵給王秀惠。王秀惠本來還想再跟他多聊一會，但又不好意思叫住他，只能站在原地生悶氣。

尹富凱回去補貨的時候，轉頭看結帳櫃台的方向，若有所思。

家佳下班之後，因為心情不好、不想直接回家，就一人坐在家裡附近的公園長椅上吹風、想事情。

她想不明白，自己明明就對尹富凱很好，為什麼他會這樣對自己。

她踢著腳下的小石子，委屈地嘟起嘴說：「本來不打算讓別人知道我買股票的，可是我都主動告訴你，我是論壇上的『地獄倒楣鬼』，你卻裝作什麼都不知道。最可惡的是罵我神經病，明明你才是神經病……」

這時一袋巧克力豆麵包突然出現在她眼前，背後的男人說：「誰罵妳神經病？」

她轉頭一看，正是尹富凱。

他又問她：「妳不是身體不舒服嗎？幹嘛不回家休息？」

她個性溫和歸溫和，但還是有小脾氣的。她賭氣地把臉轉到另一邊，不理他。

「幹嘛？」尹富凱一臉莫名其妙地說，「妳該不會是在生我的氣吧？」

家佳雖然背對他，但還是點頭說：「嗯。」

「為什麼？」尹富凱坐到她旁邊，「我看妳心情不好，還特別買了巧克力豆麵包要給妳耶。」

家佳又瞥了一眼麵包，忍不住轉頭對他說：「幹嘛不等即期的時候再買，買原價多不划算啊。還有，我心情不好，還不都是因為你。我把你當朋友，可是你呢？」

「我當然也把妳當朋友啊。」他指著自己身上的Polo衫，「我連制服都沒換就衝出來找妳耶。」接著又強調，「它這麼醜、作工這麼粗糙耶！妳看這邊的脫線！」

家佳無視他的衣服脫線，繼續正色說：「我覺得朋友之間，『真誠』是最重要的。你覺得我有什麼地方做得不對，或是說了什麼讓你生氣，為什麼不直接告訴我？」

「啊？我沒生妳的氣啊。」他不明就裡地說。

「那你幹嘛躲著我？」

「呃，這個嘛……」他心虛地眼神飄向別處。

「還有，請你誠實告訴我，你是不是『股海方舟』上回我文章的『財魔』？」

他原本是想否認到底的，但是他一回頭就看到她清澈又帶有期待的眼神，這讓他沒辦法再對她說謊。

於是他凝視了她一會後，承認道：「是。我原本不想讓妳，不，我是說，不想讓大家知道我曾經的身分，所以……」

既然已經承認了，他便一股腦地將自己過去炒股的經歷都告訴她。

他坦承後並沒有比較輕鬆，反而擔心家佳會不會因為自己過去炒股的方式，覺得自己真如網友所說的那般「狠辣無情」，而討厭自己。

沒想到家佳向他道歉：「對不起。我沒考慮到你『不想被人知道過去』的心情，還在超市裡說這些。希望其他同事沒聽到我當時說的話。」

「他們應該沒聽到。不過，知道了我是什麼樣的人，妳……不討厭我？」

家佳搖頭，主動拿走他手上的麵包，將麵包撕成兩半，一半遞給他，對他說：「現在的財魔跟以前不一樣了，會關心別人、替別人著想，是很好的人。」

尹富凱是誇不得的人，被人一誇就容易得意忘形。他驕傲地仰頭說：「對嘛，我也覺得我各方面都比以前更優秀了，不管是身材還是心靈！我以前可從沒管過別人死活喔，更不用說買東西送人了。尤其是平民老百姓，我以前連看都不屑看一眼。」

接著他意有所指地用下巴指向家佳手中的麵包，一臉「趕快再多誇我幾句」的樣子。

「你爸媽在天上看到你的努力和改變，一定也會以你為榮的。」

家佳說出來的話都很樸實簡單，但尹富凱就是覺得很真誠溫暖。他不自覺地微笑道：「是嗎？妳真這麼覺得？」

「嗯。」家佳眨眨水汪汪的圓眼，邊吃麵包邊點頭，「好吃。」

她純真滿足的神情實在可愛，他摸摸她的頭，而她也沒有抗拒。彼此之間的距離就這麼自然而然地變得更近了。

兩人之間的誤會都解開後，家佳覺得心情好多了。她問他：「那個……你也知道我在股票操作上有很多問題，你以後能不能教教我啊？」

尹富凱抱胸，心裡又樂又得意：我就說嘛，怎麼可能會有女人不喜歡我？這小白兔終於鼓起勇氣，想製造和我相處的機會了。

「看在妳可愛的份上，我就大發慈悲地教妳吧。」尹富凱站起身的同時，也將她拉起來，「走吧。」

家佳嘴上還銜著一小塊麵包，含糊地問：「去哪？」

「吃飯啊。我肚子餓死了。」尹富凱說。

「你想吃什麼？」家佳問他。

尹富凱想起以前奢靡無度的生活，扼腕地說：「別問我。我想吃的，現在都付不起。妳帶路吧，我請客。」

「再去吃夜市，好不好？」

「這個嘛……如果妳等一下教我怎麼套圈圈的話，我就勉強答應妳。」

「你還記得這件事啊？」

「當然。我可是要成為『套圈圈王者』的強者！」

家佳笑了起來，漾起甜美的酒窩。覺得他像個小孩子。

兩人快要走出公園時，尹富凱冷不防問她：「妳剛才說，誰罵妳神經病？該不會是王經理吧？還是王秀惠？」

家佳好氣又好笑地說：「是你啦。」

「我？」尹富凱一臉詫異。他想了一會，才想起來，「拜託，我隨口說說的，妳幹嘛放在心上？」

家佳想了想，老實地說：「我也不知道為什麼，就是特別在意你說的話。」

「那當然啊，我那麼帥、那麼有魅力。」尹富凱心裡偷偷補了一句：不過我好像也特別在意妳就是了。

接著他又問她：「對了，說到那個王經理，為什麼妳那麼怕他啊？」

她理所當然地反問：「難道你不怕他嗎？喔對，你好像真的不怕。可是你為什麼不怕他啊？你不覺得他很可怕嗎？」

「他有什麼好怕的？蟑螂才可怕吧！妳都敢打蟑螂了，為什麼不敢面對王經理？真搞不懂。」

家佳茅塞頓開，漂亮的眼睛亮起光芒說：「對厚，很多人都怕蟑螂，可是我一點都不怕。」她握拳為自己打氣說，「我可是連蟑螂都敢打、老鼠也敢抓的人！我很勇敢！一定要克服對王經理的恐懼！」

尹富凱一臉驚駭地說：「什麼！老鼠！妳、妳抓過老鼠啊？」

「對啊。咦，你怎麼突然臉變這麼白？你該不會也怕老鼠吧？」

兩人邊說邊走，誰也沒發現他們後方不遠處的行道樹下，有個女人正直勾勾地盯著他們看。

路過公園的薛店長將他們的互動看在眼裡，見他們雖然沒有牽手、勾肩，但並肩走在一起的步伐是如此地和諧一致，背影宛如一對璧人，心裡很不是滋味。

Chapter 13

正視心意

兩人在夜市套圈圈時，尹富凱時不時因家佳的一顰一笑而心動。家佳教他的訣竅，他反而左耳進右耳出，全都沒聽進去，最後還是什麼也沒套到。

逛完夜市，他送家佳到她家樓下時，突然感到一陣不捨：怎麼時間過得這麼快？

家佳打開公寓的大門後，轉頭對他說：「明天見。」說完便走入公寓，沒有任何遲疑、逗留之意。

當她關上門的剎那，尹富凱竟生起她的氣了。

妳怎麼捨得就這樣上樓？怎麼不陪我再多聊幾句？好歹也多看我兩眼吧？含情脈脈的那種。

當他意識到自己回超市的路上，看了兩次手機時間，心算著還要幾個小時又幾分鐘才能再見到家佳時，他終於承認自己喜歡上了這個女孩。

他心想：這小白兔都已經主動對我示好了，我也應該要做點什麼才對。

他回到超市員工休息室後，開始思考要怎麼追家佳。

他過去從沒追過女人，都是女人倒貼。不過那時候他整個心思都在股票上，時間也幾乎都用在學習投資、分析財報上，偶爾擠出空檔和狐群狗友一起聚餐、跑趴，根本沒時間也沒興趣經營感情。

不過就他所知，女孩要的浪漫大多很燒錢。而他現在缺的，恰恰就是錢。

「不過憑我的聰明才智，一定可以想到辦法的。」

他盤腿坐在休息室椅子上，挺直背脊、雙手抱胸，神情嚴肅地思考了起來。

幾個小時過後，他還是腦袋一片空白。

此時已過午夜，工作了一整天又用腦過度的他，睏得眼睛幾乎都要睜不開了。

「一定是工作太操勞，影響了我的創意。明天一定可以想到的。明天一定……」

他說到一半，頭就直直倒在面前的桌上，沉沉睡去。

隔天一早，尹富凱被早來的阿珍姐叫醒。他因為整晚睡覺姿勢不良，醒來時全身痠痛不已。

他伸展雙臂時，另一位女同事進到員工休息室，一見到他便問他：「阿凱，你應該還沒吃早餐吧？」

「還沒啊。」他瞥了一眼打卡鐘，還來得及去買早餐。

女同事又問：「一天到晚吃即期麵包，你應該也吃膩了吧？」

「超膩。」他翻白眼直言。

女同事雙手遞上一袋：「這個里肌漢堡請你吃。」

「這麼好？」尹富凱瞄了一眼，看起來確實比即期麵包好多了。他接過後對她說，「謝啦。」

阿珍姐說：「厚，愛心早餐捏。」她手肘頂了一下尹富凱，「艷福不淺喔。」

「神經病。」尹富凱咕噥道。他吃了一口後，突然想到什麼，問女同事，「喂，妳該不會真的暗戀我吧？」

這個時候店長、家佳和另外兩個同事剛好進來，那個女同事不想讓這麼多人知道自己的心意，急忙否認，「才沒有咧！這是剛才早餐店做錯、送我的。我吃不下，才問你要不要吃。你不要想太多。」說完便跑出休息室，連卡都忘了打。

阿珍姐偷笑道：「才怪。」

尹富凱眉一挑，伸出長臂幫那個女同事打卡後，又繼續享用免費的早餐。

過了一會，送早餐的女同事回到休息室後，店長當著眾人的面，將一個大紙袋放在尹富凱面前的桌上，說：「拿去。」

「幹嘛？」尹富凱開玩笑道，「該不會也是早餐吧？今天是怎麼了？」

他打開紙袋、將裡面的東西拿出來一看，是一疊已經被洗乾淨的衣服。

他恍然大悟道：「原來一直是妳幫我洗衣服的啊。」

店長不想讓員工們知道是她爸爸幫他洗的，又想警告一下那個送早餐的女員工，於是毫不避諱地回他：「不然呢？」說完還挑釁地給那個女員工一記白眼。

女員工後退一步，垂下視線，不安地想：店長是在警告我嗎？我該不會要被開除了吧？

尹富凱從小被人服侍慣了，不知道「店長幫員工洗衣服」是一件多麼不合常理的事，居然還說：「摺得還可以，不過洗衣精的味道我不喜歡。」

「再嫌以後就自己洗。」店長說。

其他同事都面面相覷，各自猜測尹富凱和店長的關係，畢竟那疊衣服裡還有私密的四角褲啊。

對尹富凱也有好感的家佳，震驚的同時，心裡也感到酸澀又覺得對不起店長。在她看來，「幫另一半洗衣服」就代表男女已經進入穩定的交往關係了。她要是早知道尹富凱和店長在交往，就絕對不會和他單獨相處了。

她心想：以後要和他保持距離才行。不過，他們到底是從什麼時候開始交往的？如果按阿凱說，自己的衣服一直都有人在幫忙洗，那不就代表他開始上班沒多久，就和店長在一起了？

想到這，她又更鬱悶了。

而狀況外的尹富凱完全沒察覺休息室詭譎的氣氛和其他人的心思，還自顧自地繼續吃早餐。

王經理和王秀惠趕在上班前一刻，進到休息室。

店長在他們打卡完後，開始講正事：「從上個月開始，晚班的業績明顯超過早班，所以我決定從明天開始，把部分早班人力調到晚班。秀惠？」

王秀惠怨道：「又我？我上個月已經上晚班了，該輪別人了吧？」

店長說：「誰沒有？而且妳上個月晚班只排五天班，其中有四天是張家佳和陳致偉幫妳代班。妳實際上只上了一天晚班。」

王秀惠推託說：「不行啦，我這個月要期中考。店長妳盡量砍我班，沒關係。」

店長白了她一眼，又看向阿珍姐。阿珍姐忙揮手說：「不行、不行、不行，我女兒和女婿最近常加班，我要幫他們帶小孩。」

晚班工作量都比早班龐雜，所以店長問過一輪之後，沒有人自願上。

這一切都在店長的意料之中，於是她挑了最不擅拒絕的家佳。

家佳被點到名之後，雖然萬分不情願，但還是不敢拒絕店長，只好皺眉、低頭應了聲：「喔。」

店長這麼做就是故意要把家佳調到晚班，錯開她和尹富凱的上班時間，讓兩人沒機會相處。

既然目的已經達到，店長便對王經理說：「今天的工作就由你分配。」接著又對尹富凱說，「你出來一下，我有事跟你說。」

兩人來到休息室外，店長說：「阿凱，我爸說要找你一起吃個飯。晚上有空嗎？」

「老薛？喔，當然有。」尹富凱心想：我正好可以問清楚老薛到底在想什麼。

店長微微一笑，說：「晚上請你吃好料。」

夜晚，一家連鎖牛排餐廳內。

穿著休閒襯衫、牛仔褲的尹富凱，環顧餐廳一圈，對坐他對面的店長說：「這就是你所謂的『好料』啊？」

「跟你最近吃的東西比起來，這家已經算是好料了吧。」店長說。

這點尹富凱無法反駁，畢竟這間餐廳最便宜的一客牛排也要五百，比家佳帶他去吃的夜市牛排高級多了。

只不過剛才兩人一到餐廳，店長報了自己的姓氏、訂位時間後，服務生就直接將他們帶到這個兩人桌。而且店長今晚打扮得特別成熟性感，不只化了精緻的妝，還穿著貼身黑色深 V 洋裝和黑色高跟鞋。這兩點令他覺得事有蹊蹺。

尹富凱試探道：「老薛咧？怎麼還沒來？」

店長泰然自若地回：「我爸臨時有事，可能趕不過來了。」

他眉一挑，心想：我就知道。用妳爸的名義約我出來。看來又有女人要倒貼我了。真沒想到我會是店長的菜。不過，現在拒絕她、直接走人，好像挺不給面子的。唉，長得帥就是麻煩。

兩人點餐完沒多久，前菜、湯便一一上桌。

尹富凱時不時點開 LINE 查看。他今天早上傳了好幾則 LINE 訊息給家佳，但家佳直到現在都還沒回他。

她現在早就下班了，到底在忙什麼？

他回想起今天上班時的情景，家佳對他的態度似乎也和平常不太一樣。

她心情不好嗎？該不會又是我惹她生氣了吧？

尹富凱抱著心思，與店長有一搭、沒一搭地聊工作時發生的事。等到牛排上桌時，他又想起之前和家佳去逛夜市時的趣事，便和店長講了起來。一講就講得沒完。

「……她超強的耶，之前套到空拍機的竿子，老闆整個臉都瞬間白了，直接退我們錢。我都快笑死——」

「夠了。」店長打斷他，抱胸不悅地說，「一頓飯下來，你都在講她，能不能講點別的？」

她的口氣明顯帶有醋意，尹富凱心想：店長這麼精明的人，現在肯定也看得出來我喜歡家佳了。她之後會不會找家佳麻煩？還是已經找過家佳麻煩了？啊對了，店長早上點名家佳改上晚班，該不會……也是因為我的關係吧？

就在他煩惱之際，店長率先開口：「好吃嗎？」

「比夜市牛排好吃。」他又在心裡補了一句：但和家佳吃夜市牛排的時候，比較開心。

家佳就是有種讓人卸下所有防備的神奇魔力。雖然他才認識她沒多久，但與她在一起時卻感到特別放鬆自在。

「當然。」店長又說，「你上個月表現得不錯，我這個月會找時間幫你轉正職。你隨時可以跟我預支三個月的薪水，這樣你租房時，就有錢付押金了。」

對啊，租房。

他靈機一動，想到了一個好主意。

Chapter 14

直球

尹富凱與店長吃完晚餐後，就藉口有事先走。路上他又再次查看LINE，家佳還是沒有回他。

他打了幾通電話給家佳，但她都沒接。行動派的他直接衝到她家樓下按門鈴。

公寓鐵門外的對講機傳出張媽媽的聲音：「誰？哪位？」

「阿姨，是我，尹富凱。」他又補充說，「之前借住你們家一晚那個啦。我現在是家佳同事，我有急事找她。」

「在我們家過夜？」張媽媽頓了一下又說，「啊我想起來了，是那個喜歡吃菜脯蛋的流浪漢？」

「呃……對。」尹富凱低頭看了一眼自己的胸膛。久違不見的箭又來了。

鐵門開了。

「上來再說。」張媽媽才說完，家佳的聲音就從對講機傳出：「別上來！我下去找你。」

尹富凱還不知家佳心事，暗爽道：「她是捨不得我爬樓梯，所以親自下樓來找我嗎？她也太愛我了吧。」

然而，與他預期的不同，家佳見到他後並沒有露出以往的微笑，而是面帶一絲憂色地問他：「有什麼急事嗎？」

尹富凱說：「其實也沒什麼啦。」他遞出手上的精緻提袋，「給妳。」

家佳沒有伸手，而是先問他：「這是？」

「剛才店長請我吃飯。我看甜點滿好吃的，所以特別留下來給妳。」接著又催促，「拿去啊，不用不好意思。」

家佳有點生氣地說：「你怎麼能這樣呢？店長請你吃飯，是她的心意。這就好比別人送你禮物，你又把它轉送給別人一樣。你太過份了！」

「有這麼嚴重嗎？別人送了我禮物，那禮物就是我的。我當然可以決定怎麼處置啊。更何況，這只不過是飯後甜點而已。」

「那不一樣。」

「哪裡不一樣？」

「你真的不懂嗎？這裡面有店長對你的愛啊！你怎麼可以把她的愛轉送出去？她要是知道了，一定會很傷心的。」

尹富凱尷尬地撥撥頭髮，說：「原來妳也發現店長喜歡我啊。」

「今天所有上早班的都發現了吧。」家佳嚴肅地說，「你也真是的，有女朋友的人，怎麼還不懂得和其他女生保持距離呢？」

「什麼女朋友？妳是說我和店長？怎麼可能！她才不是我的菜。」尹富凱極力撇清。

「都到了這個時候，你還裝！」家佳更生氣了。

尹富凱突然想通了，他問她：「妳今天都不回我LINE，也不接我電話，就是想和我保持距離？」

「是啊。」

他強調：「我們真的不是男女朋友啦。」

「如果不是，店長怎麼會幫你洗衣服？尤其是那些私密衣物。」連家佳自己也沒發現，自己說這話時夾帶著醋意。

「為什麼不行？以前阿姨請假，老薛也會洗我的衣服啊。」

「啊？」家佳一臉茫然，「老薛洗你的衣服？」

「對啊。」尹富凱將自己和老薛、店長的關係都一一告訴她。

家佳這才想起他們三人之間的確有這一層關係。但她還是想不太明白。

她說：「就算是這樣，你和薛爸爸也早就不是雇主和員工的關係了，更何況是店長。她根本沒理由幫你洗衣服啊。」

尹富凱聳肩道：「人帥就是有特權嘛。」

「你的意思是：店長喜歡你，所以才無條件地幫你洗衣服？」家佳勸道，「這樣不好吧。」

「不會啊。有人處理髒衣服，有什麼不好？」

家佳突然問他：「你會和店長在一起嗎？」

尹富凱會錯意，笑道：「原來妳是怕我愛上她啊。想太多了，照妳這個邏輯，從小到大幫我洗衣服的阿姨那麼多，難道我每個都愛一遍嗎？別擔心啦，我對她完全沒感覺。」

家佳又羞又氣地說：「我才沒有擔心！我的意思是，你既然無法回應她的感情，就應該婉拒她的好意，不然你就是把她當工具人、利用她。這樣很不好。」

尹富凱腦筋動得快，趕緊打蛇隨棍上，說：「不然怎麼辦？員工休息室又沒有洗衣機、烘衣機。」

「也是。就算衣服能手洗，也找不到地方晾。」家佳想了一下，「我覺得借住休息室也不是長久之計。你還是在外面租房吧？雖然每個月多了一筆租金費用，但起碼有基本的生活品質。」

他附和：「我也這麼想。我這陣子打地鋪，天天都腰痠背痛。可是租房要兩個月的押金……妳也知道我薪水很少吧？」

「你是要跟我借錢嗎？你還差多少？我盡量幫你。」

「不是。我是想跟你們家租房。」

「我們家？」家佳訝異地說。

「對啊，就是我上次借住的客房。看在我們是同事的份上，你們就算我便宜一點吧。」

家佳很想幫他，但她想起爸爸之前的叮嚀。張家雖然是一家四口，但爸爸常出差，在外地讀大學的家華只有周末才回家，平時家裡只有媽媽和她兩人。要是租給男人，可能會有安全疑慮。

她婉拒道：「不好意思，我們家沒打算出租耶。」

「拜託啦。我要是再住在休息室，店長半夜趁我睡覺的時候吃我豆腐怎麼辦？」

家佳忍不住笑了出來，說：「你們男生也會怕被吃豆腐嗎？」

「廢話。我潔身自好耶。」尹富凱又說，「拜託啦。我從不求人的。」

家佳心軟道：「這個……我再跟家人討論看看。明天跟你說。」

「我不管。」尹富凱耍起賴，「反正我明天一定要聽到好消息。」

「你怎麼又任性了。已經很晚了，你快回去休息吧。」

「喔，好吧。」尹富凱臨走前把提袋塞進她手裡，說：「甜點放隔夜就不好吃了。」接著特別強調，「這是特別留給妳的，不可以給別人吃。妳媽也不行。地瓜、薏仁、花生也不行。」

家佳哭笑不得地說：「知道了。晚安。」

她關上鐵門、轉身上樓的剎那，尹富凱心裡又是一陣失落：這女人怎麼每次都走得那麼乾脆。

她突然回頭，隔著門上的玻璃對他微笑、揮手。

尹富凱心裡頓時亮了起來，也笑著對她揮手。

隔天一早，尹富凱打卡上班沒多久，心裡就開始覺得空空的。沒有家佳的超市就是怪怪的，他看什麼都覺得不順眼，工作起來也越來越煩躁。

他在罐頭區邊換標籤邊碎碎念：「『海底雞』是什麼鬼。鮪魚就鮪魚，還說是雞。有病。」

王秀惠看他獨自一人，就跑來問他：「阿凱，我剛才看班表，你這個禮拜六沒班。你那天有沒有空？」

「幹嘛？又要找人代班喔？」

「不是啦，我是想問你，要不要跟我和我同學他們一起去玩桌遊。」

「不要。」他繼續換標籤，「沒空。」

王秀惠不滿道：「為什麼？你有什麼事？」

「我要去看中醫。」

「中醫？你怎麼了？」

尹富凱刻意醜化自己說：「看香港腳啊。我之前看西醫都一直復發，所以想改看中醫。」

王秀惠露出嫌惡的表情，問他：「真的假的，你有香港腳？」

「對啊。」尹富凱靈光一閃，又說，「對了，我之前看西醫的時候，醫生跟我說，根據基因遺傳學的統計，鼻子比中指長的人，更容易得香港腳耶。」

他邊說邊對王秀惠比中指，她沒察覺他的惡意，還道：「真的假的？」

王秀惠立即將手掌攤開、放在臉蛋前，問尹富凱：「怎麼樣？我的鼻子有比中指——」

「啪！」

尹富凱猛然將她的手打在她的臉上，接著說：「當然沒有啊，妳以為妳是馬啊。」

王秀惠愣了一會才意識到，他是藉機巴她臉。她氣得正要捶他時，他突然大喊：「救命啊，性騷擾！王秀惠要吃我豆腐！」

王秀惠嚇得後退一大步、與他拉開距離。接著左右張望一會，趁其他人還沒過來之前，怒道：「你！你給我記住！」

她又慌又氣地跑開後，尹富凱邊換標籤邊想：不知道家佳這個禮拜六有沒有班。午休的時候去看一下班表好了。

Chapter 15

近水樓台先得月

今夜，張家的氣氛不同於以往的溫馨和樂，而是火藥味十足。

客廳裡，夾在爸媽中間的家佳緊張地縮起肩膀、正襟危坐，大氣都不敢喘一下。盤腿坐在地板上的張爸，率先發難。他拍茶几怒道：「不行！我不同意！」坐在沙發上的張媽也跟著拍茶几道：「為什麼不同意？家佳都說了菜脯蛋不是精神病也不是智障。你還有什麼顧慮？」

「菜脯蛋？」家佳和張爸同時問道。

「就是那個……」張媽問家佳，「妳說他叫什麼富凱？」

「尹富凱。」家佳回答。

「哪個『一ㄣˇ』？」

「呃……」

「算了，反正我就叫他菜脯蛋。」張媽繼續說，「人家菜脯蛋之前一直住在超市地下室睡睡袋，連洗澡都得在掃除間洗。我們幫他一下怎麼了？你怎麼就不同意呢？」

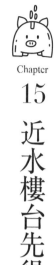

張爸說：「之前不是說過了嗎？平常家裡就妳們母女倆，怎麼能讓一個陌生男人借住？太危險了。」

「怎麼會是陌生人？菜脯蛋是家佳的同事。」

「同事又怎麼樣？同事就一定是好人，就保證不會做壞事嗎？妳們對他了解多少？」張爸越想越氣，站起身抱怨，「家佳一天到晚收養這個、領養那個的，搞得我回到家連沙發都沒得坐。她愛心那麼氾濫，都是跟妳學的！」

張媽也站起身，大聲回道：「什麼叫做『都是跟我學的』！你就愛心不氾濫啊。」

她意識到自己矮丈夫一個頭，氣勢上輸他一截，便踩在小板凳上，繼續說：「你別以為我不知道，你每年都把年終獎金拿去捐給慈善基金會。你以為你是什麼慈善企業家啊？有錢也不先還房貸。」

張爸一時語塞：「我我我……」

家佳舉起小手，小聲抗議道：「我現在已經沒有再把流浪貓、狗帶回家了。」

張爸說：「但是妳現在想帶回家的是流浪『漢』啊！」

「他現在已經不是流浪漢了。」家佳糾正，「而且我們家還有地瓜在。牠會保護我們的。」

張媽幫腔說：「對嘛，上次有小偷跑進我們家陽台，被地瓜咬得褲子都爛了，你忘了？再說我們左鄰右舍感情那麼好、那麼團結，一出事、喊一下，大家一定會過來關心。你有什麼好擔心的？」

家佳緩頰道：「好了啦，爸媽。我們先坐下來談嘛。薏仁、花生、地瓜下去。」

地瓜乖巧地跳下沙發，薏仁、花生則不情不願地窩在同一格，像是勉強給家佳面子。

家佳將爸媽拉到中央的沙發坐下，自己則坐到旁邊的單人座沙發。

大家靜默幾秒後，爸爸終於讓步。他說：「你們要出租也不是不可以。但我有一個條件：必須用租金裝監視器。我以後會隨時用手機連監視器，看家裡即時畫面。」

家佳和媽媽互看一眼，彼此都露出了如釋重負的微笑。

「謝謝爸。」

「我就知道老公最通情達理了。」張媽又對家佳眼神示意，要她也誇爸爸幾句。

家佳忙道：「我就知道爸爸最善良了！爸爸是天底下最好的男人！」

張爸聽了心裡無比舒服，但嘴上還是沒好氣地說：「少來！別給我戴高帽。妳們這招已經用過太多次了。」他正色道，「我告訴妳們，僅此一次，下不為例。」

家佳和媽媽又互看一眼，異口同聲對他說：「遵命。」

週五夜晚，四季超市內。

上早班的尹富凱雖然下午就下班了，但他知道家佳是上晚班，所以還是在超市內逗留。

不過家佳今晚負責收銀，結帳客人又多，所以他也很難找到機會和她攀談，只能在結帳櫃台附近假裝挑零食，時不時透過貨架偷看她。

而家佳整晚都忙著幫客人結帳，完全沒注意到尹富凱。

陳致偉拿東西到結帳櫃台時，突然走到家佳身邊問她：「下班要不要一起去吃宵夜？附近夜市的藥燉排骨很好吃喔。我請妳。」

他這麼明目張膽地問，周邊的同事聽到後，不是互相交換眼神，就是露出竊笑，令家佳十分尷尬。

晚班的上班時間雖然是表訂下午三點到晚上十一點，但王經理都會要員工十一點一到就先打卡，之後再回去工作崗位上，把剩下事情處理完。所以晚班同事真正的下班時間往往會延到十一點半。有時一忙，甚至會拖到十二點。

因此隔著一排貨架偷聽的尹富凱，不爽地想：這麼晚約家佳去吃飯，到底想幹嘛！

家佳婉拒他：「不用了。」

陳致偉試探道：「為什麼？妳男朋友會生氣？」

「啊？我沒有男朋友啊。只是打烊之後還得再對帳，今天大概又要到十二點才能走。我一下班就什麼事都不想做，只想回家睡覺。」

陳致偉聽了心中大喜，知道自己還有機會，便又繼續追問：「那妳明天有空嗎？我看妳明天沒班，要不要一起去看電影？我朋友原本說要跟我去看，結果我票買了以後，他又說他臨時有事。」
尹富凱心道：假日還想約她出去看電影！
家佳說：「這樣啊。我想一下。嗯……」。
尹富凱心道：還有什麼好想的？不行不行。
他箭步如飛地走上前說：「陳致偉你幹嘛一直煩她啊？看你一副不懷好意的樣子，到底有什麼企圖，說！」
陳致偉不甘示弱地說：「我才想問你有什麼企圖咧！你都下班了，還在超市裡面亂晃。一直在收銀台前鬼鬼祟祟、探頭探腦的，你到底想幹嘛？」
尹富凱腦筋一轉，忙說：「我有很重要的事要找家佳商量。」
家佳不知道是藉口，信以為真地問他：「什麼事啊？喔對了，我也有事要告訴你。」接著轉頭對陳致偉說，「麻煩你幫我顧一下櫃台，我跟他說完，馬上回來。」
家佳一出櫃台，就被尹富凱拉走。
「喂！」陳致偉在後面叫他們，「什麼事要私底下說啊？」
尹富凱轉頭對陳致偉做鬼臉：「咧！」
他將家佳帶到休息室後，家佳率先對他說：「我跟你說一個好消息。我家人同意讓你租房了。」
她眨著圓圓的大眼，臉蛋因雀躍而染上一層紅暈，模樣可愛極了。尹富凱忍不住摸摸她的頭說：

「謝謝你們。」

「不客氣。我又沒做什麼。」她笑著回他，露出甜甜的酒窩。

他突然有種想彎腰低頭親她的衝動。

「對了。」她問他，「你有什麼重要的事要跟我說。」

「啊？喔。」他回過神來，「沒什麼，只是要問妳，明天要不要來研究股票。」

「好啊。」家佳想都不想就說。她頓了一下又說，「對了，你要不要乾脆明天就搬來我家住？我媽一直在問，你什麼時候要搬來。她想準備好料招待你。」

ＹＥＳ！

尹富凱背對她偷偷握拳，忍住想歡呼大叫的衝動，又轉回來、淡定地說：「好。就明天吧。」

家佳離開休息室沒多久，裡面突然傳出尹富凱的歡呼聲，剛好經過外頭的客人都被嚇了一跳。

週六晚上，公園旁的小公寓內。

尹富凱一進張家，地瓜便吠了幾聲、衝上前嗅聞他。花生也湊了過來，在玄關好奇張望。

家佳拍拍地瓜說：「沒事，他不是陌生人。」她抬頭對尹富凱說，「快進來吧。」

在一旁餐桌邊擺盤的張媽也對他說：「來啦。先去放行李。」

家華一手對尹富凱打招呼，一手拿起筷子、打算夾菜時，被張媽拍開。

家華委屈地放下筷子，抱起地上的白貓說：「薏仁你看，媽媽都兇我。我們不要理她。」

不同於張媽、家華的友善，難得坐在客廳沙發上的張爸，假裝沒看到尹富凱，繼續抱胸看電視，不打算給他好臉色看。

Chapter 16

從超市看股市

儘管如此，尹富凱還是感受到張家的熱絡氣氛。

待尹富凱放好行李，從客房走出來時，張媽正好將火鍋擺上餐桌。

家華驚道：「還有火鍋啊！」他語帶抱怨，「為什麼今天吃這麼好？媽，妳偏心。平常我回家，妳也沒特別準備。」

「哪沒準備？你上次回來，我煮了麻油雞給你。你還嫌說：『天氣熱，吃不下這麼油膩的。』你忘了？」張媽又對尹富凱招手說，「好了，快坐下吧。」

五人坐定後，張媽又對大家說：「開動吧。」她特別對尹富凱說，「你手長，想吃什麼自己夾。別客氣啊。」

尹富凱點點頭。

他上次來張家吃飯、過夜的時候不覺得有什麼，甚至一開始還滿嫌棄的。

然而，此刻與這一家人坐在一起吃火鍋，面前熱騰騰的蒸氣和香氣，讓他突然感到一股許久不曾感受到的溫暖；有種「回到家」的感覺。

恍惚之間，他彷彿回到數年前的平安夜。當時爸媽都還活著，正坐在他身邊，與他有說有笑地一起吃聖誕大餐。當時他還笑媽媽說：「哪有人平安夜準備火鍋的？」

他爸爸還回他：「我們家是中西合併！你不吃，我們吃！」

想到這，尹富凱的眼眶頓時紅了。

家佳問他：「很久沒吃火鍋了吧？」

他的思緒一下子從回憶裡抽回，應道：「很久了。上次吃火鍋，好像是我爸媽還在的時候。」說完他趕緊低下頭、抹淚，就怕被人看見。

餐桌上瞬間安靜，張家人彼此互看一眼，一時不知該說什麼好。

張爸對他的態度終於放軟了。他拍拍尹富凱的肩說：「快吃吧。想吃什麼自己來，不用客氣。」

張媽舀了些火鍋料到尹富凱盤裡，說：「你要喜歡，以後我們每個月都吃火鍋。」

家華喜道：「真的啊？下次什麼時候？」

張媽說：「怎麼？沒煮火鍋，你就不回來了？貪吃鬼。」

「不是啊，我想說準備火鍋那麼麻煩，要是不多幾個人回來給妳捧場，不是很可惜嗎？」

「就你生了一張伶牙俐齒的嘴。」張媽捏捏兒子的臉，「好了，快吃吧，趁熱。」邊說邊幫兒子夾肉片。

尹富凱看著這一家人的互動，不自覺地微笑了起來。

一家人，真好。

◇

晚飯過後，家佳和媽媽正在廚房洗碗時，門鈴聲陡然響起。

家華前去應門，是對門的鄰居楊太太。

家華問她：「阿姨，有什麼事嗎？」

楊太太說：「我找你媽。她在嗎？你這個週末有回家啊，你媽一定很高興。」

張爸也上前招呼：「我老婆在。但她正在洗碗。要不要先進來坐？吃飽了嗎？要不要吃點水果？」

「不用不用。我吃飽了，謝謝。」楊太太又說，「今天鋼盆來了，我想找她一起上樓把陶盆換成鋼盆。」

她頓了一下又對張爸、家華說：「你們要不要也來幫忙？」

張爸說：「喔垃圾車快來了，我先下樓去等。」說完便提著垃圾袋下樓。

家華知道楊太太說的是將頂樓花園的花盆都換成鋼盆。那可是個體力活，而且頂樓的盆栽數量很多。一個一個換，要換到什麼時候。他才不想在上面蹲一晚上，把自己搞得髒兮兮的。

於是他找藉口說：「我還有報告要打。」說完便溜回房間、把門鎖上。

此時楊太太眼神落在客廳一角、正在吃水果的尹富凱。她問他：「你是？」

「我是家佳同事。」他說。

楊太太不信，湊到他身邊，小聲問：「只是同事嗎？是男、女朋友吧？」

尹富凱笑著揮手：「沒有啦。」那表情曖昧得很。

此時家佳從廚房走出來，她沒聽到楊太太問的那句話，只是對楊太太說：「我來幫妳吧。」

楊太太笑說：「好好好，妳力氣大。還是我們家佳乖。」

家佳穿鞋時，楊太太對尹富凱招手說：「還坐在那裡幹什麼？一起上樓幫忙啊。那些盆栽很重的。」

「喔。」尹富凱又塞了片蘋果，才跟楊太太、家佳一同上樓。

出乎尹富凱的預料，頂樓花園比公寓本體美多了。花園井然有序、綠意扶疏，處處看得出住戶的用心維護。造景用的籬笆、拱門和咖啡座更有種歐洲小村莊的田園休閒感。

夜晚時亮著的幾盞歐式雕花暖燈，帶給花園溫馨柔和的氛圍。即便只是上樓吹吹風、看看夜景，也心曠神怡。

楊太太熱心介紹道：「這是四季海棠、梔子花，那是七里香。還有，左邊的是黃金葛、甜蔓……」

她帶尹富凱走到花園深處的小菜圃，蹲在角落地上的家佳已經開始在換盆了。

家佳指著一小區開著零星小黃花的菜田，對尹富凱說：「你很幸運喔，趕上了最後一波油菜花花季。」

三人分工合作了一會，楊太太突然肚子痛，臉帶歉意地對家佳和尹富凱說：「我下樓上個廁所。你們先休息一下吧。我待會帶飲料上來給你們喝。」

家佳與尹富凱到咖啡座休息時，家佳想起他昨天說要教她選股。此時四下無人，她便向他提起此事。

他對她說：「妳其實應該也發現自己比較適合『存股』，也就是長線投資，而不是短線吧。」

「嗯。只不過……」家佳皺起眉說，「雖然我知道存股不必在意短期的漲跌，但我總是一跌就忍不住賣。」

「除了長、短線以外，每一支股的「股性」也不一樣。挑選適合自己的股，才抱得安心。我這幾天想了一下，妳過去買的不是生技股、電子股，不然就是電信股。但是這些和妳的日常生活並沒有直接關係。妳沒辦法『直接』看到它們，自然就容易對它們沒信心。我覺得妳比較適合『菜籃族股』，或者妳要說是『小資族股』也行。」

「什麼意思啊？」

尹富凱平常對誰都沒耐心，唯獨對她特別不同。他進一步解釋：「就是股價銅板價，每年獲利穩定、配息也穩定，波動不大的食品股、日用品股。」

家佳的想法與他不謀而合，馬上說：「對，我這幾天也在想，我在超市打工，品項的變動、價錢波動和銷售量，我都知道。如果可以從中發掘熱銷產品的公司……」

「沒錯，就是從超市看股市。」尹富凱說，「短線的話，『題材』也就是『消息面』，和籌碼面是最重要的，其次才是技術面。而長線來看，基本面是最重要的。妳上班時觀察一下哪些是熱銷，甚至是長銷商品。對了，接下來如果有促銷檔期，像是節慶、主題類的，妳還是可以提前布局短線。」

家佳點點頭，思考了起來。

尹富凱忽然喚她：「家佳，妳看。花開了耶！那是什麼花？」

家佳轉頭一看，桌旁一朵碩大的花朵正悠悠舒展潔白花瓣，最外層帶紫紋的花瓣則垂降成花托。

家佳笑道：「這是曇花啦。曇花只有在夜晚才開花，而且它的花期非常短，只有幾個小時，往往黎明前就枯萎。」

此時楊太太拿著兩瓶飲料回來，遠遠就看到兩人有說有笑。她自言自語道：「燈光美、氣氛佳。我還是過一會再上來好了。」說完悄悄下樓，就怕自己壞了人家好事。

坐在咖啡座的兩人都沒察覺有人上樓。尹富凱揚眉，有些驚訝地說：「原來它就是曇花啊。確實孌美的。難怪大家用『曇花一現』來形容美好卻短暫的事物。」

家佳雀躍地說：「我們很幸運耶。我覺得這是一個好兆頭。」

「嗤。」尹富凱不屑地說，「才開一晚就謝了，哪是什麼好兆頭。」

家佳樂觀地說：「曇花一般都在夏天或秋天開花。這朵春天就開了，而且還剛好在我們上頂樓的時候開，這樣還不算幸運嗎？」

尹富凱心想：還好吧，不就全球暖化，所以花期提早了嘛。

他不想掃家佳的興，便順著她的話說：「大概吧。」

「我覺得這就是所謂的『否極泰來』。你的厄運已經結束了，從今晚開始一定會好事不斷的。」

「說了半天，原來是在鼓勵我啊。」尹富凱會意過來又說，「謝啦。」

她微笑地搖搖頭，不覺得自己有幫到什麼忙。

他突然神情認真、口氣鄭重地說：「謝謝妳。真的。妳在我走投無路、覺得自己被全世界拋棄的時候出現，拉了我一把。」

「我其實也沒幫上什麼忙啦。」

他凝視了她一會，忽然一邊嘴角勾起，說：「說的也是。主要還是我自己優秀。」

「啊？」她頓時愣住了。

他看她一副不知該做何反應的呆樣，忍不住笑了起來。

她也跟著笑，笑到一半才問他：「什麼東西那麼好笑？」

他笑得更大聲了。

過了一會，他才斂起笑容，對她說：「我覺得妳剛才說的那句話很對。」

「哪句？」

「『從今晚開始就好事不斷。』」他頓了一下又說，「是『從今晚開始，可以每天都看到妳。就算排班被錯開，還是可以天天看到妳。』」

他的直球來得好突然，家佳的臉瞬間就紅了。她低下頭，不知該說什麼，也不知該怎麼反應才好，嘴角不自覺地上揚。

此時楊太太又拿著兩瓶飲料回來，察覺到燈下兩人曖昧的氛圍，又自言自語道：「還沒完啊？那我還是再過一會，再上來好了。」

Chapter 17

小資女的逆襲

隔天晚上，四季超市結帳櫃台區。

阿珍姐因為臨時被王經理調到晚班而非常不滿，她那排的客人一走，就馬上唉聲嘆氣、打呵欠。

而家佳一邊替客人結帳，一邊留心他們購買的商品，看看有哪些牌子賣得特別好。

再過幾天就是母親節檔期，雖然還沒正式開始，但促銷型錄已經到了。打烊的時候，家佳打完卡並沒有馬上離開，而是坐在休息室研究型錄。

阿珍姐懶洋洋地走進休息室，見到她便說：「這麼晚了，怎麼還沒走？在等我嗎？」

家佳不想再隱瞞阿珍姐，便老實對她說：「我在研究型錄，想從熱門商品中挑幾支股票。」

阿珍姐精神一振、拍手喜道：「對吼！我也來看一下。」接著又說，「妳終於加入買股票的行列了！」

兩人七嘴八舌地討論了起來，一開始都聚焦在美容美髮或沐浴用品特惠組，後來目光都跑到了防疫用品、清潔用品頁。

她們有默契地同時說：「口罩！」

不只是口罩這類防疫用品，最近幾個月被恐慌性大量採買的還有消毒、清潔用品。

家佳說：「我們是不是也可以買一張口罩概念股或清潔概念股啊？」

阿珍姐頻點頭說：「嗯對，我覺得這個比什麼檔期優惠商品都還要穩。那我們明天就來買吧。」

「這麼快啊！我還想要再多做一點功課。」

「做什麼功課？口罩股都各買一張就對了啦。」

「但是全部壓在同一類股，不太好吧？」家佳將媽媽的建議放在心上，只打算先買零股。

「哪裡不好？老娘都已經分散在不同家了。穩啦。」

隔天一早，尹富凱正在客廳享用張媽準備的早餐時，家佳才剛起床。

尹富凱有點吃驚地說，「這麼早起！妳昨天不是晚班嗎？怎麼不再睡晚一點？」

家佳微笑說：「我習慣這個時間點起床。」

張媽對她招手說：「來吃早餐。」

家佳眼珠轉了一圈，對媽媽說：「我上樓澆個花。」接著趁媽媽不注意時，以手勢找尹富凱上頂樓。

尹富凱會意過來，仰頭將馬克杯中的熱美式喝完，對張媽說：「我去上班了。」

張媽看了一眼壁鐘說：「現在才八點。你那麼早去幹嘛？」

尹富凱隨口扯了個藉口，便匆匆出門。

兩人一前一後到頂樓，家佳拿起兩個澆花器，一個遞給尹富凱，一邊澆花一邊和他提起自己接下來想買的股。

除了口罩股「真湘」，她也想買專做染髮劑的「澤美」。

防疫類股雖然已經漲了一波，但前面都是緩漲，尹富凱覺得股價距離真正的高點還有一段距離，因此他也認為短期來看，口罩股是好的標的，長期來看就不見得。

但是染髮劑他就看不懂了。

他用手機查看了一下「澤美」的股價，發現最近正在相對高點。於是他說：「染髮劑雖然是長銷日用品，但是一年三百六十五天都可以買，現在買有什麼看漲的理由嗎？我建議妳等到股價下跌的時候再買會比較好。」

家佳說：「『澤美』的市占率和股價一直在上升，而且每年固定會在母親節、父親節和新年做促銷，所以這三個檔期都是他們家染髮劑業績最好。今年母親節還下殺到『買一送一』耶！之前的檔期頂多只有『買三送一』而已。這次的下殺力度那麼大、廣告又打那麼兇，業績應該會更高，應該會引起更多投資人的注意，股價也會繼續往上抬。所以我覺得『澤美』可以買。」

「所以妳看中的是短期的『題材性』。」尹富凱還是不看好，撇撇嘴說：「我覺得口罩股相對可靠一點。」

家佳說：「那你打算買哪一支？也是『真湘』嗎？」

尹富凱嘴角一勾，笑說：「這個嘛，妳還是不要知道比較好。」

「為什麼？」

尹富凱還是沒回答，只轉身揮手道：「好啦，我先去上班了。明天早上頂樓見。」

◇

超市的王經理上次被店長告誡過後，就暫時不敢對尹富凱太放肆，但他還是視他為眼中釘，一直想找機會開除他。

中午時段是早班最忙碌的時候，王經理看著結帳櫃台的長長排隊人龍，終於想到了方法。

王經理臨時把正在結帳的陳致偉趕去清理生鮮食品區，改抓尹富凱來支援結帳櫃台，但又不教他怎麼使用收銀機，而是帶著不懷好意的笑容對他說：「你不是椰林大學畢業的高材生嗎？自己看著辦吧。」

尹富凱雙手抱胸，一言不發地站在收銀機前研究了起來。幾秒過後，正當一旁的女同事看不下去，想叫他來她旁邊學時，他突然對其他櫃台前排隊的客人喊：「這邊可以結帳！」

出乎現場所有人的意料，他開始以極快的速度為客人結帳。

原本等著看好戲的王經理，此時錯愕到下巴都要掉地上了。

尹富凱趁客人拿錢的空檔，偷瞄了王經理一眼，那又驚又不甘的表情與王秀惠如出一轍。

他忍不住笑了起來。其實他並不是在幾秒內無師自通、學會使用收銀機。而是因為他買過好幾次即期品，看過好幾次同事操作機台，也就大概知道操作方式了。

他遞給客人發票後，斂起笑容，問下一位客人：「會員嗎？刷卡還是付現？」

話才剛說完，他就發現眼前的客人是萬芊。

「對，報手機，刷卡。」萬芊遞給他信用卡的同時，也認出他，驚愕道：「是你！」

「呃，對。」他尷尬地低下頭，接過卡後，開始為她刷商品條碼。

「你怎麼會在這裡？」萬芊環顧超市一圈，又說：「在這工作，月薪很低吧。天啊，我居然還出面幫你向銀行說好話。你現在這樣怎麼可能還得完債？」

尹富凱遇到她的剎那，感到很慌、很丟臉，但是愛面子的他從來不在人前示弱，尤其是看不起自己的人。

他裝作若無其事地說：「總共兩百一十五元。妳的信用卡和發票。」

萬芊沒伸手去接，而是繼續說：「我原本以為你會去投信公司或是私募基金當操盤手。你怎麼會淪落到這個地步？你站在這裡幫人結帳，不覺得很丟臉嗎？」

「不覺得。」他硬是撐起笑容，刻意用開玩笑的語氣說：「有高薪的工作再介紹給我囉。」

此時店長突然出面，將尹富凱手中的發票和信用卡交給萬芊，對她說：「小姐，不好意思，後面還有很多人在排隊結帳。」她又對她說，「還有，我們尹富凱不是普通的職員，是儲備幹部，以後至少會升經理、副店長。將來展店，也會是新分店的店長優先人選。」

「店長優先人選？」聽到關鍵字的萬芊這才態度稍微好轉，「是嗎？看來凱哥到哪工作，都能出類拔萃。」

尹富凱無視她，對下一位客人說：「會員嗎？刷卡還是付現？」

萬芊尷尬離開後，店長關心地問尹富凱：「需要休息一下嗎？」

「不用。我沒那麼玻璃心。」

店長不知該說什麼，拍拍他的肩，到其他區繼續巡視。

不遠處的王經理聽到剛才店長的那番話，開始擔心自己早晚會被尹富凱取代，對他更是多了份猜忌。於是王經理又把陳致偉調回來，安排富凱回去補貨，就怕他學到太多東西。

而經歷過更糟糕的情況的尹富凱，「被前女友看不起」這件事根本不算什麼；更何況對於那段感情，如今的他早就已經放下、往前走了。

因此他並沒有因為萬芊那番話受到打擊而意志消沉，反而更有動力、更堅定「一定要東山再起」的決心。

下班後，他再次去圖書館用公共電腦來研究股票，而且比以往更加冷靜細心地分析。這次，他看準趨勢，用一半身家買了口罩股「舒特」。

「舒特」是興櫃股，帳面上的數字在接下來的幾天內就已翻倍。

他觀察到大戶持股數量開始下降，股價上漲動能開始有減弱的跡象。若換作是以前，在沒借錢操作的情況下，他絕對是停損不停利的。但現在操作漸趨保守的他，馬上果斷退場。

儘管如此，他在短短幾天內也已經賺了十幾萬。

接著他將這十幾萬轉投入家佳推薦、仍然處於緩漲階段的上市股「真湘」。

傍晚，四季超市的早、晚班交接之際，上晚班的家佳來交接早班剛下班的阿珍姐的工作。

交班之際，阿珍姐問家佳：「怎麼樣，最近有沒有再加碼『真湘』啊？」

家佳搖搖頭，說：「我先買一百股就好。喔對了，我除了買『真湘』以外，還有買『澤美』喔；也是買一百股。」

「妳是說賣染髮劑的『澤美』？」

「對。阿凱說『澤美』股價現在偏高，建議我之後再買。但是它每年配的股利越來越高，而且現在還是銅板價，我覺得就算沒有母親節檔期加持，買來當存股也很好。」

阿珍姐摸摸自己的頭髮，點頭同意說：「好像也不錯捏。」

「可是它的股價最近都沒什麼動。」

「沒動才好啊。等到它飆上去就來不及了。」

此時其他同事好奇地問她們：「妳們在說什麼？」

阿珍姐本著「好康倒相報」的精神，把「澤美」和「真湘」推薦給他們。他們看阿珍姐上次買了股票賺錢後，就有些心動。這次機會來了，兩支股票又是屬於股價低的雞蛋水餃股，便也決定跟單入場。

Chapter 18

不要小看菜籃族

阿珍姐不只把「真湘」、「澤美」兩支報給同事，回去還告訴了家人、鄰居和朋友。這樣一傳十、十傳百，不少人都跟風買了。幾天後，四季超市幾乎人手一張「真湘」和「澤美」，就連店長和王經理也跟著買。

家佳上班經過公園時，都能聽到婆婆媽媽在討論這兩支。只持有「真湘」的尹富凱反而被笑保守、不識貨。儘管如此，他還是沒打算買「澤美」，以為只是家佳和阿珍姐剛好走運而已。

兩支股價都慢慢上漲之餘，「澤美」法說會[1]公布了三個利多消息：

一、第一季受惠於網路購物平台，業績不受疫情影響，且預計第二季、第三季分別有母親節和父親節檔期，業績應可優於第一季。

二、公司將擴展版圖，研發頭皮養護產品。

三、公司和賣保健品的「養元」將交換持股、正式展開策略聯盟，在第四季的雙十一和聖誕節檔期會一同推出促銷組合來提高銷量。

隔天，也就是母親節前的週五，早上一開盤，「澤美」和「養元」就雙雙漲停。一時間，四季超市內歡聲雷動，原來不只員工有買，連顧客也有買！

尹富凱看著證券ＡＰＰ上，亮著紅燈的「澤美」和「養元」，漲幅遠高於「真湘」。

他目瞪口呆地說：「怎麼可能……」

如同上次在夜市套圈圈一樣，家佳再次出乎他的意料。

難怪證券業有一句老話：團結力量大，不要小看菜籃族，往往殺得投信、小兒[2]叫媽媽。

不過，轉念一想，他還是為家佳感到高興。

他微笑心想：要是她看到股價，應該會高興得像兔子一樣蹦蹦跳跳吧。

傍晚，阿珍姐和尹富凱在休息室排隊打卡下班時，阿珍姐發現向來會提早來的家佳並不在，便問大家說：「奇怪，家佳怎麼還沒來？她今天不是上晚班嗎？」

她正要打電話給家佳時，尹富凱說：「喔，她好像臨時有事，所以會比較晚到。」他邊說邊看向王經理。

王經理回道：「嗯，她有打來請一個小時的假。」接著他又說，「阿凱，店長找你。她在辦公室。」

「喔。」尹富凱應了聲，心裡有點詫異。

她找我有什麼事？難道她終於意識到制服不符我高貴的氣質，打算訂做一套給我？

他換下制服，帶著疑問和期待，進到辦公室，問店長：「妳找我？」

同時，只隔辦公室一道輕隔間牆的休息室內，阿珍姐耳朵正貼在牆上偷聽。她實在很好奇店長找尹富凱有什麼事。

店長一開始說：「對。你最近表現得不錯，所以我決定下禮拜幫你轉正職。我晚點會通知王經理，他之後會帶你做盤點。」

「喔？」尹富凱並沒有感到開心，而是突然想到，自己投出的那些履歷，至今不是被婉拒，就是已讀不回。

而現在他唯一能有的固定收入，還是來自於這份底層低薪的工作。他感到有些落寞無奈，所以低下頭說：「喔。」

「只有『喔』嗎？你沒有什麼話要對我說嗎？」

他抬起頭，看出店長的不悅，勉強勾起嘴角說：「謝啦。」

店長滿意地點點頭，又將桌上的人事異動單遞給他，說：「既然你現在已經在外面租房，就可以填上地址了。」

他隨手拿起桌上的原子筆填寫時，店長瞥了一眼地址，說：「你租的房子應該在超市附近吧？」

他隨口應道：「嗯。」

店長又說：「我今天賣掉『澤美』和『養元』，賺了一點錢。晚上要一起吃日式料理嗎，阿凱？我請客。」

尹富凱腦中浮現以前在東京吃過的米其林三星料理，那美味的神戶和牛和北海道帝王蟹，快是想像都快要流口水了。

他正要答應時，陡然想起家佳之前說過的話。只得嘆一口氣說：「我很想，真的。但不行。」

店長意外地說：「為什麼？你晚上有事？」

他坦承道：「老實說，我有喜歡的人了。所以我不想讓妳誤以為我們兩個有可能。」

另一頭的休息室內，聽到八卦的阿珍姐睜大眼睛、激動得握拳。

店長被尹富凱這麼直接地拒絕，面子上多少掛不住。她佯裝啼笑皆非地冷哼一聲，說：「誰喜歡你啊，自戀。我只是看你可憐，出於同情才請你吃飯而已。不吃就算了。」

至於可能的對象，店長第一個想到的就是張家佳。壓抑不住心中的好奇，她問他：「你喜歡的人是我們超市的人嗎？」

他擔心店長日後會找家佳麻煩，便否認說：「不是。妳不認識。」

店長又追問：「那是誰？」

阿珍姐聽到關鍵處，手機偏偏震動了起來。是家人來電。她不耐煩地翻了圈白眼，立即輕聲走出休息室，到外面接電話。

超市裡除了尹富凱和張家佳以外，別人都不知道他跟張家租房。所以尹富凱隨口回了句：「房東的女兒。」接著又說，「沒別的事，我先走了。」說完也不等店長回話，便逕自開門出去。

門一關上，店長臉色頓時冷了下來。

她拿起桌上的人事異動單，瞥了一眼地址後，喃喃說道：「不是那個張家佳，而是房東的女兒？所以是才認識沒幾天就喜歡了是嗎？那我呢？」她冷笑一聲，自嘲道，「當我是空氣嗎？」她突然斂起笑容，臉色陰沉道，「正好省了兩個月的年終。」語畢便動手將單子撕毀，扔在桌上。

但緊接著，她又將那些落在地上的碎片一一撿起來，將它們與桌上的碎片慢慢拼回去。

拼到一半，她忍不住紅了眼眶，低聲說：「我到底哪裡不好？為什麼你看不到我？為什麼你喜歡的人不是我？明明是我先認識你的啊。」

她好不甘心。真的好不甘心。

店長兀自傷心的同時，走道上的阿珍姐講電話講到一半，就看到尹富凱走出辦公室，扼腕地想：啊來不及聽到！他到底喜歡誰啊？

她講完電話之後，尹富凱早就已經離開超市。她迫不及待地打給家佳，想探聽八卦。

這時家佳正扶著鄰居楊太太從診所走出來。

楊太太一邊扶著腰，一邊感激地對家佳說：「謝謝妳陪我來看醫生。我自己回去就好，妳快去上班吧。害妳上班遲到，真對不起。」

「不會啦，不要這麼說。」家佳又關心道，「走樓梯小心，不要又摔倒啦。」

楊太太說：「好好好。妳手機響了，快接電話。」

家佳一邊接起電話，一邊前往超市：「喂？阿珍姐，怎麼了？」

阿珍姐將剛才聽到的內容轉述給家佳聽。當家佳得知尹富凱喜歡的人並不在超市工作時，眼淚瞬間就模糊了她的視線。

遲鈍的她這時才意識到，自己已經在不知不覺中喜歡上他了！

但是那又怎麼樣呢？她以為他對她也有感覺。結果現在看來，是她自作多情了。

電話那頭傳來阿珍姐的聲音：「……我真的好想知道是誰喔。妳知道是誰嗎？阿凱有跟妳講過嗎？喂？家佳？家佳妳有聽到嗎？」

家佳停在路邊拭淚，輕咳一聲後才回應：「有。我在。」

「喔。那妳知道阿凱喜歡的人是誰嗎？」

她心中一酸，低聲道：「我不知道。」

「真的嗎？你們不是滿熟的嗎？他沒跟妳提過喔？跟我講啦，拜託。我保證不講出去。」

「我真的不知道！」家佳說完便直接掛斷電話。

她好想跑回家，把自己鎖在房間裡，用棉被蒙住頭、大哭一場，哭到睡著。但她已經不是小孩子了，她不想因為這件事影響工作。

強打起精神後，她改走另一條路去超市。她不想在路上遇到剛下班的尹富凱。

彷彿是老天爺覺得家佳還不夠慘似的，她工作了一整晚，打卡下班後，王經理和同事還一起凹她留下來做清潔。

這次沒有阿珍姐和尹富凱幫她擋，不擅拒絕的她，忙到快十二點半，才終於離開超市。

深夜的路上冷冷清清，除了她以外沒有別人。偶爾風吹起落葉的沙沙聲，都會使膽小的她縮起肩膀。

她忽然有一種「有人在她後面」的感覺，於是她邊加快腳步、邊回頭張望，赫然撞見一個穿著黑色帽T、牛仔褲的高大男人。

他的臉藏在帽子陰影之下，看不出相貌。

雖然兩人之間還有段距離，但她還是害怕得跑了起來。回頭時發現那個人也追上來了。

我被跟蹤了！救命啊！

嚇壞的她一路拔腿狂奔，經過公園人行道時，不小心被碎石給絆倒。

「啊——」尖叫聲之中，她整個人飛撲了出去。

一陣急促的腳步聲響起，熟悉的聲音從她背後傳來：「妳沒事吧？」

她抬頭一看，正巧迎上尹富凱擔憂的眼神。

是他！怎麼是他？

她一時呆住了，什麼話都說不出口。

尹富凱連忙將她扶起身，蹲下來檢視她膝蓋和手掌的傷口，並替她拍乾淨衣服。

「有些破皮。」他問她，「妳還能走嗎？」

她愣愣地看著他，很想質問他：為什麼要這麼關心我？難道你不知道你這麼做，會讓我誤會嗎？

然而這些話她都說不出口。因為她心裡其實還是很開心能得到他的注目和關心。

尹富凱突然遞給她一支糖葫蘆說：「給妳。」

她接過來之後，他便直接將她背起來，打算一路背她回家。

她正感到受寵若驚時，他突然說：「妳沒事跑那麼快幹嘛？晚上那麼黑，路看不清楚，很容易摔倒。還有啊，妳今天怎麼那麼晚才下班？」

「人家也不想啊，還不都是你們害的……」她越想越委屈，忍不住就哭了起來，「嗚……」

背上的人突然哭了，尹富凱手足無措地停在路邊，摸不著頭緒地回問：「關我屁事啊？」

她聽了更傷心了，開始放聲大哭：「嗚啊啊啊……」

「幹嘛啊妳？」他先將她放到公園長椅上，坐到她旁邊說，「怎麼突然就哭了啊？」

她沒回答，只是不停用手背抹淚，瘦小的肩膀不時因啜泣而顫抖。

「喂，哭不能解決問題好嗎？妳冷靜下來，跟我說發生了什麼事啦。」

她還是哭得抽抽搭搭的，沒有要止住的意思。

不擅於安慰人的他，不知道該怎麼做，沉默了一會，說：「妳再哭，我就沒收糖葫蘆喔。」

股市小辭典

註1　法說會：即法人說明會。上市公司每年至少舉辦一場法說會，主要目的是向法人等「大股東」說明財報（即公司業績和未來財務預測）。注意：「法說會」與「股東會」不同，後者是任何股東皆可出席；只持有一張的奈米小散戶也可出席。若財報不如預期好或未來產業前景不明朗，導致股東失去信心、股價下跌，則會被股民戲稱是「法會」。

註2　小兒：台股三大法人分別是「自營商」、「投信」和「外資」。而股民給「外資」取的綽號是「小兒」。此綽號也有其他同音、不同字的寫法，如「小額」、「小鵝」……等，意思都一樣。

Chapter 19

愛情事業兩得意

哭得臉頰、鼻子紅通通的家佳，初時愣了一下，接著抿嘴、瞪向尹富凱，同時雙手緊緊抓住糖葫蘆，像是怕被他搶走一樣。

這微小又倔強的抵抗實在太可愛了！

「噗。」他忍不住笑了出來，「開玩笑的啦。這支就是特別買給妳的啊。」

他正要摸她頭時，她反常地躲開了。他有點錯愕地說：「幹嘛？我手是乾淨的啦。」

「不要碰我！」家佳抗拒地說，「你先回去吧。我想在這裡待一下，晚點我自己回去。」

「可是妳腳受傷了。」富凱看向她破皮的膝蓋。

「我自己可以走回去。」她堅持道。

「不好吧。都這麼晚了，妳自己回家，我也不放心。」

「我以前都是自己走路回家的。」

他再白目也看得出她今天很反常，於是繼續問她：「妳到底怎麼了？該不會又是我惹妳生氣了吧？」他想了一下又說，「不對，妳剛才說『你們』。是不是王經理，還是哪個同事欺負妳？啊我知道了，是不是他們凹妳加班，所以妳今天才比較晚下班？」

被他說中後，她點點頭。

他怒不可遏地說：「這些人就是柿子挑軟的吃！以後王經理他們再凹妳留下來加班，妳就硬起來、拒絕他們！上次不是才跟妳講過嗎，妳連蟑螂都敢打，為什麼不敢拒絕王經理他們？」

她垂下視線說：「我也不知道啊。要是我有勇氣拒絕別人就好了。」

他沒好氣地說：「妳很有啊，妳現在不就拒絕我背妳回家嗎？這是我從小到大第一次背人耶。虧我還特地跑夜市、買糖葫蘆給妳，結果妳還給我臉色看。」

「還不是因為你……你……」

「我怎樣？」

「你……」她鼓起勇氣罵他，「你有喜歡的人，卻還對別的女生那麼好、跟別的女生說曖昧的話。你知不知道暖男和渣男只有一線之隔？」

面對無來由的指控，他傻眼道：「我對誰好了啊？」

「你對我好啊。」

「我喜歡的人本來就是妳啊。不然妳以為我站在超市外面一個多小時，是喜歡吹風喔？」

這句話來得猝不及防，話一出，兩人都同時愣住了。

互相凝視了一會，她忽道：「好像更渣了……」

「啊？」

「你同時喜歡兩個人？」

「沒啊。一直都是妳。」

「騙人。」她將阿珍姐的話轉述給他聽。

「喔那個喔，我是怕店長找妳麻煩，所以才騙她說，那個人她不認識啦。」

「真的嗎？」家佳半信半疑地說。

「嗯。」他沉默了一會，煩躁地撥髮說，「吼好煩啊。原本是想說，至少等還完債，再來跟妳告白的。」

她沒有說話，只是凝視著他。剛才的那些委屈、傷心好像都忽然煙消雲散了。

她的沉默讓他很忐忑。別看他平時一副自戀的樣子，其實現在的他是很自卑的。因為相較於過去富豪等級的他，現在的他既沒車也沒房，存款少得可悲，更不知道何時可以還完鉅額債務。前途茫茫之下，他的自信心也一點一點地被無情的現實給摧毀。

他想問她：要是他以後還清債務、東山再起，她願不願意給他一個機會？

但是話到了嘴邊，卻一時說不出口。

反而是她先打破沉默，試探地問他：「你喜歡什麼樣的女生？」

「我沒有什麼『喜歡的型』。遇到妳之後，我就覺得『就是妳』了。」

「那你喜歡我什麼啊？」

「全部啊。妳的外表、個性，我全都喜歡。」他又撥了下頭髮，試圖在腦海中拼湊出字眼來形容，「妳高興的時候，蹦蹦跳跳的樣子。妳生氣又不知道該罵什麼的樣子。妳難過的時候，哭得淚眼汪汪的樣子。反正我都喜歡。」

她有些不好意思地說：「我有什麼好？我這麼普通。」

「屁啦，妳超勇的耶，普通女生哪敢徒手打蟑螂啊。而且妳力氣很大、會套圈圈，對工作、對生活都很有熱情，在商場行銷上也有很多自己的點子。平常看起來乖乖的，但是關鍵時刻就會變得很勇敢，像上次在夜市叫賣的時候，還有老薛說我壞話的時候，妳不是也有幫我出頭嗎？還有，妳知道嗎，妳不只是善良，還能提供很高的情緒價值。這些都是其他女生做不到的事。」

「啊？什麼是情緒價值？」

「就是跟妳在一起的時候，我覺得特別溫暖、療癒；感覺全世界都變得很可愛、很美好。」他再次強調，「除了妳以外，沒人能做到這點。」

「真的？」

「真的。」

他摸摸她的頭，這次她沒有閃開，而是對他回以微笑。

他看著漾起甜甜酒窩的她，再次心跳加速，突然有股想親她的衝動。

然而她並不明白他的心思，當他湊近她時，她朝他伸展雙臂說：「走吧。我想回家了。」

他尷尬一笑，轉身將她背起。

兩人一路無話。直到抵達公寓樓下、他找鑰匙時，她才突然湊到他耳邊，小聲地說：「我也喜歡你。」

他露出了燦爛的笑容，說：「一定要的啊，我那麼優秀。潛力股耶！」

兩人就這麼自然而然地在一起了。

隔天早上，兩人有默契地早起。家佳對媽媽說：「我昨天上樓的時候，看到有些地瓜葉都已經長大了，我去摘點下來。」

正在廚房忙碌的張媽，隨手拿了兩個籃子給她，說：「好。再幫我摘些小番茄。」

家佳與富凱互看一眼後便出門，而他過了一、兩分鐘後，匆匆穿上鞋、對張媽說：「我出門囉。」

張媽有點訝異地說：「今天也這麼早啊？」

「對。我要先去買點東西，再去上班。」

他來到頂樓的時候，家佳已經摘好一籃番茄了，現在正蹲在菜圃旁，用園藝剪採收地瓜葉。

「動作真快。」他到她身旁蹲下。

「要不要試試看？」她將剪刀遞給他。

「噯，這有什麼難的。」話雖如此，他卻只剪下葉子。

「不是這樣啦。是要整株一起剪。」

他瞥了一眼菜籃，說：「莖也要吃啊？」

「當然啊。不吃多浪費啊。」

他撇撇嘴，還是按她說的做。畢竟整株剪，可以更快剪滿一籃。

她說：「晚點開盤，我想掛漲停賣『真湘』和『澤美』。你呢？」

「『澤美』我覺得掛三%賣比較保險。按照我的經驗來看，很可能會開高走低，收盤甚至可能會大跌。『真湘』的話，後面還有肉，太早賣就可惜了。妳如果沒有要買別的，就不用急著賣吧。我自己是想先賣了，改買海運股。」

「海運股？沒興趣。不過我還是想先獲利了結。」

她純粹出於好奇，問他：「三%是怎麼抓的啊？」

他痞痞一笑，說：「這叫『手感』。股票看久了，就會知道高點在哪、要設幾趴停利。」

她想了一下，說：「那我兩支就都掛三%賣好了。目前的獲利，我已經很滿足了。入袋為安嘛。」一家佳本身是容易知足的人，她並不會將漲停十%和三%中間的七%利差放在心上。

「也是。」

於是她用LINE傳訊息給阿珍姐，告訴她自己今天要賣出這兩支，並且請她跟早班的同事說一聲。

他頓了一下又說：「如果我沒記錯的話，妳今天只要賣二%，獲利就可以打平之前投資其他股票的虧損。那剩下的一%就算是小小的激勵吧。」

她拿出手機，開啟計算機ＡＰＰ，按了半天，結果果真如他所說。

她驚奇道：「真的耶。你怎麼知道的？」

他食指比比自己的腦袋說：「心算。」

「這麼厲害！」她佩服地說。

「當然。」他一臉得意。

他剪滿一籃菜後，兩人又有默契地同時站起來、伸懶腰。

五月清晨的陽光和煦，一陣微風吹過頂樓，給他們帶來一股舒暢感。

她問他：「你前陣子應該有很多心情不好的時候吧？」

「當然。」

「其實我前陣子也心情不好。因為工作上的事。那段時間，我幾乎每天都會來頂樓。」

他抖了一下，說：「幹嘛？想不開喔？」

她笑了出來，說：「不是啦。」她指向前方說，「你看。」

頂樓的視野開闊，藍天白雲之下，動態的車流在靜態的大樓間穿梭、匯流成河，形成一片生氣蓬勃的城市景觀。

她說：「每當我看到眼前的景色，就覺得生活充滿希望。知道有這麼多人在這座城市裡奮鬥，我就覺得自己好像還可以再努力一下。也許再努力一下，事情就會有轉機了。」

他凝視著陽光下的她。與她待在一起，他總感到如沐春風。

「妳真的是很特別的人。總能帶給人正能量。」

「哪有啊。你說得太誇張了啦。」她不好意思地說。

「不誇張。」他突然一臉正經，「我覺得我有必要報答妳。」

「嗯？」她疑惑地抬頭看他。

「獻上我珍貴的熱吻一個。」

「啊？」她心想：他說什麼？我有聽錯嗎？

他忽然低頭輕啄她的額頭，接著以百米衝刺的速度逃離現場。

她的臉開始發燙。等到她反應過來的時候，頂樓只剩她一個人。

其實他是怕被她打，但她以為他害羞了，因此好氣又好笑地說：「害羞的人應該是我才對吧？」

夜晚，四季超市內。

不同於昨天早班的歡樂，家佳來上晚班時，超市氣氛變得異常低靡，每個員工都哀怨地像無家可歸的孤魂野鬼。

家佳小心翼翼地問其中一個女同事：「怎麼了？發生什麼事了？」

女同事面容憂愁地說：「妳早上不是跟阿珍姐說，妳要賣『真湘』和『澤美』嗎？」

「對啊。怎麼了嗎？」

女同事口氣更加哀戚地說：「我沒賣『澤美』。」

「嗯？」家佳睜大眼睛，心想：糟糕，「澤美」今天收盤時跌停……看來我晚上還是離她遠一點比較好，才不會掃到颱風尾。

此時另一個同事幽幽地飄過來，眼神空洞地說：「我一開盤就賣了『真湘』，改加碼『澤美』。結果……」

家佳大驚，趕緊安慰二人：「沒關係、沒關係，明天賣還是有賺啦。我之前賠了好幾萬，也是到今天才打平。我們下次再努力吧。」

那個加碼的同事搖搖頭，有氣無力地說：「我再也不碰股票了，都是騙人的東西……都是假的……」

這裡負能量好強啊！

家佳倒退兩步。她自知不敵，也不敢再與同事多說，馬上跑去找王經理，主動請纓去倉庫盤點理貨。

Chapter 20 小資女變專家

打卡下班之後，家佳走出超市時，有那麼一點期待看到尹富凱。

她在門口左右張望了一會，卻沒有看到熟悉的人影，於是她有點落寞地低下頭，默默往家裡的方向邁開步伐。

此時，她眼角餘光瞥見有人從馬路對面走來。她轉頭一看，正是尹富凱。

他說：「今天很準時喔。」

她不自覺微笑了起來，對他說：「你來接我了。」

「當然。不是說好，以後都來接妳下班嗎？」

「謝謝你。」

「不謝。」他故意逗她說，「那我以後晚班下班，妳會來接我嗎？」

「嗯？」她認真地點頭說，「會。」

「不用啦。」他笑了起來，摸摸她的頭說，「妳很呆耶。」

「為什麼？」她眨眨大眼，不解地問他。

「沒什麼。」他轉移話題說，「今天上班還好嗎？」

「還好。不過上班氣氛很沉重。」

她把同事們沒賣「澤美」的事告訴他，並且說：「看他們一整晚心情不好，我也覺得滿同情他們的。」

她之前買「萬國來朝」的「朝陽」時，就體會到飆股有多容易讓人昏頭。不懂得停利的人，往往在短暫的熱潮過後，面臨「抱上去又抱下來」那種不甘又後悔的窘境。

「嗤。」他冷哼一聲，「有什麼好同情的。還好妳不是上早班，不然妳會被氣死。早上一開盤，掛賣的票就被秒殺了。阿珍姐跟大家講『妳打算賣』的時候，還有人說『妳是想騙人賣，自己才好加碼多買幾張』。」

家佳愕然道：「他們怎麼會這樣想？」

「對啊。妳是什麼樣的人，他們還不清楚嗎。妳都已經好心『帶進帶出』了，他們還在背後懷疑妳的居心。這就叫做『聰明反被聰明誤』。誰叫大部份的人都貪心、不停利，現在留下來洗碗[1]也是剛好而已。」

他停頓了一下，又說：「妳沒看到收盤的時候，超市裡哀鴻遍野的樣子，真是大快人心。」

「好像也不用那麼開心吧？」

他攤手說：「我就是幸災樂禍。誰叫他們說妳壞話。」接著他想到了什麼，「對了，我們的事，妳打算什麼時候跟大家說？」
「我覺得先不要讓超市的人知道，比較好吧？」
「同意。但是至少家人可以先說吧。我們又不是做壞事，為什麼要偷偷摸摸的？」
「哪有偷偷摸摸啊？」
「哪沒有。那妳牽一下我的手。」平常看起來酷酷的他，撒嬌起來特別有反差萌。
「嗯？」她東張西望了一會，問他，「你就不怕被同事看到？」
「我不管。」他催促道，「快點。牽啊。」
她笑著牽起他的手，說：「這樣可以嗎？」
他改為十指交扣，說：「這樣才差不多。」接著再次提起，「我們等一下回家，就和妳家人說吧！不然我們每次獨處，都得先跑上頂樓。太不光明正大了。」
她心想：我都不急了，你急什麼？這麼急著要名分？
她想了想，委婉地說：「那個……我覺得我們還是不要那麼快和家人說，比較好。」
「為什麼？」他不滿地說。
「我爸媽都是很保守的人。要是他們知道我們認識沒多久就在一起，不只可能不同意，還可能把你趕出去。」
「不會吧，我條件那麼好。」他口氣不太確定地說，「他們真的有可能不同意嗎？」

她點點頭。

他想起張家收留他的那一晚，忽然眼神黯淡了下來。他聲音悶悶地問她：「他們是不是因為我窮，所以嫌棄我？」

她忙說：「才不是！他們都不是這樣的人！」

他低下頭說：「可是我現在的確是很窮。嫌棄我其實也沒什麼錯。」

「你現在窮不代表以後還會窮啊。」她牽起他的另一隻手，面對面鼓勵他，「你自己不是也說，自己是潛力股嗎？我也對你很有信心喔。」

他看向她，她的神情是那麼地認真。

他在心裡說道：謝謝妳肯定我的價值。

「等著看吧。我一定不會讓妳失望的。」

「嗯。」她用力地點頭。

兩人相視而笑。

兩個月後，夏天到來。

家佳因為投資股票的關係，認知到股市瞬息萬變，任何一點風吹草動都可能導致某一股大漲或大跌。而該股所屬的類股也有可能被連帶牽動，要嘛雞犬升天，要嘛遭池魚之殃。因此偏好穩健投資的她，又調整了自己的選股策略，除了既有的持股外，也開始從 0050 或 006208 這類的指數型ＥＴＦ中挑選幾支食品業和百貨業的績優股，分散投資。同時也越來越常與尹富凱一起關注財經新聞和產業動態，對於民生消費的商業模式，也越來越有清晰的認知。

而尹富凱在五月出清真湘、獲利了結後，轉而將目光放在海運股上。當時正處疫情期間，各大航線都塞港，海運大舉受益；不只貨櫃船，散裝船也獲利增加數倍。尹富凱嗅到了先機，看上其中三家貨櫃船公司：欣榮、四海和太明。

欣榮的規模和獲利都最高，但由於股本最大，故股價漲最慢。四海獲利雖非最高，但勝在股本最小，所以股價爆發性最強。而太明獲利不錯且有股價最低的優勢。

若是在過去，尹富凱一定會毫不猶豫地選擇將所有資金重壓在最有爆發力的四海上。但經過了一連串的磨練，他的投資觀已經大幅改變，遂將目前獲利的三十幾萬投入本益比最低的欣榮。

當時的他還不知道，在不久的將來，這三家將成為海運股指標，並稱海運三雄，大受投資人青睞。

而在短短兩個月後，他持有的欣榮到了七月時，帳面損益就已超過兩倍，也就是已獲利超過六十萬。他認為後續還大有可為，因此決定繼續持有。不過他自己也清楚，雖然目前戰績不錯，但光靠投資股票還遠遠不足以還債。他得再另想辦法自救才行。

而張家佳和尹富凱有了股市的共同話題後，感情也不斷升溫。每天早上，在頂樓討論股票已經變成兩人的習慣了。

這天早上，頂樓傳來蟬叫聲，提醒張家：收穫香草類植物的時節到了。

家佳和尹富凱一邊採羅勒和紫蘇，一邊討論平價連鎖壽司店「鑫鱻」（音同：新鮮）和代理進口跑車的「飝犇」（音同：飛奔）掛牌上櫃的新聞。

富凱說：「『飝犇』今年兩季的業績都比去年同期增加十%，到時候一上櫃一定會溢價[2]。所以我一定會去申購。就看最後有沒有抽中。『鑫鱻』我沒吃過，妳覺得呢？有申購的價值嗎？這個月領到薪水，我打算來申購看看。」

這兩個月來，家佳憑藉自己的職場經驗和生活觀察力，判斷百貨股、食品股、餐飲股和日用品股的漲跌比他還準，獲利也漸趨穩定。所以現在變成是他要請教她的意見。

她點頭說：「嗯。他們家壽司很好吃、價位也很有優勢。不管是去哪家分店，生意都好到要排隊。我覺得可以買。不過一上市應該也會先溢價，所以先賣出等它回檔的時候再買入比較好。」

「好。我信妳。」

她回以一笑，沒想到他突然將她抱起來、放在花台上。

她眨眨眼睛，呆呆地問他：「幹嘛？」

他用熱吻來回答。

她閉上眼睛感受他的溫度和味道，周圍的空氣彷彿變甜了，就連蟬叫聲也變得悅耳許多。

然而這時忽然有隻蚊子來攪局。牠在兩人耳邊繞來繞去、嗡嗡作響。

他正陶醉其中、渾然不覺。而她卻別開頭，輕推富凱說：「有蚊子。我們快下樓吧。」

她才跳下花台，又被他攔腰抱回去。他撒嬌道：「再親一個。」

她邊笑邊親他一下，說：「這樣可以嗎？」

他又意猶未盡地親了她好幾下，直到她抵住他說：「你上班要遲到了啦。」

他才心不甘情不願地放手。

他拿起兩籃香草，一邊與她走向樓梯間，一邊說：「我今天下班就買防蚊液和電蚊拍回來。」

她稱讚他說：「你最近好像越來越貼心了喔。」

「把『好像』拿掉。我模範男友，好嗎？」他又說，「晚上去接妳的時候，就可以幫妳噴防蚊液了。」

她突然嘆了一口氣，有點哀怨地說：「真好，我也好想上早班。我已經連續上三個月的晚班了，真的好累喔。」

「我今天上班的時候，幫妳向店長提提看？」

「不好吧？你要是提了，店長說不定就會猜到我們兩個的事。」

「但就算現在不提，她遲早也會知道的吧。我們也沒辦法瞞她一輩子。」

她樂觀地說：「說不定她再過幾天就移情別戀啦？到時候就算知道我們兩個在一起，她也不會不開心了。」

「很難喔。我這麼優秀，很難取代的。」
就在這個時候，家佳的手機突然響起。
是王經理打來的電話。
店裡打電話來，通常沒好事。兩人對看一眼，他對她搖搖頭，示意她不要接。
她猶豫了一會，還是接了起來：「喂？」同時將手機開擴音。
「家佳，妳現在來上班，行嗎？我們家秀惠身體不舒服、需要在家休息，臨時請假、不能來。妳今天跟她調班吧。」接著王經理還一副善解人意地說，「妳最近連續上那麼多天晚班、太辛苦了。今天改上早班，傍晚就可以早早下班、回家休息，不是很好嗎？」
通常店長和經理將晚班調到日班前，會安排休息一天，讓員工調整作息。否則剛上完晚班，隔天早上馬上上早班，員工身體會吃不消。
對於王經理的說詞，尹富凱翻了圈白眼，用眼神示意她拒絕。
但是她實在很想和他一起上班，於是答應道：「好。那我今天晚上的班，就請秀惠上了。」
兩人下樓回到張家時，客廳電視正在播報晨間財經新聞。當新聞播到「群護」二字時，尹富凱的注意力馬上就被吸引了過去。幾個月前，他大量買入的「群護」股價雪崩般暴跌到只剩兩元，害他一夕之間破產。所以他對這間公司名稱特別敏感。
新聞報導道，群護企業的大股東為了挽救即將倒閉的公司，四處奔走、欲覓得大公司願意接手。

尹富凱腦中靈光一閃，嗅得一個大好機會！

張家佳和尹富凱抵達四季超市時，才知道店長今天外出開會，不會進店裡。

尹富凱得知後，心想：怪不得。要是店長知道，恐怕也不會同意家佳和我上同一個時段。唉，都怪我長得太帥。

與此同時，家佳則心想：可惜阿珍姐今天休假，不能遇到她。已經好久沒跟她一起上班了。

王經理知道尹富凱和張家佳是一掛的，所以故意將他們安排做最粗重的拉籠車、補貨。

他以為如此便是一種「惡整」，殊不知今非昔比，他們反而利用補貨的機會來觀察品項的銷量，並討論起股票。

兩人補到美容、美髮區時，開始討論起架上的面膜。

富凱指著一個牌子說：「這個牌子放在最顯眼的位置，這間公司是不是很賺？」

家佳搖頭說：「我覺得他們家的面膜不服貼、不好用。」

富凱又指向另一個牌子說：「這款呢？標榜創新材質耶。」

家佳還是搖頭說：「太貴了。平均下來一片要九十塊，都可以買一盒便當了。」

九十塊錢對於富凱這種從沒用過開架式保養品的人來說，聽起來還是很便宜。於是他聳聳肩、不評價。

她邊補另一個牌子的貨，邊說：「這個牌子比較好用。」接著拿起其中一款面膜盒：「尤其是美白、鎮定成份的面膜，在夏天賣得比較好。」

「難怪這一列都空了。」

她翻到面膜盒的背面看公司名，說：「要是他們家有股票，我就買。」

他對她拱手說：「謝謝財經專家丟明牌。」

她羞道：「你幹嘛啦。」接著又說，「好了，我們去補清潔用品區吧。」

股市小辭典

註1　留下來洗碗：買在最後一波高點、被套牢的意思。

註2　溢價：簡單來說就是「買貴了」，即股價超出股票本身的價值。對新手而言，判斷「是否溢價」最快、最簡單的方式就是看該支股票的「本益比」。反之，股價低於本身的價值則稱為「折價」。

Chapter 21

逆轉

儘管工作繁重，兩人在一起還是覺得時間過得特別快，轉眼就到了下班時間。

他們打卡下班的時候，接連上兩班的家佳累得肩頸和腰背都很痠痛，走路時連腰都快挺不起來了。

沒想到王經理突然將她攔下，說：「妳去哪？」

她回答：「回家啊。怎麼了？」

尹富凱出面幫忙擋說：「我們已經下班了，你有什麼事，明天再說。」

「干你……」王經理正要罵他，突然想起店長的警告，便也不跟他多說，而是轉頭對家佳繼續說，「妳不能走，妳還有晚班要上。」

尹富凱聽了頓時一肚子火，正要跟王經理翻臉時，家佳忽然拉了拉富凱的衣角、制止他。

她對王經理說：「你早上不是說，秀惠要跟我調班嗎？」

王經理厚顏無恥地說：「有嗎？我記得我是問妳，要不要『代班』吧。妳雖然有代她的班，但原本的班還是要上啊。」

尹富凱忍無可忍地說：「靠，你們父女真的都一個樣耶。凹別人的班，都不會不好意思？」

王經理理直氣壯地說：「你講話給我放尊重點。我們有什麼不好意思？我們哪裡對不起她？又不是沒給她薪水。而且是家佳自願的，你意見那麼多幹嘛？多管閒事。」

家佳忽然開口說：「我不願意。」

她的聲音不大，口氣卻很堅定。

這是她第一次這麼直接地拒絕，兩個男人都愣了一下，才低頭看向她。

嬌小的她握緊雙拳、鼓起勇氣，直視王經理說：「連上兩班已經很累了，我不願意也沒辦法連上三班。」

拒絕加班不是一件多了不起的事。但尹富凱知道，這對於以往總是唯唯諾諾的家佳而言，已經是很大的進步了。他看她的眼神滿是驕傲，心裡激動大喊：小白兔長大了！終於敢拒絕這王八蛋的無理要求了！

王經理則難以置信地問家佳：「妳說什麼？」

「我不願意連上三班，請你找別人！我連蟑螂都敢打！我才不怕你！」她說完便直接跑開。

尹富凱忍不住笑了起來，王經理則在後頭大吼：「妳這是什麼態度！竟然敢這樣對我說話！站住！」

她聽到了，但沒有停下來，也沒有回頭，而是繼續往前跑。她怕一個停頓或猶豫，勇氣就會消失。而她又會像以前一樣，因為害怕王經理殺氣騰騰的眼神而讓步。

尹富凱跟在她後面跑，出超市前，還不忘回頭對王經理做鬼臉。

尹富凱才剛追上家佳，還來不及誇讚她，就先接到鉅富銀行的電話。

銀行專員說，有急事找他，希望他能盡快與銀行面談。

他心一沉，心想多半是與債務有關，於是他請家佳先回家。

他問專員：「有什麼事不能電話談嗎？」

專員說：「這個……老實說，我只是一個接洽、傳話的，詳情也不方便電話上透露。」接著又問，「請問你什麼時候方便呢？我們真的是有急事找你。」

他聳聳肩說：「都可以啊。你們先說時間、地點，我盡量配合。」

話一說完，一台黑色賓士ＡＭＧ突然停在他旁邊。靠人行道一側的後座車窗降了下來。

裡頭一位西裝筆挺，神色淡漠如冰的男人，摘下墨鏡對他說：「現在如何？」

鉅富銀行，ＶＩＰ會議室內。

長桌中央坐的是負責處理尹富凱債務，與他協調、規劃剩餘資產變賣的鉅富銀行蕭副理。他旁邊坐的是鉅富證券的林經理。

尹富凱坐桌子左邊，他的對面坐的是國際級的大集團「泰頂」的董事之一與其特助。尹富凱剛才就是搭他們的車來銀行的。

相較於在場穿著正式的商務人士，僅穿著帽T、牛仔褲的尹富凱顯得有些突兀。然而，他的態度、舉止並不如普通的債務人那般頹廢或窘迫，甚至看來從容淡定。他自然地接過接待人員遞來的茶後，背倚到椅背上，慢條斯理地喝起茶來。

蕭副理向他說明，他在宣告破產前，賣剩的「群護」還有三萬多張。當時群護的股價暴跌到只剩兩元，隨後被強制暫停交易。鉅富銀行在評估尹富凱持有股票的潛在價值時，得知群護企業的大股東為了挽救即將倒閉的公司，四處奔走，希望能找到大公司願意接手、併購。因此銀行方決定暫不處理「群護」股票。

如今，「泰頂」集團確定要收購「群護」，業界早一步聽到「風聲」的人都已經先行布局、私下搶購股票。

而尹富凱眼前的這位霍董，正是想以全額交割的方式，買下他所有的「群護」股票。

董事特助對銀行的蕭副理和尹富凱說：「就我們所知，尹先生的債務原始金額是六千五百萬左右。如果按股價兩元來看，一張就是兩千元。我們一次收購三萬張，那麼金額便可一次減少六千萬。

這對於你們雙方都是難得的好機會吧。」

銀行的蕭副理也對尹富凱說：「我們找你來是因為，如果交易談成，我們銀行會立刻拿到款項，就可以馬上更新你的債務金額。」

金融圈的人說話永遠都只說一半，甚至多半聽起來像廢話。至於能領略到多少，就得看個人本事。

蕭副理僅僅說了這麼一句，尹富凱馬上就意會過來了。

理論上來說，債權銀行是有權利變賣債務人的資產。也就是說，鉅富銀行要是想賣「群護」股票，根本不須經過他尹富凱的同意，更不需要找他來。事後通知他即可。

之所以找他來，只能有一個原因：價錢談不攏。

就算霍董願意出六千萬，他的債務金額也還剩五百萬待還。而他現在的薪水那麼微薄，距離澈底還完之日，可以說是遙遙無期。

他酌思道：從銀行方來看，一定是想和霍董喊價、一次解決這筆六千五百萬的債務，但是被拒絕了，所以找我來一起說服霍董。而泰頂方應該是認為我現在有這麼龐大的債務，急於還債，就算他們開的收購價再低，我也一定會答應，所以也想找我來開會。想藉由我這個債務人，反過來給債權銀行一些壓力。

不過他尹富凱可不是沒見過世面的小白兔。泰頂的霍董之所以親自出馬、這麼急著找他過來談，一定是因為這三萬張「很重要」。

至於為什麼重要，尹富凱很快就猜到了。

既然如此，我怎麼能讓他用區區六千萬，就達到目的呢。不過，也不能白便宜了銀行……

尹富凱拿起桌上的熱茶，喝了一口後，便已想好應對之策。他放下茶杯，淡淡地說：「我不同意。」

鉅富證券的林經理揚了揚眉，佯裝很意外的樣子。而銀行的蕭副理則朝尹富凱睇起眼睛、微微點頭，暗示他：幹得好。

泰頂的霍董與鄭特助互看一眼，鄭特助推了一下眼鏡，語調沉穩地說：「為什麼？你以為這種機會會出現第二次嗎？」

尹富凱一邊嘴角勾起，頗有深意地笑道：「是啊。奇貨可居嘛。」

鄭特助面無表情地說：「你太樂觀了。你以為六千萬現金是誰都拿得出來的嗎？」

尹富凱不再回鄭特助，而是直接看向霍董說：「明人不說暗話。按照『群護』已發行股份總數，這三萬張就已經超過百分之一。一旦你持有，就有資格提出董事候選人名單，到時你就有機會扶持自己的人馬，拿下至少一個董事席次。對嗎？」

霍董面無表情地說：「想不到你一個炒股的，也懂『公司法』。」

尹富凱攤手說：「我過去好幾次炒到不小心變大股東，接到標的公司的電話才知道要開股東會。

所以才特別去學了公司法。」

「你不同意出售，是對『群護』的董事職位感興趣？」

尹富凱面露不屑地說：「你想多了。我對爭權奪利沒興趣。」

「那是？」

「你等我一下。有件事必須先談定。」

尹富凱雖然已經破產，但過去的架子多少還是在的。他對蕭副理招招手。

蕭副理正與他站在同一陣線，自然不會跟他計較這點小節。所以他滑著辦公椅到尹富凱身邊。

尹富凱輕聲說：「只要我能談到六千五百萬的價碼，我的債務就一筆勾銷？我前面幾個月已經還了兩萬了喔。」

蕭副理也輕聲說：「七千萬。」同時拿出一份文件。

尹富凱怒瞪他一眼，搶過文件，低頭快速瀏覽了起來。原來蕭副理早就已經擬好了「債務清償證明書」。就等著這筆交易金額入帳、雙方簽字確認了。

他不滿地說：「去你的，短短幾個月就多了五百萬！你們是高利貸喔！」

蕭副理推了一下眼鏡，說：「確切來說，只有多了四百七十八萬五千兩百一十元。」

小不忍則亂大謀。尹富凱忍住巴他頭的衝動，又問：「那我的房子呢？」

蕭副理直接翻到文件的其中一頁，說：「只要能一次還七千萬，債權銀行與債務人雙方就達成了

『債務清償和解』條件，債權銀行會在三個工作天內發文向法院聲請撤回。你應該可以在月底就能拿回房子。」

「六千五百五十萬啦。」

蕭副理挖苦道：「唷，你現在會殺價了啊。看來你在超市打工還是有學到東西的嘛。好吧，看在我們合作這麼多年的份上。那就六千九吧。只不過這個手續上有點麻煩。總之，待會要先請助理改金額。」

Chapter 22

重返榮耀

尹富凱說：「六千六。你以為這個霍董是盤子喔？能談到六千六就偷笑了。」

蕭副理說：「不可能。最低六千八。」

尹富凱忽然起身、大聲說：「好啊。那沒什麼好談的了。你們自己解決。」

他作勢要直接走人。蕭副理連忙拉住他說：「好好好，我們再談談。」

蕭副理向泰頂的霍董陪笑了一下，又與林經理互相交換眼神，才對尹富凱比「六」、「七」的手勢。

「滾。」尹富凱甩開他的手。

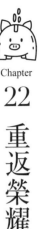

蕭副理又拉住他說，「六千六，不二價。我們大、小章都準備好了。只要一入帳，清償證明書即刻生效。你想清楚。」

尹富凱這才坐了下來。他思索了兩秒，對蕭副理和林經理擺擺手說：「行。你們先出去改文件，我們要私下談。」

蕭副理和林經理出去後，尹富凱直接坐到泰頂霍董旁邊，對他說：「實不相瞞，以股價兩元賣給你，我虧大了。你也知道炒股是『左手換右手』，一路買賣、炒上去的。」

「所以？」

「我三萬張的平均成本是五十二。」

「不可能。」霍董斬釘截鐵地說。

「不信，你去查啊。」

鄭特助幫霍董翻譯：「我老闆的意思是說：他不可能按你的開價跟你收購。」

尹富凱又對霍董說：「我不是說要賣你五十二。我只要賣你五十就好。」

「作夢。」霍董惜字如金。

鄭特助幫霍董把話說完：「銀行跟我們開四十五，我們都沒答應。你開五十，絕對不可能。」

尹富凱說：「要不然……四十？我打算……」

明明現場只有三個人，但尹富凱還是湊到兩人耳邊講悄悄話。

霍董一聽，面無表情地說：「這跟我沒有關係。」

尹富凱說：「有啊。」他手肘頂頂他的手臂，「讓你入股，怎麼樣？」

霍董摸摸下巴，想了一會，才點頭說：「有意思。」

尹富凱達到目的後，才與兩人拉開距離，裝作勉強的樣子，連連嘆氣，大聲說：「唉，虧大了、虧大了。」

鄭特助不明就裡地說：「虧？可是——」

他話說到一半就被尹富凱打斷，以手勢比「噓」，又比向會議室門的方向，表示隔牆有耳。

鄭特助這才意會過來，而尹富凱則抿嘴憋笑。

這場刻意演給銀行方看的戲，實在太有趣了。

方才霍天煦的座車開到路口，叫尹富凱上車時，霍天煦都還沒來得及說明來意，尹富凱一上車便率先開口道：「我有一個雙贏的提議，你公司不是做醫療的嗎？有聽過『群護』嗎？要不要考慮併購？我手上還有三萬多張他們家的股票喔。要的話，我便宜賣你。你覺得怎麼樣？」

沒想到向來沉著穩重的霍天煦竟然鬆了一大口氣，立刻答應道：「好。」

事情比自己想像得還要順利許多，尹富凱有點詫異道：「啊？這麼快就答應？」

「你終於再來找我了。我今天來找你正是為了這件事。我一直等不到你來，忍了很久，實在忍不住了，所以才主動聯繫鉅富銀行要來談這件事。沒想到你要跟我講的是同一件事。這麼久不見，我們的想法還是不謀而合。」說到這，霍天煦竟露出慈父一般欣慰的微笑，「你長大了。」

尹富凱一臉茫然道：「啊？什麼跟什麼啊？你在等我去找你？你在說什麼？之前我去你家拜託你借錢的時候，你還避不見面耶！」講到這，他就有氣，便瞪了他一眼。

乘車前往鉅富銀行的路上，霍天煦向尹富凱說明背後原由。

之前宋子藤告訴霍天煦，如果尹富凱能撐過三個月再來找他，並且不是向他借錢，而是向他提出合理的互利合作，那就代表尹富凱的價值觀和人生觀已經轉變，人生已從死路轉向另一條路，而那條路是生機蓬勃的康莊大道。屆時要是霍天煦出手，自然水到渠成。

霍天煦向來是個恩怨必償的人。別說他們三個從幼稚園就認識到現在，是鐵打的兄弟；尹富凱兒時更是救過霍天煦一命。就憑著這多年生死之交的情誼，宋子藤百分之百肯定霍天煦一定會答應。

果然三個月一到，霍天煦便再也按奈不住，直接找上門來了。

尹富凱陡然想起三個月前，他去宋子藤家找他借錢時，宋子藤曾告訴他的那番話。當時宋子藤要他去超市前等一個貴人，說那個貴人會給他真正的財富。而待時機一到，他和霍天煦都會出手幫他。

時至今日，尹富凱才終於想通一切關聯，不禁愕然道：「原來是這樣！」

霍天煦說：「嗯。松子還說，你這輩子要是沒有經歷過這個大劫，就遇不到正桃花，也不會有機會走到人生的岔路口。要是我們在三個月前直接出手幫你還清債務，你還是會在兩年內再度破產，並在四年後英年早逝，而且下場落魄悽慘。」

「不會吧！」

「我相信松子。」霍天煦語氣堅定道。

尹富凱翻了圈白眼，過了一會還是承認道：「好吧。我也相信。但我還是覺得你們兩個當初不借我錢很機車。你們知不知道我這三個月過得有多慘？我真的是虎落平陽被犬欺耶！」

「抱歉。」

如今誤會終於講開，尹富凱原本滿腔的怨懟也頓時煙消雲散。他嘆了一口氣，以手背拍拍霍天煦胸膛，表示此事已翻篇，不必再提，轉而說起正事：「待會你想跟銀行怎麼談？」

「價碼隨便你開。我照單全收。」霍天煦豪氣道。

尹富凱眼珠轉了一圈，說：「不行，我們得演場戲。不然銀行把你當凱子削怎麼辦？」

尹富凱知道區區十幾億對霍天煦來說根本就是小錢，他根本不會放在心上，所以最後毫無心理負擔地開了這個價。

三人之所以在銀行方面前演這齣戲，純粹就是不想讓銀行知道霍天煦和尹富凱熟識，以免他們巧立名目、漫天喊價以從中謀取暴利。

最後交易談妥，三萬多張股票全數以每股四十元賣出。

當銀行的蕭副理得知尹富凱談定的收購價是每張四萬元時，他簡直氣到快吐血！

這三萬張的總金額超過十二億啊！十二億！早知道剛才就堅持七千萬，不，應該要談一億的！

我怎麼會答應讓他殺到六千六呢！可惡啊！

蕭副理後悔萬分也沒用，合約已簽訂，銀行方再不甘心也只能繼續照流程走。

會議結束不到兩個小時，這個小道消息馬上傳遍銀行圈、證券圈。大家都說是昔日的財魔要東山再起了。

證券圈也都開始期待股市下一波的「腥風血雨」、「血流成河」。甚至連萬芊也馬上打電話來向他道賀。

「凱哥啊，聽說你賣掉『群護』的股票後大賺了一筆呢。恭喜你。什麼時候有空，一起吃個飯啊？」

「沒空。」

「唉唷，凱哥，你不要這樣嘛。雖然我們已經分手了，但還是可以繼續做朋友啊。我知道我之前傷了你的心，我知道錯了，對不起嘛。」

尹富凱直截了當地說：「不用跟我道歉，以後也不用再聯絡了。」

「為什麼？」

「我不喜歡醜女。」他直接掛掉電話、封鎖她。

跟他家的小白兔比起來，萬芊的心地根本醜得跟鮟鱇魚一樣。

依他對萬芊的了解，她之所以再回頭聯絡他，不過是因為利益考量或是還沒從小吳那邊再認識新的富二代罷了。

尹富凱一下子還清了債務，壓在他心頭、肩上數月的大石，終於落下，心情瞬間輕鬆了許多。

同時，他沉寂已久的購物慾也回來了。畢竟他現在可是身家超過十億的富豪呢。

當一台跑車從他身邊呼嘯而過時，他看著那台車的尾燈，想著：是不是該買台跑車，慶祝重獲新生？還是先搞定停車位再說吧。

不過，當他回到張家，看到上前迎接他的家佳時，那種購物慾突然神奇地消失了。

在飯廳的張媽對他招手說：「菜脯蛋，你回來的時間抓得剛剛好。來吃飯啦。」

看著家佳和張媽忙著張羅滿桌豐盛的飯菜，他忽然感到好滿足，好像生命中的某種缺憾被填補了。

那一瞬間，他突然意識到，自己的購物慾其實是為了填補空虛感。

他從小就是獨子，爸媽去世後，他一直都是一個人。

過去幾年來，專職股票買賣的他，幾乎足不出戶。又加上他天資聰穎、擁有獨立觀點，所以也鮮少在網路上參與討論。而他的生活除了霍天煦和宋子藤兩個好友，就是偶爾與狐群狗友開趴。每天除了看盤以外，就是打遊戲，生活也沒有重心。因此他潛意識地透過購物來填補內心的空洞。

現在有了家佳，一切都不一樣了。不知不覺中，她成了他的生活重心。

他邊想邊微笑時，家佳對他說：「你在笑什麼啊？吃飯啊。」她邊說邊拿筷子給他。

「喔。沒什麼。」他應道，「吃飯。」

飯後，家佳和富凱先是一同去倒垃圾，再到公寓頂樓吹風、看夜景。

家佳問他：「傍晚接到電話是誰打來的啊？」

富凱說：「鉅富銀行。也就是我的債權銀行。」

家佳緊張地問：「他們找你有什麼事嗎？」

富凱摸摸她的頭說：「沒什麼。就是有人買下了我破產前的全部持股，所以我的債務還清了。」

她喜道：「真的？」

他點點頭。

她歡呼一聲，跳起來、抱住他說：「太好了！我就說『看到曇花開』是好兆頭吧。」

他寵溺地親她一下，說：「妳說什麼都是對的。」

「那你之後會想搬出去嗎？」

「幹嘛？不歡迎我啊？」

「沒有啦。我只是在想，你之前都一個人住。會不會搬來我們家後，覺得不太自在？」

他直言：「嗯。雖然張媽對我很好。但老實說，我總有一種綁手綁腳的感覺。」

「這樣啊。那我陪你一起找房子。」

「不用了。銀行過幾天就會發文給法院。過一陣子，我就能拿回自己的房子了。」

「真的？那太好了。這樣就可以省一筆租金了。」

他忍不住笑了出來，問她：「如果妳男朋友一下子多了十億，妳會怎麼樣？」

她偏著頭想了一會，說：「我會建議他把一半存下來。其他的，可能要先看他有什麼規劃吧。不過那是他的錢，他想怎麼用，是他的自由啊。我過問也不太好吧。」

「不是啦。我是說，妳會希望他買什麼給妳？」

她微笑道：「糖葫蘆。」

他又笑了，說：「十億耶。」

「那……」她皺眉想了一下，「再玩一局套圈圈？」

七月底時，尹富凱拿回房子的那天，他站在自家別墅的雕花鑄鐵欄杆外，視線穿過花園，落在一樓客廳的落地窗上，心中百感交集。

眼前的家，既陌生又熟悉。

他開鎖、推開家門，進到了家裡。

如他家被查封的那一天，家具、家電被變賣的幾乎什麼也不剩。雖然偌大的家空空蕩蕩又滿是灰塵，但他還是有種失而復得的快樂。

他走上二樓的起居室，環顧一圈，摸摸角落、被債權銀行忽視的木雕擺件。

「還是自己家看起來最順眼。」

他推開落地窗、走到陽台上，看向窗外的社區綠地，深深地呼吸。

麻雀在樹枝中穿梭、啼叫，一如往昔。

他微微一笑，心想：事隔多月，我終於回到家了。

幾天後，台股大盤勢破如竹，破一萬二後，仍持續夾帶高成交量上攻。各界對於未來走勢一片樂觀，媒體也不斷報導股市新聞，指出台股很可能在一週內攻破一萬三、破三十年紀錄。

家佳前面幾次都看得很準，獲利率也高。她嚐到了甜頭後，膽子也大了起來，不再滿足於買零股，便想勇敢一次、「豁出去」重壓一支股票。

而尹富凱在經歷了重大變故後，心態上沉穩了許多。沒了購物慾的他，不再衝動購物。也沒有因為一夕暴富，而回到過往奢靡炫富的生活。在新家重新裝修期間，他依舊借住張家，日子過得低調樸實。

投資上也不再像以前那般無所牽掛、動不動就 all in 風險高的興櫃股或飆股。他想當家佳穩定、可靠的肩膀，因此也變成與家佳一樣走穩健的理財路線，分散布局，且持股皆是上市或上櫃，股性平穩、公司體質好的的績優股。

而隨著大盤走勢上漲，他也逐漸減碼。

當他得知她打算重壓單支股票時，立即勸她：「千萬不要。台股大盤衝得太快，短期內一定會回檔。妳要是買在高點，接下來要是跌了，不知道要等到什麼時候才反彈。而妳一定會因為承受不住心理壓力就停損、賠賣。我自己也已經慢慢減碼了。」

家佳不同意地說：「可是我認為這支還會漲，現在買，只是買在山腰而已。之後就算股價下跌，也不可能跌到我的停損點的。」

她不聽尹富凱的勸告，執意解銀行定存，用一半的存款重壓單一個股二十張。

Chapter

23

樂極生悲

隔天家佳重壓的這支股也的確隨著台股大盤上攻。一開盤，加權指數就衝過一萬三，如大家期待地破三十年紀錄。而她的持股也全都紅得喜洋洋。

她當時還樂觀地想著：再過幾天，她將股票賣了，自己的積蓄就能一瞬間暴漲十幾萬。那麼離「開超市」的夢想，不就又邁進了一大步嗎？

可惜夢想很豐滿、現實很骨感。大盤高點一破，隨即泡沫。隔天開盤，幾乎所有股票都大跌。

一切都如尹富凱的預料，只是大家都不知道這一波回檔修正會需要多久的時間。

家佳一開始仍抱著希望，因為她對自己買的股票有信心。

然而隨著時間一天天地過去，台股大盤不停下跌。到了八月中時，大盤又再次跌回一萬二。

家佳的持股也跌到了她設的停損點。

富凱的持股何嘗不是如此。但是經歷過大風大浪的他，這點漲跌對他來說都是小波浪，根本不算什麼。於是他決定繼續持股。

而害怕血本無歸的家佳，在猶豫一天後，忍痛將它們全賣了。而這一賣，就賠了十幾萬。

深受打擊的她，後悔莫及地想：我為什麼不聽阿凱的話減碼呢？就算要買也可以買零股就好，幹嘛要買那麼多張啊？而且還全都重壓在單一個股！唉，前面幾個月的努力全都白費了！

認知到股票的不可預測性，萬念俱灰的她也想起了爸爸的告誡，決定再也不碰股票。於是她刪掉了證券ＡＰＰ，也不再上股海方舟。

曾經破產、負債的尹富凱當然明白她受挫的心情。為了逗她開心，他原想跟她分享最近看到幾則有趣的財經新聞。

但他才剛說沒幾句，她就有氣無力地回：「別說了，我已淡出股市。」

一蹶不振的她，不只對所有財經消息都很牴觸，對其他事也都興致缺缺，工作時也沒有以往的積極。尹富凱和阿珍姐都非常擔心。

除了與王秀惠調班那次，家佳仍然繼續上著晚班。而曾經的夢想，現在看起來離她好遙遠，遙遠到她都不敢再奢望了。

也許我這輩子就只能是一個小小的超市員工吧。她想。

這天晚上，她才下班、走出超市，陳致偉便追了出來。

「家佳，妳家在哪？我送妳回去吧。」

「不麻煩啦。」她連忙揮手婉拒，「怎麼突然要送我回家？」

「我看妳最近心情好像不太好，所以想說，私下關心妳一下。再說，妳一個女孩子晚上回家也不安全。」他意有所指地說，「如果妳想的話，我可以每天都送妳回家。」

家佳明白他的意思，便說：「不用了啦。我男朋友會來接我。你先回家吧。」

「妳男朋友？」他不信地說，「你什麼時候交男朋友了？我怎麼沒聽說？」

「我們覺得感情是很私人的事，所以沒有特別告訴大家。」

「我才不信。」他直接伸手拉她，「走吧。妳家在哪個方向？」

她本能地想甩開他的手，但是他的力氣好大，她根本甩不開。

「放手。」她邊說，邊用另一隻手去推他。

他回頭看到她的抗拒，卻絲毫沒有要鬆手的意思，只說：「不要拒絕我嘛。給我一個機會好不好？」

就在這個時候，兩人的眼角餘光都看到，有東西朝他們飛來。

他們一轉頭，一支糖葫蘆正中陳致偉的鼻樑。

「啊——」他摀鼻慘叫。

家佳連忙趁機抽回手，後退幾步。

這一下打得不輕，陳致偉痛得站都站不穩，只是彎腰哀嚎。

她驚魂未定之餘，一個人影忽然出現在她身邊。她嚇得轉頭一看，是尹富凱，這才鬆了一口氣。

尹富凱對陳致偉說：「叫這麼大聲幹嘛？怕路人沒看到你吃女生豆腐嗎？」

他雖然是開玩笑的語氣，眼神卻帶著殺氣，彷彿隨時會按奈不住怒氣、動手揍人一樣。

家佳拉拉他的衣角，小小聲說：「我們趕快走啦。」

她說完還不忘先撿起地上的糖葫蘆，才和富凱兩人一起快步離開。

這時，店長正好走出超市。

她看著兩人背影，心想：阿凱怎麼會在這？這個時間點出現，是剛好遇到家佳嗎？

她起了疑，便避開陳致偉，一路尾隨他們。

尹富凱和張家佳一路往家裡的方向走。她一直到進了公寓後，才真正鬆了一口氣。

他原先還餘怒未消，直到看到她手中的糖葫蘆，才總算有些消氣。他調侃道：「妳還記得要撿啊。」

「那當然。這是你買給我的。」她邊走樓梯，邊輕拍外面的透明塑膠袋。

「妳該不會還想吃吧？都已經掉地上了。」

「有什麼關係？它外面有包裝啊。」她又補充，「而且我是三秒內撿起來的。」

「絕對沒有。」他對她伸手，「不要吃啦，都已經碎掉了。我再去買一支新的給妳。」

「不要。」她把它緊緊抓在手中，快速跑上樓。

他拿她沒轍，只得跟在她後面。

他想起剛才的事，便問她：「妳還是不想讓家人、同事知道我們在一起的事嗎？我看那陳致偉那麼白目，就是因為他真的以為妳現在是單身，所以才敢隨便對妳動手。」

她停下腳步，猶豫了一會，說：「現在講，會不會太快了？我們是不是等到穩定一點再說，比較好？」

他臉一沉，伸出雙臂將她卡在樓梯間的牆上，眼睛直勾勾地盯著她問：「什麼意思？我們現在不穩定嗎？」

「不是、不是。」她連忙揮手，「我是說，我們才交往三、四個月……好像不算太久？」

他凝視了她一會，又問她：「那妳覺得要多久才算久？」

她想了想，說：「兩年？」

他翻了圈白眼，說：「我不管。反正妳這個禮拜一定要跟家人說。」

她別開視線，正準備蹲下、繞過他的手臂，沒想到他也一起蹲下、再次擋住她的去路。

「別想跑。」他堅持道，「答應我。」

她皺眉猶豫了一會，才點點頭。但她看他沒有要鬆手的意思，於是疑惑地抬頭看他。

「過路費。」

她傻傻地要去掏錢包。

「不是。」他搖搖頭，「親一個。」

她閉眼親下他，他雙手抱住她，將吻加深。

與此同時，一路跟蹤尹富凱和張家佳的店長，一看到他們一同進去一棟公園旁的老公寓，便在他們上樓之後，來到樓下查看門牌。

店長很快就想起來，這裡是阿凱的租屋地址。

她充滿妒意地想：這麼晚了，家佳去阿凱家做什麼？還是他們剛好住在同一棟，所以一開始家佳才會帶阿凱來面試？不對，那個時候阿凱根本還沒有錢租房、還住在超市休息室……等等！該不會！

她馬上返回超市辦公室，翻看員工的資料夾。尹富凱上一次填寫的人事異動單已經被她拼黏起來了。她一比對異動單和家佳的履歷，就發現兩人的通訊地址一模一樣！

她恍然大悟，冷笑一聲，自言自語：「原來所謂的『房東的女兒』就是家佳……都已經刻意把你們的班表排開，沒想到你們還是在一起了。」

她看著家佳履歷上的大頭照，那恬靜乖巧的臉蛋和甜美酒窩都令她厭惡。她實在想不通這個看起來柔弱可欺的女人到底有什麼好，竟然悄無聲息地搶走了她從學生時期就仰慕的男人。

她霍然將家佳的履歷從資料夾中撕下、扔在地上，踩了幾下。轉而對另一個資料夾中，尹富凱的人事異動單說：「她到底哪裡好？我在你最困難的時候，給你一份工作、為你做了那麼多，她又能為你做什麼？她只是一個普通員工而已！而且是我先認識你的！為什麼你喜歡上的人不是我？」

她的目光再次落在尹富凱的通訊地址上。再看一次，仍舊字字刺眼、字字戳心！

「你們兩個根本就是聯合起來騙我、耍我！你還讓我爸幫你洗衣服！混蛋！」

她將尹富凱的人事異動單從資料夾中撕下，想再次將它撕碎，卻因上頭的透明膠帶撕不開，轉而將它與家佳的履歷表揉成一團，朝牆壁猛力扔出去。

「你們兩個都去死吧！」

隔天一早，家佳、富凱和張媽一同吃早餐時，張媽忽然開口說：「家佳啊，我昨天參加了高中同學會，我和同學們說好，要讓孩子們彼此認識一下。妳這禮拜有空嗎？」

家佳說：「有空是有空，但好像有點奇怪？」

張媽說：「哪裡奇怪？妳都二十二了，整天不是在超市就是在家，不打開朋友圈，哪有機會遇到好對象？」

尹富凱一驚，頓時嗆到，將口中的熱美式全噴出來：「噗——」

「唉唷，怎麼回事？」張媽從面紙盒抽幾張面紙給他後，又馬上拿抹布來，邊擦邊問他，「沒事吧？」

「咳咳……」嗆到的富凱一時說不出話。

家佳也幫忙拿面紙擦，擦了兩下才意會過來。她睜大眼睛看向媽媽說：「妳是要我去相親？」

「也不是相親，就是約個時間讓你們年輕人認識一下嘛。」張媽怕女兒拒絕，先發制人地說，「我們同學之間都講好了，妳不想去，至少也要露個面，不然不禮貌，知道嗎？」

家佳苦惱道：「媽，妳怎麼不先問問我的意見呢？」

「她不會去的。」富凱總算緩過來，開口說話了。

張媽問他：「為什麼？最近排班排得很多嗎？」

「她已經有男朋友了。」他淡定地拿起面紙擦嘴。

這一招來得猝不及防，家佳瞪大了眼睛，一時不知該如何反應。

張媽眼睛一亮，喜道：「真的假的？」她拍了拍女兒說，「妳不早說！快快快，他是誰？是妳同事嗎？今年幾歲？哪裡畢業的？你們是怎麼認識的？」

「就是我。」

張媽愣了一下，又問他：「什麼？」

「我們已經在一起四個月了。不過妳放心，我的債務問題都已經解決，甚至拿回了不少財產。就算家佳現在辭職不幹，我都有能力照顧你們一輩子。」

他後面說了什麼，張媽不在乎，她在乎的是前面那句「我們已經在一起四個月了」。她難以置信地比了比兩人，又說：「所以你們其實……已經……同居了？在我眼皮子底下？瞞我瞞了四個月？」

家佳著急解釋道：「媽，妳別誤會，我們兩個什麼也沒做。」

富凱卻說：「家佳已經親過我了，所以要對我負責。」

張媽看向女兒，用眼神問她：「真的假的？」

家佳百口莫辯地說：「我我我……」

張媽愣了一下，忽然大聲道：「別說！我需要一個人靜一靜。」說完她一個人默默走回房間。

兩人互看一眼，富凱問家佳：「妳媽是不是高興過度，一時反應不過來？」

「高興過度？」她別開視線，心想：是驚嚇過度吧？

股市小辭典

註1　別說了，我已淡出股市：此句來自網路上流傳許久的著名「投資經典圖」。圖中，散戶總是在萬念俱灰的情況下，出清股票；卻往往一賣，股價就回漲。

Chapter

24 超市危機

當天光轉暗，城市燈光逐漸亮起時，就到了富凱下班、家佳上班的交接時刻。

家佳一如往常地提早到超市休息室打卡。

陳致偉一看到她便快步向前，她反射性地後退。尹富凱見狀立刻一個箭步擋在她身前，問陳致偉：「有事嗎？」

陳致偉有些尷尬地抓了抓頭，說：「沒有、沒什麼。我只是想跟家佳說，我已經向店長提離職了，做完這個禮拜就走。」

家佳和富凱都有些訝異，兩人互相交換一下眼神，又同時看向陳致偉。

「還有就是……」陳致偉不自在地垂下視線，微微彎腰說，「對不起。」

家佳一時心裡五味雜陳，還來不及反應，陳致偉便已跑掉了。

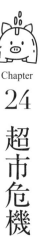

尹富凱說：「是不是鬆了一口氣？」

家佳想了想，確實如此。於是她說：「致偉一直都對我滿好的，我想他也不是壞人。但是昨天晚上發生那些事後，我就不知道要怎麼面對他了。也許他也不知道要怎麼面對我吧？現在他離職，也許對我跟他來說都是好事。」

「對我來說也是好事。」尹富凱又說，「不准同情他！」

「我沒有啦。」家佳才說完，兩人便相視而笑。

他們不知道，隔一面牆的店長辦公室內，烏雲密布、打雷閃電。

薛店長收到會計交的營運報表後，正神情凝重地與王經理開會討論。

王經理說：「這個……會不會是誤會啊？應該不是五月開始營收越來越低吧。妳想啊，一月農曆過年前固定會有一波大採購，所以營收向來比較高。但是今年二月到四月因為疫情引發了恐慌囤貨潮，所以才延續一月的高營收。五月開始恐慌潮漸漸退去，營收才慢慢恢復正常，所以——」

店長直接把過去的《每月營收對照表》扔給他看，冷道：「自己看！」頓了一下又說，「不是營收變正常，是真的下滑了。這大概就是新聞說的『消費者購買力下降』。」

圖表清楚列出十二個月，每個月各有二〇一八、二〇一九和二〇二〇的營收直條圖，王經理一看便一目了然，震驚道：「今年五月到七月的營收，還比前兩年低！」

「對，比二〇一八年五月剛開幕的時候還低。」店長扶額道，「更糟糕的是，二月爆發囤貨潮以來，多聘僱了員工，導致薪資支出變高。後續營收又持續下降，所以五月開始轉盈為虧，毛利和淨利都變赤字！等於我不只沒賺錢，還要自己貼錢付你們薪水！」

王經理終於意識到事情的嚴重性，從口袋裡拿出手帕，一邊擦汗一邊想對策，說：「要不然……

裁員？」說到這，他眼睛閃過一道賊光，「我早就看那個尹——」

店長打斷他的話，說：「現在最大的問題是：營收一下子『下降太多』了！我算過，要是營收拉不起來，就算裁掉今年新聘僱的所有員工，淨利還是赤字！但要是再裁老員工，又怕人手不夠；到時候再請新人，又要重新培訓。」

王經理說：「啊！要不然減薪吧！唉，我早就叫妳不要付那些員工加班費，妳就不聽。」

店長翻了翻白眼，不想再和王經理爭辯這種原則性問題，便說：「出去！」

王經理原本還想再堅持一下己見，但對上店長那犀利又帶殺氣的眼神，他只好摸摸鼻子，將營收表放到辦公桌上，默默退出辦公室。

門一關，店長苦惱地往後倒在椅背上，仰頭對著天花板嘆氣。

此時桌上的手機忽然響起。她低頭瞄了一眼螢幕，是四季超市總公司打來的。

她深吸了一口氣，才接起電話：「喂？」

「喂？是麗湖店的薛店長嗎？你好，我是台北一區的區經理。」

店長愣了一下，心想：一區的區經理不是都管直營店嗎？打給我做什麼？

她又問：「請問找我有什麼事？」

區經理說：「是這樣的。我們注意到麗湖店第二季的咖啡銷量一飛沖天，第三季到現在甚至衝到第三名。

再加上麗湖店的地點非常好，附近除了住宅、辦公商業大樓密度高，還有傳統市場。我想妳應該也知道疫情期間，去市場採購生鮮食品的人會減少吧。而我們即將推出『新型線上購物』，消費者可以選擇宅配也可以選擇到超市取貨。麗湖店的位置正好可以把傳統市場的人潮引流到超市消費或取貨。

總而言之，我們總公司非常看好這一區，認為它潛在商機無限，所以我們決定要在麗湖店對面開直營店。」

店長錯愕道：「妳說什麼！總公司不是一向都會用電腦分析市場規模，把分店錯開來嗎？為什麼要開在我對面？而且既然要開，為什麼還事先『提醒我』？」

區經理笑了笑，說：「不是提醒，是『邀請』。麗湖店雖然咖啡銷量暴增，但是總營收呢？疫情期間，數字恐怕不太好看吧？如果妳現在願意收掉麗湖店，跳到我們即將開的直營店『錦芳店』當店長，就不必賠償解約金。」她頓了一下又說，「妳想想看，我們直營店背後的資源、資金有多少？在不景氣、營收差的情況下，妳的麗湖店和我們直營的錦芳店對打，能撐多久？」

店長沒說話，開始思考過去是否有加盟店打敗直營店的案例。

區經理又說：「疫情期間，加盟店營收不穩定，妳身為店長要自己承擔損失，還有可能要自己賠錢進去，而且還不確定疫情什麼時候會結束。但如果妳來直營店就不一樣了，一個月保底就有十萬！怎麼樣？」接著她點出了店長正在思考的事，「我們四季超市已經做了超過三十年。直營店出手，從來沒輸過，最後撐不下去、倒了都是加盟店。」

店長閉上雙眼，沉聲說：「再給我一些時間考慮。」

區經理說：「給妳一個禮拜考慮。不要怪我沒提醒妳，不管妳要不要過來，錦芳店都一定會開。再過兩個禮拜就會開始裝潢，下個月就會開幕。現在經濟不景氣，有這種穩定、高收入的職缺，多少人搶破頭都還搶不到。我要是妳一定馬上答應。」

掛掉電話之後，店長很猶豫。因為這間店當初開業真的很不容易，咬牙堅持了兩年多，原本以為可以苦盡甘來，沒想到卻不敵疫情。要她收掉，她真的很不甘心。

但如果不收，她又該如何在疫情期間、在直營店打對台的情況下拉起營收？

眼下總公司拋來的橄欖枝，似乎是經營問題的最佳解。

「可是如果我真的把店收掉，員工們該怎麼辦？總公司會讓我帶大家一起過去錦芳店嗎？」

她重重嘆了一口氣，心煩意亂地拿起馬克杯、走出辦公室，想去裝水。沒想到一出來就看到家佳和富凱在貨架旁有說有笑的樣子。

她忽然意識到：尹富凱在自己面前，從來沒有那麼開心笑過。他好像把所有笑容都留給了張家佳。而且他看張家佳的眼神又是那麼溫柔、那麼寵溺。

溫柔的令她妒忌！寵溺的令她憤怒！

她臉色陰沉，暗暗瞪著他們，抓著馬克杯的手指關節都用力到泛白。她心想：我為什麼要管你們死活？乾脆就讓你們通通失業好了！省得整天在我面前礙眼！

翌日上午，早班員工們陸陸續續進到休息室打卡，圍著長桌坐下，等王經理過來分配工作。

沒想到今天店長也跟著王經理一起出現。除了尹富凱以外，其他員工一看到店長都變得有些緊張，因為店長只有要宣布重要事情時才會出現，而通常要事都不是什麼好事。

果然，店長面色沉重地宣布壞消息：「……經營不下去，我也很遺憾。接下來馬上就會公開徵求頂讓。如果這個月沒能頂讓出去，門市也只能收掉。剩下幾個禮拜，大家可以開始找新工作，如果想提離職就直接來跟我說，不用不好意思。」

說完以後，店長面色不改、毫無心理負擔地走出休息室，而王經理則急急忙忙地追出去，想問店長接下來他該怎麼辦。

由於這個消息實在是太突然了，休息室裡的員工們先是錯愕地面面相覷，接著幾乎每個人都愁眉苦臉地小聲抱怨或議論。

尤其是阿珍姐。已經被王經理罵到自我否定的她，對尹富凱說：「你們年輕人真好，腦子好、體力好、學歷好，學什麼都快。我都這個年紀了，老了，沒用了。我看我厚，唉……」

尹富凱如今在超市工作只是為了陪伴家佳，因此超市倒閉對他而言根本不痛不癢。但阿珍姐向來對他很好，所以他看到阿珍姐唉聲嘆氣，也跟著皺起眉頭。

另一個與阿珍姐相同年紀的女同事也說：「對啊，現在還能去哪裡應徵工作？誰還會錄取我們這種歐巴桑？最後還是要靠兒女養。唉，不想當他們的負擔，想自食其力都做不到。」

◇

尹富凱一下班，就將這件事告訴前來上晚班的家佳和其他同事們。

休息室內先是一片譁然，接著家佳便跑進隔壁的店長辦公室。尹富凱想追上去，卻被其他晚班同事們拉住、詢問更多細節。

家佳並沒有在辦公室裡待很久。她一出來，尹富凱馬上推開其他同事們，上前問她：「怎麼樣？妳剛才跟店長說什麼？」

家佳沒有回答他，只是回以一個勉強的微笑，搖搖頭便去工作了。

尹富凱看出她有心事，因此待他接她下班、回家時，他又問了她一次。但她還是沒有回答他。

兩人一路無話。她一回到家後，反常地沒和寵物玩耍，也沒和爸爸、媽媽聊幾句，便直接進房間了。

張媽馬上看出女兒的反常，忙問尹富凱發生了什麼事。

他告訴他們超市可能即將倒閉，張媽若有所思地點了點頭，便不再多說什麼。

隔天一早，張爸便撞見家佳正在用客廳的印表機印《青年創業貸款申請書》，便問家佳這是怎麼回事。

被抓包的家佳只好承認，自己想接手繼續經營超市，但又沒有足夠的錢付頂讓金頭期款，所以只好申請青年創業貸款。

尹富凱這時才意識到，家佳昨晚去找店長的目的，應該是要詢問頂讓金的費用。因而心想：她為什麼不跟我要呢？就算不知道我很有錢，也可以跟爸媽借啊。是不是不想給爸媽添麻煩？

張爸一聽，急問家佳：「妳想接？開什麼玩笑！妳才幾歲？」

家佳抬頭挺胸地說：「店長開超市的時候也才二十二歲。而且她那個時候是從無到有，比我辛苦多了。」

「那是她運氣好！而且妳想想，超市現在為什麼會面臨倒閉？就是因為不景氣、生意不好啊！」張爸又勸道，「這麼一個燙手山芋，別人避之唯恐不及，妳還傻傻地跳起來接。妳懂經營嗎？妳知道創業有多難嗎？」

家佳有條有理地說：「我很看好我們店的潛力。而且申請也需要創業計畫書，如果申請過了，就代表銀行也認可我的計畫。那難道還不值得一試嗎？你不看好我也沒關係，我還是會去申請。」

「可是妳根本沒有擔保品，妳拿什麼貸款？」

「現在新型的創業貸款不一定要有擔保品。爸爸，你不懂的事多著呢。請你尊重我的決定。」

她從爸爸手中抽回申請書，將它放進手提包裡，和媽媽、尹富凱揮揮手，便快步出門。

尹富凱回以一笑，帶著欣賞的眼光目送她離開。接著來到公用電腦前，彎腰瀏覽起她那份計畫書檔案。

張爸傻愣在原地一會，才問張媽說：「家佳什麼時候變得這麼沒大沒小啊？」

張媽回說：「那不叫沒大沒小，是有『主見』。我們女兒長大了。」

「可是——」

她拍拍他的背說：「放心吧。她向來都清楚自己在做什麼。」

張爸對尹富凱說：「欸，你不是她朋友嗎？倒是勸勸她啊！」

尹富凱邊看電子檔邊回張爸說：「如果你跟她一起工作過，又看過這個檔案，就不會質疑她的能力了。」他挺直背板，轉而俯視張爸，雙眼深邃有神，表情嚴肅地說，「你太小看家佳了。」

張爸仰頭與他對上視線時，頓時愣住了。

尹富凱如今的神情、姿態和氣質，都與初見時判若兩人。他是如此神采奕奕又氣宇不凡，說出來的話也如此具說服力。

張爸愕然心想：這哪是流浪漢啊，分明像是出身豪門的貴公子！

兩天後，張爸在晚飯過後，主動端著水果盤到家佳房間，問正在書桌前用電腦的她說：「家佳啊，妳那個創業貸款啊，申請得怎麼樣啦？」

家佳垂下了頭，面有愁容道：「還沒核發下來。不知道到底會不會過。也不知道來不來得及和店長簽約。」

張爸沉默了一會，又問她：「妳真的想清楚了嗎？」

家佳抬頭直視爸爸，眼神堅定地點點頭。

張爸拍拍她的肩膀，用水果叉叉起蘋果片、遞給她後，又從褲子口袋裡拿出一張銀行卡給她說：「這一百萬妳拿去，是我和妳媽的心意。」

這兩天來，張爸表面上不吭聲、不支持，但其實他一直偷偷觀察女兒，才確定她不是一時興起而是真的想頂下超市。他看她為了貸款的事煩惱憂愁，心裡也不好受，所以一咬牙就把台G電股票給賣了，和張媽湊了一百萬，想幫助女兒。

家佳一驚，馬上揮手道：「不行不行，我不能收啦。」

「妳就拿去吧。反正這些錢也是我們兩個這些年投資股票多賺的。」爸爸硬把銀行卡放進家佳手裡。

家佳低頭看著銀行卡，有些疑惑地說：「爸，你不是覺得我不會成功嗎？怎麼還？」

「妳只要下定決心就一定能成功！妳是妳媽生的，她那麼聰明優秀，妳又怎麼會笨呢。唉，我跟妳說，我這輩子最對不起的人就是妳媽。妳不知道，她年輕的時候真的很厲害，幾乎年年升官。可是我卻……唉，當年她懷妳的時候，我勸她先辭職照顧妳幾年，等妳長大了以後再回去工作。然後她就辭職了，專心當家庭主婦。

可是等到妳和妳弟上了幼稚園，她想回去工作時，職場上已經沒有她的位置了。唉，都怪我，她明明是那麼優秀的人，卻為了家庭放棄自己的事業，沒有繼續在工作上發光發熱。妳說，多可惜啊！

家佳啊，我對妳和妳弟唯一的期望就是平安健康，做什麼工作都沒關係，薪水低也沒關係，只要安穩就好。妳爸我可以工作、養你們到走不動為止。

可是如果今天，妳已經下定決心出去拚一番事業，我跟妳媽也一定全力支持妳！賠光了也沒關係，爸爸繼續努力賺錢養你們。」

家佳聽到一半就感動地熱淚盈眶，她說：「我一定盡力，謝謝你們！」

張爸拿了面紙給她擦淚，看了一下門口，確定沒人又說：「這一百萬裡，有『六十萬』是『我』出的喔！」

家佳破涕為笑，把爸爸當孩子哄說：「謝謝爸爸，就知道爸爸最疼我了！爸爸最棒了！」

張爸仰頭得意說：「那當然。對了，家華晚點就要回學校。我明天一大早就要去機場，家裡就靠妳了。多照顧照顧妳媽，別讓她一天到晚上頂樓弄那些花花草草，要不然又閃到腰、扭到手什麼的。」

家佳笑說：「嗯，知道。」

與此同時，隔壁房的尹富凱，耳朵正貼著牆偷聽，將他們的話聽得一清二楚。

他抱胸心想：才一百萬？應該不夠吧。為什麼家佳都沒有跟我提到這件事？她是不是不好意思啊？

張爸一離開，家佳就收到弟弟家華傳來的LINE訊息，他竟然匯給她兩萬塊錢！

家華寫道：「最近同學都在買股票，說什麼要當『少年股神』。那些公司我不懂，也不太相信，所以也沒有買。但如果是妳開超市的話，我覺得應該還可以吧。所以我要入股。」

家佳感到很窩心，但還是婉拒家華的好意，將這筆錢又轉回去給他。

隔天家佳和富凱都沒班，但兩人一早便一起上頂樓澆花、說話。富凱主動提起超市的事說：「妳最近不是在籌錢想頂下超市嗎？我也可以幫忙的。還有啊，我有朋友也對投資超市有興趣。」

富凱說的朋友便是霍天煦。當時霍天煦之所以答應以每股四十元的高價收購尹富凱的持股、為他解決債務問題，除了多年兄弟情誼使然，也是因為尹富凱許諾他超市的股份，讓他當股東。而尹富凱早在那時便已有了「為家佳開超市」的打算。因此家佳現在打算頂下超市，對尹富凱而言，資助她不過是順手推舟而已。

家佳聞言，連忙婉拒：「不用了啦。你好不容易解決債務問題、重新開始。接下來努力賺錢、謹慎投資就好。我的事你不用擔心。」

尹富凱挑了挑眉，心想：她好像還不知道我現在的經濟情況。於是他說：「走吧，我帶妳去個地方。」

尹富凱帶著家佳重返守衛森嚴的楓林社區。他們通過層層關卡，來到社區內的一棟別墅前。

家佳不太確定地問他：「這裡……是你以前的家？」

「嗯。進去看看。」

她訝異地說：「進去？可以嗎？」

「嗯。不只債務問題解決了。房子也拿回來了。」

他推開鑄鐵柵欄，牽起她的手穿過花園，進到屋內。

室內的裝潢和擺設似乎和她印象中的不太一樣。客廳在白天的光線下顯得更加寬敞，裝潢走的是極簡卻不失溫馨的北歐風，大量的白、灰、大地色，給人一種舒適愜意的氛圍。

他忽然問她：「滿意嗎？」

「嗯？為什麼問我？」

「那妳告訴我，妳喜不喜歡？」

她環顧了一圈，視線最後落在客廳天花板上的水晶吊燈。她記得這盞吊燈，去年平安夜那晚，它是那麼的炫目。但此時華麗的它，反倒顯得與周圍的新裝潢有些格格不入。

「喜歡是喜歡，但是這燈……」

「這個嘛，妳就讓我保有一點個人特色吧。」他又說，「二樓以上的風格就布置得很一致了。」

她疑惑道：「什麼意思？怎麼進來以後，你一直問我喜不喜歡？」

「這是特別按照妳的喜好重新裝潢的。」

她杏眼圓睜地說：「我的喜好？」她再度環顧一圈，「重新裝潢？」

他點點頭。

突然間，她意會過來了。

她害羞地低下頭，小聲地問他：「那個……我能上樓看看嗎？」

兩人將整個屋子逛了一圈，來到頂樓陽台時，天已經全黑了。兩人並肩靠著欄杆向前眺望，社區裡的街燈都亮了起來，左右兩排、外觀一致的別墅往天際線延伸，看起來額外的整齊有序，像是身處歐美的小鎮。

時間彷彿又回到了去年的平安夜，只不過八月的晚風帶著冬季所沒有的暖意。

尹富凱轉頭觀察起家佳的神情。他原本以為帶她來看房子，她會很開心，沒想到她卻看起來悶悶不樂。

他從背後摟住她，靠在她耳邊說：「怎麼了？妳不喜歡這裡？」

「喜歡。只是……」她垂下視線，「我忽然覺得你好像變得很遙遠。」

「哪裡遙遠？以後妳在哪裡，我就在哪裡。我永遠是妳的菜脯蛋。」

「真的？」

「真的。」他又說，「我家具、家電都買好了，這幾天就會搬回來。到時候再打鑰匙給妳，想來隨時可以來。」

家佳聽他打算給她鑰匙，心裡頓時覺得很甜蜜，遂轉身回抱住他，說：「謝謝你。」

「神經病，有什麼好謝的啊。」他又說，「還記得我問過妳：『如果妳的男朋友有十億，妳希望他買什麼給妳？』」

家佳雖單純但並不傻，她知道他又是要提資助開超市的事。她靜默了一會，還是婉拒道：「我知道你想幫我，可是我還是想先向銀行貸款看看。」

「妳傻啊，寧願跟銀行借，也不跟我借？而且我又不是白給妳，是『投資』妳，我是要出資當股東的。將來營利我也要分紅。」

家佳頓時想到家華想入股的事，便想著「意思意思」收富凱一些，以免他不高興，便對他說：

「要不然你贊助我兩萬？」

「嗤，妳瞧不起我啊。兩萬能分到多少比例的股份？我不管，我一定要當第二大股東，第一大股東只能是妳，其他人我不接受。我出兩億應該可以吧？」

家佳驚恐地擺手道：「太多了太多了！你是要買整棟樓啊！」

Chapter 25

漲租難題

家佳在父母、尹富凱和其好友霍天煦的資助下，總算湊齊了頭期款和開店準備金。她與薛店長於超市辦公室談妥頂讓條件，並開始簽合約時，門外突然響起敲門聲。

薛店長抬頭問：「什麼事？」

阿珍姐推開門，探頭進來說：「抱歉抱歉，打擾到妳們。家佳，我有急事找妳，妳可以出來一下嗎？一下下就好，不好意思。」

家佳跟著阿珍姐一出辦公室，阿珍姐就勾起家佳手臂，將她拉到走道另一頭的角落，問她：「妳確定妳真的要接嗎？現在景氣不好捏。」

「確定。而且如果我接了，你們就不用重新找工作了。」

阿珍姐握緊她的手，回以抿嘴一笑，眼神中盡是感激。她繼續問：「妳們已經簽完了嗎？」

「還沒。店長簽了，我還在看合約事項。」

「對對對，看慢一點沒關係，但一定要給它看仔細、看清楚。」阿珍姐以過去的工作經驗叮嚀她，「我跟妳說厚，我以前年輕的時候有做過會計喔。那個超市的財務報表厚，至少要留底三年，以防萬一。還有倉儲庫存表、會員資料、廠商合約、場地租約……那些也都要列為頂讓合約的附件、一起簽約，知道嗎？交接時，那些資料也要一一點清、核對，然後雙方才蓋章。麻煩是麻煩了點，但有備無患嘛。」

「對耶，妳沒說我都沒想到。還好妳提醒我。」接著家佳有點為難地說，「可是，這份合約店長剛才已經簽約了。」

「叫她改啊。妳又還沒簽。而且誰說合約簽了就不能改？只要雙方重新達成協議，隨時都可以再改或增訂附加條款啦。」

「這樣啊。那太好了，我馬上請她改。」家佳反握住阿珍姐說，「還好有妳在。謝謝妳提醒我。」

阿珍姐擺擺手，說：「唉唷都那麼熟了，不用謝。好啦，快進去吧。」接著又不忘再次叮嚀家佳，「記得合約內容要看仔細再簽啊。」

店長辦公室內，家佳請店長修改合約內容時，店長不僅沒有半點不耐煩，還主動告訴家佳：「除了妳剛才提的那些附件以外，也可以將加盟合約也一併列進去。妳之前提過，想退出加盟，自己開超市，所以我已經幫妳和總公司談解約談好了。正式解約、退出加盟，不用付任何違約金、解約金。」

家佳喜出望外，連連向店長道謝：「謝謝店長！妳真是太好了！」

店長回以淡淡一笑，將印出來的新合約拿給家佳說：「簽吧。」

兩人共同簽約、資料交接完成後，店長對家佳說：「好了，以後這間店和員工們就交給妳了。」

家佳握雙拳說：「我一定盡力！謝謝店長這麼幫忙！」

「還叫我店長？從現在開始，妳才是店長。」

家佳有些害羞地笑了笑，說：「那我以後就叫妳本名『世美』。」

薛世美回以一個僵硬的微笑，提起手提包，仰頭快步離開辦公室，似乎沒有半點留戀。

家佳慢慢坐到辦公椅上，摸了摸身前的辦公桌，環顧辦公室一圈，總覺得一切順利得不可思議。

「真的做到了……我是不是在做夢啊？」

她露出了心滿意足的微笑，全然不知自己正一步步地踏入薛世美的陷阱之中。

◇

尹富凱前往超市找家佳的路上，看見馬路對面的路口店面被鐵皮包起來，內部正在施工，便猜道：「不知道接下來要開什麼店。」

他進到店長辦公室時，才得知簽約已經結束。他翻看頂讓合約時，發現店面租約只到下個月，便馬上提醒家佳說：「這個要趕快找房東吧？」

家佳說：「對啊，我正打算打給她續簽呢。」

這時桌上電話突然響起。家佳接起來一聽，打來的正是房東蕭太太。

蕭太太直接切入正題，說：「薛小姐啊，我是房東啦。之前說的租約變更的事，考慮得怎麼樣啊？」

家佳有些緊張地說：「那個不好意思，我叫做張家佳，妳叫我家佳就好。薛店長已經把超市頂讓給我了，那個，我不知道你們之前有談租約變更的事。請問到底是變更什麼啊？」

蕭太太先是抱怨薛店長把超市頂讓出去之前沒先跟她打聲招呼，才跟家佳說：「所以妳現在是老闆對吧？是跟妳談是吧？其實也沒什麼啦，就是要漲店租而已啦。」

家佳震驚道：「什麼！漲店租？我怎麼不知道！店長沒說啊！」

一旁的尹富凱聽到這，也能猜出發生了什麼事。不過他的反應沒有家佳那般大，因他現在坐擁資產十幾億，有足夠的能力為家佳分憂解難。

他只是挑了挑眉，摸摸下巴鬍渣，心想：薛世美簽約之前就已經知道房東要漲租了，為什麼沒跟家佳說？是怕家佳毀約，還是故意擺家佳一道？難道薛世美是因為看出我和家佳在一起，吃醋了，所以才這樣搞她？

電話另一頭的蕭太太說：「薛小姐沒跟妳說是她的問題，不是我的問題。反正租約就是只到今年九月，妳要是不同意漲租，我就不給你們超市續租。那妳九月底前就要把空間清出來，不然就按合約賠償。」

家佳說：「那個，請問我們能當面談談嗎？請問妳什麼時候方便呢？」

「可以啊，我就住超市樓上。晚點直接在你們辦公室談吧。」

雙方約定好時間、掛上電話以後，家佳緊張不安地來回踱步。

富凱抱住她，輕撫她的背說：「既然約了房東當面談，應該是已經有想法要跟她談什麼了吧？」

「嗯。但還是會緊張。而且也不知道能不能說服她。」

「要不然我出錢把一樓和地下室都買下來？」

「不要。你已經幫很多了。這件事我要自己處理。」

「厚，妳讓我表現一下啦！」

家佳噗哧一笑，緊張的心情因他的撒嬌而煙消雲散。她捏捏他的俊顏，反過來哄道：「你已經表現得很好啦。接下來看我的吧。」

家佳早早就站在超市門口等蕭太太。

這時一個及肩俐落短髮、穿著西式套裝、腳踩高跟鞋的女人走了進來。家佳看她氣勢宛如商場女強人，以為她是房東，馬上向前打招呼：「蕭太太妳好！」

穿套裝的女人退後一步，白了家佳一眼，冷道：「我不姓蕭。」說完便繞過她，去拿購物籃。

家佳意識到自己認錯，有點尷尬地說了聲抱歉。

此時又有兩個女人走進來，其中一個一身奢侈品，舉止優雅的像個貴婦。家佳馬上對她說：「蕭太太妳好！」

貴婦拿下墨鏡，疑惑地看了家佳一眼說：「小姐，妳認錯人了。」

「啊？又認錯了。」家佳覺得自己好丟臉，馬上又低頭道歉，「不好意思、不好意思。」

這時貴婦身旁的女人走向家佳說：「我才是蕭太太。」

家佳抬頭一看，眼前的蕭太太一頭短捲髮，身材嬌小圓潤，穿著打扮就像阿珍姐那般樸素，與平常在超市裡會看到的婆婆媽媽沒有區別。

家佳有點訝異地眨了眨眼，才說：「喔喔，蕭太太妳好！」

蕭太太「嗯」了一聲，打量家佳一會，若有所思地說：「妳就是張小姐？」

「對，我是。叫我家佳就好。蕭太太這邊請。」

家佳一將蕭太太帶進店長辦公室後，便帶她坐沙發、為她遞熱麥茶和餅乾。

蕭太太是個直爽的人，她說：「這些虛禮都不用。我們直接講正事吧。」她從手提袋裡拿出一份文件，放到茶几上，「新的合約我帶來了，妳看看。有問題再問我，沒問題就盡快簽字蓋章吧。」

家佳深吸了一口氣，鼓起勇氣對蕭太太說：「蕭太太，我很想繼續經營超市，也不想給妳添麻煩。可是從疫情爆發到現在，景氣越來越差，超市的月營收也越來越低，最近幾個月都是虧本的，連員工薪水都差點發不出來。

其實薛店長也是因為這個原因，才不得不考慮結束營業。我之所以頂下超市，除了自己對超市經營有興趣以外，也是不想一起工作那麼久的同事們失業。

我按目前的合約先付妳半年租金，請妳不要漲租好嗎？

現在超市生意雖然不好，但民生用品對居民來說是剛需，所以至少還有基本盤。如果妳改租給別人，新的店不見得生意會更好，到時候也未必有辦法付妳租金。那妳豈不是連租金都收不到？」

蕭太太見家佳侷促不安的樣子，便抬手、以手勢阻止她再說下去：「停！我做生意，還需要妳來教？妳講這種話，只會讓我更打定主意不租給妳而已。」她推了推眼鏡，眼神犀利，「這間超市都開了兩、三年，淨利卻連員工薪水都不夠付，不是經營不善是什麼？這樣的店，與其讓它苟延殘喘，還不如換新的店，營收和淨利還有拉起來的機會。」

家佳聽了更心急了，想再繼續嘗試說服蕭太太，但又不知還能再說什麼。

蕭太太喝了一口麥茶，說：「我在來超市之前，有打電話給薛小姐。她說她確實是忘了告訴妳，我打算漲租的事，我才確定妳是真的事前不知道。」她頓了一下，竟說，「所以，我答應妳。」

「啊？」家佳一時沒反應過來。

「我房產收租生意做了四十幾年，名下光是店面就有三十八間。說實在的，我賺的錢已經花不完了。今天要我讓利也不是不行，但是那個人得要夠格。妹妹，我覺得妳不錯。」

家佳終於反應過來了，她又驚又喜道：「啊？蕭太太，妳的意思是說，願意按原本的租約續約？」

但同時，家佳心中又疑道：可是為什麼蕭太太願意答應我呢？她明明覺得我說得很爛啊。為什麼她覺得我不錯？我們又不認識。難道我真的像阿珍姐說的，是「大媽殺手」嗎？

「對，就原約續約。」蕭太太看出家佳的疑惑，她眼睛忽然閃過一道精光，表情嚴肅地說，「老實告訴妳吧，我是『對發票狂』。那種忐忑之中又帶著期待的心情……啊！實在是太美妙了！」

家佳揚了揚眉，不懂蕭太太為什麼突然提到統一發票。

「我用禮物卡買東西這麼多年，跟我說『用禮物卡可以搭配一元付現，就能多開一張發票』的店員，」蕭太太銳眼一掃，食指強而有力地指著家佳說，「就只有妳！因為妳的關係，我又多了幾次對發票的機會！」

家佳恍然大悟地說：「喔，原來是這樣啊。這的確像是我會做的事。但不好意思，我不記得我曾經幫妳結帳過。」

「沒關係。我記得就好。」

其實蕭太太對家佳有好印象的原因不只這樣。幾個月前的某天夜晚，超市的樓上，蕭太太在她家陽台上看見一個流浪漢在樓下遊蕩。沒多久，她就看到走出超市的家佳遞了一袋麵包給他。那時她就覺得家佳是個心地不錯的孩子。後來她去超市的時候，發現那個流浪漢也開始在超市打工，便猜測是家佳介紹他到超市工作謀生，因此對家佳印象變得更好了。

蕭太太輕咳一聲，又說：「總之，剛才我一進到超市，發現接下超市的人是妳，就決定：如果妳再開口請我不要漲價，我就答應妳。」

事情進展得出乎家佳的意料，她開心地想哭，一時激動便抱住蕭太太說：「謝謝妳！」

蕭太太初時被她嚇得聳肩，接著微笑了起來，表情變得和藹許多。她輕拍家佳的背，說：「好好經營，不要讓我失望。」

「嗯，我一定努力！謝謝蕭太太！」

蕭太太說：「以後叫我蕭阿姨就好。」口氣也變得溫和許多，「妳啊，和之前那個薛小姐一樣，都是年紀輕輕就開超市。不容易啊。加油，家佳。阿姨看好妳。」

房東蕭太太離開沒多久，薛世美便打電話給家佳。

家佳一時改不了習慣，接起電話後還道：「店長，請問怎麼了嗎？」

薛世美一改平常冷淡、命令式語氣，好聲好氣地說：「還叫我店長啊。現在妳才是店長，家佳。」

「喔不好意思，世美。我一時改不了口。有什麼事嗎？」

薛世美知道房東要來找家佳談漲租的事，她打給家佳，無非就是想看家佳笑話。她自然不會將「看笑話」的心態表現出來，而是虛情假意地說：「沒什麼，就是想跟妳說聲抱歉。剛才蕭太太打給我，我才想起她提過漲租的事。抱歉啊，簽約時忘了告訴妳。」

「沒關係、沒關係。蕭阿姨已經答應我，不會漲租了。我們按原約續約。不用擔心啦。」

電話另一頭的薛世美先是一陣錯愕，接著竭力壓下怒火，咬牙切齒道：「真的啊？那恭喜妳囉。」

薛世美草草結束電話後，氣得想摔東西。

「還叫房東『蕭阿姨』咧！裝什麼熟啊！噁心！那個蕭太太該不會跟其他婆婆媽媽一樣，都喜歡她吧？」眼見計謀沒得逞，薛世美不甘心道，「不，這樣太便宜你們了！」

接著，她眼神隨即變得陰狠，嘴角一勾，自言自語：「既然我不好過，你們也別想好過！張家佳、尹富凱，等著瞧吧！」

Chapter 26

直營店對打

張家佳與薛世美交接完成後，除了沿用超市本就有的行政、ＥＲＰ庫存管理系統外，又花了些時間重新與廠商簽約，建立一套進退貨機制。

忙得焦頭爛額之際，財務、會計部門與王經理、王秀惠竟「集體請辭」！

家佳本就有意開除王家父女，另提攜有能力的同事升經理。現在王經理自己請辭，家佳反倒可以省一筆資遣費。但財會人員一下子全離職，她實在始料未及也十分頭痛。

幸虧股東之一霍天煦及時引薦一批財會人員給家佳，省去後續召募人才的麻煩，否則她恐怕會落得蠟燭兩頭燒的窘境。

這天一大早，家佳和尹富凱來到超市前看施工廠商更換招牌。

新招牌《富家超市》開燈的那一刻，家佳感動得紅了眼眶。

從小到大的夢想終於實現了！

尹富凱輕輕將她攬進懷裡，低頭在她耳邊柔聲道：「恭喜妳，張老闆。」

家佳回以微笑，開心地回抱住他。

沒想到這時兩人的手機響起，同時收到簡訊。

他們互看一眼，各自拿出手機一看，竟是四季超市的新直營店——「錦芳店」開幕簡訊！

這時，馬路對面一直圍起來的鐵皮忽然被工人從內部拆除。兩人一看，正是四季超市錦芳店！

看著他們店門口的氣球柱和慶開幕的花籃，家佳錯愕道：「怎麼會這麼巧，開在我們對面！」

尹富凱疑道：「為什麼我們兩個會收到新店的簡訊？新店不是直營店嗎？他們怎麼會有我們的手機號碼？」

家佳也不解地說：「我也不知道。照理來說，原本的麗湖店是加盟店，會員資料不用回傳給四季超市總公司，他們不可能拿到我們的聯絡資料啊。」

「該不會是……」尹富凱心裡有了猜測，但沒有馬上說出來，只對家佳說，「走。晚點去看看。」

幾個小時後，四季超市錦芳店門口響起一陣劈哩啪啦的鞭炮聲。

當鞭炮放盡，超市也就正式開幕了。

疫情期間，大家都戴著口罩。家佳和尹富凱又各自戴著一頂棒球帽和墨鏡，才放心與其他顧客進四季超市刺探敵情。

兩人一進門就發現結帳櫃台一樣設有轉輪盤遊戲，而且安慰獎也同樣是咖啡！

尹富凱暗叫不好，低聲說：「妳那招被學去了！這間店的員工不是來過我們超市，就是從我們超市跳槽到這間。」

話才剛說完，王經理就從兩人前方跑過！他們不可置信地看著穿四季超市制服的王經理跑向走道盡頭，竟又看到薛世美！兩人一看到薛世美制服上的名牌樣式，就知道薛世美是錦芳店的店長。

家佳震驚得目瞪口呆時，尹富凱已想通其中關聯，怒道：「難怪這間直營店會有我們的手機號碼！薛世美離開的時候也把會員資料都帶走了；這一切根本就是她設計好的！」

他氣得正要上前興師問罪，就被家佳拉住。此時她已恢復鎮定，口氣冷靜道：「別去。」

「可是——」

「沒關係。我反而要感謝她提醒了我『咖啡』這件事。」

「什麼意思？」

「還記得你說的磐石理論嗎？長期投資還是要看基本面。這一帶是商業區，上班族那麼多，咖啡一定是剛需。為什麼這間超市還需要用轉輪盤這種遊戲來推銷咖啡？根本原因就是：咖啡不好喝。

這招其實是治標不治本。以前我是迫於無奈才用遊戲推銷咖啡的。現在我們退出加盟，再也不必進他們那款咖啡豆了。」

「沒錯！我們可以自己選用咖啡豆。店裡架上那麼多款，我就不信會輸給四季超市！」

「嗯。」家佳又提議，「乾脆就從今天開始，每天都主打不同家的咖啡豆好了。而且現在不用給總部抽成，我們的咖啡售價可以定得更低，更有競爭優勢。」

尹富凱點頭同意道：「聽起來不錯。」

幾天後，富家超市僅憑研磨咖啡便做出了差異化，反而比宣傳廣告打很兇的四季超市錦芳店還受歡迎，甚至吸引媒體前來報導。

最大的賣點就是：每天主打的咖啡豆都不一樣，來自各家廠牌，口味多元，讓顧客有新鮮感。更重要的是，一杯限時優惠只要十九元，還比對面連鎖的四季超市咖啡便宜好喝。

許多上班族上班時來富家超市買咖啡，下班時來買咖啡豆，又順便買了即期熟食和其他生鮮雜貨。超市營收因而大幅提升。

薛世美也觀察到對面的富家超市人潮，遠比她這間新開幕的錦芳店多，因而心裡十分不平衡。當她在辦公室裡看到富家超市的新聞採訪時，頓時控制不住情緒，怒摔滑鼠。

「讓妳開心幾天而已，不要太得意。」薛世美輕敲幾下桌面後，打了通電話，「喂，秀惠啊。最近忙嗎？」

富家超市的生意蒸蒸日上，若按目前的趨勢，當月營收就能恢復到疫情前的水準，家佳也因此滿懷希望。

可惜好日子才過沒幾天，便有一群人來櫃台反應咖啡有問題。員工一來辦公室回報，家佳和尹富凱馬上跟著員工跑出來查看。

他們遠遠就看到一群女大學生圍著櫃台，帶頭的那個看起來很眼熟，正對一個員工喊道：「喂，你們店長人呢？怎麼還不出來？是不是心虛啊？」接著又對在場排隊等結帳的顧客亮出發票，大聲喊道，「大家幫我評評理，這間咖啡有問題，害我拉了好幾天肚子，又吐了好幾次。我要求退費、賠償過分嗎？現在他們店長竟然避不見面，是不是很過分？」

顧客們聞言不是面面相覷，便是交頭接耳地議論。

雖然疫情期間，大家都戴著口罩，但帶頭的女學生一開口，家佳便認出她是誰了，連忙上前問她：「秀惠？怎麼是妳啊？」

尹富凱則懷疑王秀惠是薛世美派來故意鬧事的，而且還特別打他們最熱賣的咖啡。便問她：「能讓我看一下妳的診斷書嗎？」

王秀惠一開始看到家佳沒給她好臉色，但一看到尹富凱便不禁看傻了。自從上次尹富凱故意惡整她之後，她就不再主動找他說話了。但隔了一陣子再見到他，她還是被他的英俊外型給吸引。此時的他比以往更有精神、更有氣勢，看起來也更耀眼了。

王秀惠緩緩搖頭，心中暗嘆：可惜啊，他和爸爸一樣有香港腳。

她定了定神，回尹富凱說：「什麼診斷書？我為什麼要有診斷書？沒有就不能來退費嗎？」

尹富凱抱胸俯視她說：「沒有醫療診斷書怎麼證明妳真的有上吐下瀉？而且妳說有這些症狀好幾天了，為什麼不就醫？還有，妳怎麼能肯定是我們的咖啡出問題？說不定是妳自己吃了別的東西，才吃壞肚子。」

王秀惠惱羞成怒地說：「你什麼意思啊？不道歉，還反過來質問顧客？這就是你們的待客之道、你們的服務態度嗎？我不管，你們今天要是不道歉賠償，我們就到超市外面告訴大家，妳們咖啡有問題，還不道歉、不解決！」

相較之下，家佳的態度就顯得鎮定客氣許多，她試圖與王秀惠說理：「如果是我們的問題，我們當然願意處理。可是妳根本沒有證據證明是我們的咖啡有問題，我們為什麼要道歉、賠償呢？」

尹富凱直接對王秀惠說：「我看妳就是來鬧事的吧！」

這時又有一群人進到超市。家佳看他們都身穿「衛生局」背心，直覺有事，便趕緊上前說：「你們好，我是這間超市的店長，請問有什麼事嗎？」

帶頭的先生說：「喔是這樣的，我們是衛生局的稽查單位。有人匿名舉報你們店環境髒亂，有食安問題，尤其是咖啡。所以我們來現場稽查，請配合我們作業。」

一旁的王秀惠雖然戴著口罩，但她與同學互相交換的眼神，以及那副仰頭挑眉看家佳的樣子，擺明了是在挑釁，好像怕大家不知道就是她王秀惠舉報似的。

注意到這點的尹富凱不自覺地握緊雙拳。要不是教養使然，他真想給她一拳灌下去。

阿珍姐說：「哪有可能！我在這工作這麼久了，連隻蟑螂都沒看過，怎麼可能會環境髒亂？一定是有人亂舉報！」

家佳淡然地說：「沒關係。稽查就稽查吧。」她對稽查人員說，「我們一定全程配合。」

超市販售的現做飲品和熟食項目少且製程單純，衛生局很快就稽查完畢，當場宣布說：「衛生方面沒有疏失。相反地，這間環境整潔做得很好。可能是檢舉人自己有疑慮吧。」

家佳、尹富凱和員工們聽到這，總算安心了。

沒得逞的秀惠翻了翻白眼，說：「有什麼了不起。現在的店長只是剛接手這間超市，還不是之前的薛店長做得好，環境衛生才可以維持得好。而且就算衛生沒問題，也不代表咖啡就沒問題啊。」

其中一個老顧客聽到這，便說：「我剛才就覺得是有人故意鬧事。」她看向王秀惠說，「現在看起來果然是這樣。」

王秀惠不甘示弱地說：「誰說我故意鬧事！反正我今天就是要一個交代！」

家佳直接詢問稽查人員說：「有顧客一直懷疑我們店的咖啡有問題，但又拿不出任何證據。而我對我們店的咖啡品質有信心，願意主動送驗。請問你們衛生局有這類的檢驗項目嗎？」

稽查人員說：「沒有。」他看了一眼王秀惠，又說，「不過如果要自證清白的話，我們有合作的公司可以介紹。」

「那就麻煩了。」

稽查人員離開後，家佳馬上打電話與檢驗公司約時間。而尹富凱則對王秀惠冷道：「還不走？妳是打算和妳的姊妹們在這等檢驗人員來嗎？現在的大學生都這麼閒嗎？」

阿珍姐也上前說：「真不知道怎麼有人沒憑沒據的，還可以這麼理直氣壯。」

現場有許多老顧客站在超市這一邊，喊著要王秀惠她們馬上離開。

家佳講完電話後，也對王秀惠說：「我們會將檢驗結果公開。妳們已經影響我們店生意了，如果再不離開，我們只能選擇報警。」

王秀惠知眾怒難犯，更怕自己晚點真的會被警察強制驅離，又拉不下臉直接走人，便在離開前撂下狠話說：「不要以為你們人多就有理！你們等著看好了，我一定讓大家知道你們店有多爛！」

檢驗公司當天就來到富家超市。除了取樣咖啡豆和咖啡渣以外，還有咖啡機內的殘留物。而家佳也主動聯繫了店裡所有咖啡豆廠商，要求他們提供品質檢驗報告，以備不時之需。

儘管做了許多危機處理、應變，家佳還是在當晚從員工那得到了更糟糕的消息。

富家超市在 Google Maps 上的評價在一天之內被幾十個帳號留一星負評，因而總平均一下子從四星被洗到二星。

有些帳號在評價裡不約而同地寫到：「……現在爆出咖啡有問題，我一點也不意外。現在的富家超市是自營的，不是以前連鎖的四季超市，沒有總公司監督，品質能好到哪裡去？我寧願到對面新開的四季超市錦芳店，再怎麼說還是直營店的品質比較有保障……」

家佳看了一度非常沮喪，身為店長的她不只背負莫須有的罪名，更背負著莫大的壓力。洗澡時，她忍不住藉著蓮蓬頭的水聲哭了出來。

她當然知道哭不能解決問題，因此她只允許自己宣洩一會負面情緒。哭完之後，便冷靜下來開始思考那些負評。

她認為是有人藉著負評在帶風向；一方面抹黑富家超市，一方面想將顧客引流到四季超市錦芳店。

她與尹富凱電話討論過後，都懷疑這些操作來自薛世美。他們決定先按兵不動，等一周後檢驗結果報告出來再說。

然而，隔天王秀惠還是找人來超市鬧事，堅持要求道歉賠償。不僅如此，還有記者未經過確認，便以訛傳訛地報導富家超市疑似有食安問題。

儘管記者巧妙地用了「疑似」二字來規避法律責任，不少消費者看了還是因此心生疑慮，改去對面新開的四季超市，導致他們店連兩天的來客量明顯下滑，熟食和店裡最熱賣的咖啡銷量都腰斬，日營收也變得奇慘無比，員工們士氣也一蹶不振。

家佳何嘗不是如此。過去她遇到困難，總是心存希望地勇往直前。但連日來身心俱疲，她再樂觀、再有拚勁，也撐不下去了。她好害怕超市經營不下去，害爸媽賠了老本，也怕會辜負爸媽、尹富凱、房東蕭太太……等人的信任。

她感覺度日如年。經過一晚未闔眼的考慮，她決定在檢驗報告出來之前，先暫時歇業幾天。

Chapter

27 危機就是轉機

歇業期間，家佳幾乎一整天都待在富凱家。

早上富凱在客廳看盤，她便窩在沙發的一角追劇、耍廢。

看到劇終的時候，她突然感到一陣空虛、落寞，心想：今年實在是太不順了，先是股票賠了一大筆錢；現在好不容易頂下超市，又被惡意抹黑、攻擊，生意越來越差。難道我真的是地獄倒楣鬼嗎？

「唉——」她重重嘆了一口氣，喃喃道，「現在經濟不景氣，我又沒什麼經驗，是不是當初就不應該一頭熱地頂下超市？我是不是太高估自己，不，我是不是特別廢啊？」

她陷入沉思之際，富凱突然將她抱起來，讓她坐在自己腿上，說：「想吃午餐了嗎，張老闆？」

她回過神來，看向壁鐘說：「已經收盤了啊。」

「是啊。剛才在想什麼？」他寵溺地親親她的額頭。

「沒有啦。就發發呆而已。」

他忽道：「妳知道今天是什麼日子嗎？」

她想了一下，他的生日也不是今天，便搖頭說：「是什麼？」

「情人節。」

「喔。啊？」

尹富凱因她的呆萌而笑出聲時，她還在問：「七夕情人節不是上個月嗎？」

「對。我逗妳的，今天不是什麼節日，但我就是想吃大餐。走，帶妳去吃飯。」

當富凱帶著家佳走進百貨公司時，家佳還不覺得有什麼。等到他們來到高樓景觀餐廳門口時，家佳才注意到裡面裝潢西式現代、風格沉穩大氣，且服務生都穿著筆挺西裝或套裝，便有些訝異地說：「咦？我們要吃的是這間嗎？這好像是很高級的餐廳耶。」

她低頭看著自己的T恤、牛仔褲和帆布鞋，又看尹富凱也是身穿Polo衫、卡其褲和休閒鞋。便又問他：「我們穿這樣可以嗎？高級餐廳不是都要穿得很正式嗎？」

尹富凱回以一個神祕的微笑，說：「等著看。」然後輕咳一聲。

門口穿套裝的女服務生一看到尹富凱，立刻一個箭步上前，鞠躬迎接說：「尹董，好久不見！」

家佳恍然大悟，心想：原來高級餐廳也會「認臉」啊。

西裝筆挺的店經理也走到門口，一看到尹富凱也快步過來，面帶露出六齒的笑容，親自帶位。儘管店經理似乎對他們的穿著不以為意，但第一次來高級餐廳的家佳還是感到有些拘謹、不自在。

入座之後，店經理親自幫他們點餐：「兩位今天想吃什麼呢？尹董一樣是吃熟成肋眼嗎？」

尹富凱點頭後，店經理又問：「熟度一樣是五分熟嗎？調味盤只要玫瑰鹽？」

富凱又一一同意。家佳心想：店經理好像早餐店老闆喔，都會記熟客吃什麼。

這麼一想，她就沒那麼緊張了。接著她一看到菜單上，光是主餐就動輒兩千起跳，嚇得心率直接飆到一百二十！

尹富凱注意到店經理從頭到尾都只繞著自己打轉，便主動問家佳：「『張董』想吃什麼？」

高級餐廳的經理個個都是人精，豈能不懂尹董的意思，馬上站到家佳身側，彎腰禮貌詢問：「請問有什麼想吃的嗎，張董？需要推薦嗎？」

「喔不用了，就這個吧！」家佳馬上選最便宜的，並且回以一個僵硬的微笑。

之後服務生送上開胃菜和湯時，她仍在兀自震驚，連喝湯時都在想：這一小片葉子是不是就要五十元？這一口湯大概也要……

坐家佳對面的富凱邊用餐邊觀察她的表情。他原先是想帶她出門散心，希望她吃完好吃的東西後，心情會變好。但是現在……

她怎麼好像越吃眉頭皺得越緊啊？

「是不好吃嗎？」他問。

「啊？沒有沒有！好吃好吃！」家佳加快喝湯的節奏。

富凱心想：還在為超市的事煩惱吧？要怎麼做，她才會心情變好？有了！

「給妳看樣東西。」他點開手機上的證券ＡＰＰ，切換到「庫存」頁面，給她看他目前的持股。

她一看嚇了一跳，急道：「這幾支不是我之前被套牢、賣掉停損的股票嗎？你怎麼一次買這麼多？」

他沒有直接回答她，而是說：「妳再看看它們的『損益試算』。」

她一看，是正六十幾萬。而且是每一支都是正值。

「哇！」她激動地說，「已經賺了六十幾萬了耶！它們什麼時候漲回去的啊？」

「妳賣掉幾天之後，這幾支就出現觸底反彈的訊號。我研究之後，認為它們確實都是好股，所以就買了一些。」

她後悔道：「要是早知道它們會漲回去，我就再多等幾天了。」

「妳啊，做到了『資金』停損，卻沒做到『心態』停損。在妳逃避的這段時間，台股已經漲回去了。人只要意志消沉太久，就容易錯過接下來發生的好事。所以與其為了過去的事傷心，不如把握當下，這樣才有機會逆轉困境。」

她點點頭說：「有道理。」

他頓了一下又說：「還記得磐石理論嗎？」

「記得。股價雖可能有波動，但最終都會回歸它本身的價值，所以基本面的判斷很重要。」

「沒錯。我以前告訴過妳，妳不夠認識它們，就容易買高賣低。但是光是『認識』還不夠，妳還得『相信』它們、『相信』自己的眼光和能力，給它們時間表現。這就是投資『價值股』的優點，時間遲早會還它們公道的。我們的富家超市也是一樣。」

家佳喜歡富凱自然而然地講「我們」兩字。她感到一陣暖意與甜蜜，但心中仍有些不自信，說：「但是，我怎麼知道自己的眼光一定準呢？」

「喂，拜託，妳可是從路邊把我撿回來的人耶。在我一無所有、甚至負債累累的時候，堅信我一定可以成功的人。我敢說那些銀行圈、證券圈的人，沒有一個人眼光比得上妳。我對妳有信心。」

受到了鼓舞，家佳漾起了酒窩，對他甜笑說：「謝謝你。」

「神經病，有什麼好謝的。這下可以振作起來了吧？」

「嗯。好像可以。」

「總之這些股票就送給妳吧。妳什麼時候想賣，就跟我說一聲，獲利都給妳。」

「給我？不用了啦。」她連忙拒絕，「你這樣，我壓力很大。」

他笑了起來，說：「區區幾十張股票而已。」

這時主餐終於上桌了。

店經理向家佳介紹完調味盤上各種鹽、醬以後，便退開了。

家佳不知該先沾哪一種，她看富凱的調味盤只有相對常見的玫瑰鹽，便決定從它開始。

沒想到，她選的最便宜的牛排，僅僅只是沾上一點薄鹽而已，便如此美味軟嫩，牛肉的香氣也是從未品嚐過的香濃！

「嗯，超好吃的！」她驚喜道。

富凱見她雙眼亮起光芒，跟著微笑的同時也鬆了一口氣，遂開玩笑道：「還好妳喜歡。不然我都要懷疑妳味覺有問題，只愛吃夜市牛排。」

「我哪有！」

家佳吃得津津有味的同時，也觀察起這間餐廳。

不論是裝潢、景觀、服務或氣氛，都比她以往的外食經驗還要好太多了。她若有所思地說：「現在我總算明白：有些東西之所以貴，是因為它有那個價值。又或者說，有些東西的價值是『很難定義的』……」

尹富凱一看她的眼神，就知道她又有新主意了。他的女朋友不只是小白兔，還是經商小天才。

於是他問她：「怎麼？我們張董又有想法了？」

「嗯！」她笑逐顏開，再次充滿鬥志和衝勁，雙眼炯炯有神地說，「接下來有得忙了！」

她一笑，整個人都明亮了起來，再次令他心動不已。

他看著她因雀躍而緋紅的臉龐，想道：也該找個時機向小白兔求婚了。

重燃鬥志的家佳，面對四季超市的競爭，決定改變商品品項、輕食販售方式和異業結盟。

商品品項的部分，除了生鮮、日用品這些固定買盤以外，家佳淘汰掉銷售量低且利潤也低的商品，改成不易比價的品項，例如小眾品牌的文具、生活雜貨以及迷你盆栽等。再者，由於附近商辦林立，因此也增設了「風水專區」，販售改善磁場、防小人和打小人的平價小物，讓上班族得以排解職場壓力、療癒心靈。並且按自己當初寫給薛店長的建議書內容，優化既有陳列方式和商場動線。

至於輕食販售方式，為了避免食安疑慮，家佳思考再三，決定裁撤掉廚房，不再販售超市自行料理的烤物、熟食。

而多出來的空間，家佳打算異業結盟。她想起小時候媽媽曾經告訴過她，超市是一座橋樑，可以讓好產品遇見更多人。所以她決定找純做電商且口碑好的品牌合作，尤其是足夠在地化的特產，以做出差異化。而且她還可以藉電商品牌既有的網路傳播力，引更多人流來店裡；顧客進店看實物時，也能順便帶其他商品。

此外，家佳也打算找小型藥局進駐。因為疫情期間，家庭常備用藥的需求量上升。目前已經不只一間連鎖超商找藥局進駐，代表這種複合經營的商機不小，而且模式可複製。再者，直接找藥局進駐，不只可免除申請藥證、聘請藥師的問題，更可抽成。因此家佳也想依樣畫葫蘆。

尹富凱得知後，便找上了霍天煦，詢問他是否能幫忙牽線，畢竟泰頂集團本業就橫跨醫材、製藥，而霍天煦感興趣的群護公司又是藥局通路商。

霍天煦現在不只是泰頂的董事，也已如願成為群護董事。這件事對他來說不過小事一樁，雙方很快就談定藥局進駐超市的事宜。

而尹富凱自己對超市的唯一要求，就是制服要重新設計。原本的款式實在是太醜了。

Chapter 28
重新開幕

幾天後，咖啡檢驗報告終於出爐，數據皆合乎標準。

雖在家佳的意料之中，但這份報告還是多給她添了一份信心。而她和富凱也已做好重新開幕的準備，就等吉日到來了。

這回有了對面錦芳店的示範，他們決定把儀式感做足，選在人潮最多的中午時段開幕，並且特別邀請了媒體記者。

中午用餐時間一到，路上行人開始變多。不少路人經過富家超市前，都被門口的舞台、氣球柱和花籃給吸引；不趕時間的人看到現場有各家記者，還特別上前詢問舞台旁的工作人員，待會有什麼活動。

吉時一到，家佳和富凱在活動主持人的引導下，分別在舞台前拿一支線香點燃一串鞭炮。

熱鬧炮聲之中，一台黑色賓士ＡＭＧ停到路邊，駕駛立刻下車為後座開門。一個身穿西裝，身形與尹富凱同樣高䠷但更魁梧的男人隨即下車。

不論白天夜晚，霍天煦每次出現在公共場合必定戴著墨鏡或口罩，這回他兩者都戴，把臉遮得跟逃犯似的。儘管超市外的圍觀群眾看不見他的面貌、不知他的身分，但他周身冷峻而霸道的氣場，還是讓人不自覺地退避三舍、讓出一條走道。他輕而易舉就從人群中走向超市門口的舞台。

家佳至今都還不知道霍天煦長什麼樣子，但尹富凱一見到他便熱情地上前抱住他、抱怨道：「你很慢耶！就等你一個了！再不來吉時都要過了。」接著拉起他的手上舞台，「快點快點，我們要剪綵了！」

三人在主持人的引導下，由家佳站中間，尹富凱和霍天煦站左右，分別拿著金剪刀剪綵。

不只台下的員工，群眾也很熱情地給予掌聲歡呼。

趁現場人多，又有記者在，富家超市亮出檢驗報告，大動作澄清之前的食安問題。家佳難得態度強硬地強調：「我們已經收集充分有力的證據，將會對來店裡毀謗鬧事、網路造謠的人採取法律訴訟求償，絕不撤告！」

正式宣布完後，家佳便和富凱和霍天煦先下台，由主持人帶領群眾玩起贈禮小遊戲，現場越來越多人、氣氛也變得更加熱鬧。

一下台就被推擠到邊緣的尹富凱，被踴躍的人群嚇到。

隨後下台的張家佳連忙問他：「你沒事吧？」

「沒事。」富凱一邊以身護著張家佳到角落，一邊問她，「怎麼樣，我們的超市制服好看吧？我親自設計的喔。」

他邊說邊抬起下巴，露出一副「快誇誇我」的神情。

家佳笑道：「好厲害喔，不愧是阿凱。」

他得意洋洋地說：「當然。」

霍天煦一下台，早在階梯旁等待的鄭特助，立刻上前對他說：「霍董，待會還有一個會，差不多該離開了。」

霍天煦說：「嗯。我在等人。你先去把車開來。」

鄭特助說：「是。」說完便先行離開。

尹富凱抱怨道：「等誰啊？你怎麼這麼快就要走？每次都出現一下就閃人。」

這時一人朝他們走來。他戴著一副眼鏡，身穿米色休閒 Polo 衫和灰色休閒西裝褲，整個人看起來溫文儒雅。儘管戴著口罩，富凱還是一眼就認出他，馬上跑過去抱住他說：「松子！你怎麼會來？」

宋子藤笑說：「來恭喜你啊。恭喜你歷劫成功，遇到了對的人，長大了、生活不再渾渾噩噩，我為你開心。」

事到如今，富凱想不信也不行，澈底心服口服地說：「好吧，我承認你確實算得很準。『神算』的稱號當之無愧。」

宋子藤說：「今天超市重新開幕，天天準備了賀禮要送你。」

富凱看霍天煦兩手空空，好奇道：「送什麼？」
霍天煦說：「你破產的時候，我請人代拍下你那些跑車，就當作是寄放在我的車庫。現在你拿回房子了，我也可以送回去了。」
富凱驚訝地目瞪口呆時，宋子藤又說：「等你結婚的時候，我就把你那些古董送還給你，當作是新婚賀禮。你家拍賣的時候，我也是找人代拍了一些，贗品我就沒幫你留了。」接著又糗他道，「你不懂古董就別再買了，買貴就算了，還買到假貨。」
富凱直到此時才知道自己的收藏主要都被他們兩兄弟買走了。原來不只是霍天煦，宋子藤也默默幫了自己那麼多，只是之前從沒提起過！
再想到自己從小到大都仰賴他們的幫助和照顧，再多的言語也無法將他的感謝表達完全。於是他緊緊地抱住他們，一切盡在不言中。
家佳走過來向霍天煦和宋子藤打招呼時，尹富凱拿出事先準備的氣泡酒。
他先是倒了兩支高腳玻璃杯給霍天煦和宋子藤說：「我們來喝杯氣泡酒慶祝一下吧！」接著才拿一支空杯給家佳，為她倒酒。
這時，一樣閃亮的東西從酒瓶倒入她的玻璃杯。
她定睛一看，夢幻的泡泡中，閃爍著一枚鑽戒。
「這是？」

「妳願意嫁給我嗎？」富凱試圖故作自然，但是聲音還是在微微顫抖，難以掩飾他緊張的心情。

「嗯？」她眨了眨眼，不敢相信自己聽到的，心想：他在跟我求婚嗎？

她當然是愛他的，也想跟他走一輩子。但是事情一下子變得太美好，美好得不可思議。她開始懷疑自己是不是在作夢。

正當富凱打算單膝下跪，再問她一次時，她突然捏了一下自己的臉。

「妳幹嘛？」他挑眉詢問。

「我確認一下。噢，會痛耶。」

「啊？」

「是真的！」她開心地撲進他懷裡，略帶羞意地說，「我愛你，菜脯蛋！」

他微微一笑，單手回抱她，說：「我也愛你，小白兔。」

「你是什麼時候對我動心的啊？」

「這個嘛……」他思索了一下，「當我意識到的時候，我已經愛上了。如果硬要講第一次心動的時間點，大概是妳收留我的隔天早上，在公園裡對我笑的時候吧。」

她驚道：「那麼久以前嗎？」

「對啊。感動吧？」

她從他懷裡抽身，皺眉說：「你心機好重、藏好久。好恐怖喔。」

她的反應完全跟他預期的不一樣，他忙道：「喂喂喂，那妳到底要不要嫁給我啊？」

她遲疑了一會，說：「我覺得好像太快了。我媽才剛知道我們在一起，我爸都還不知道。如果現在跟他們說我們要結婚了，他們應該會心臟病發吧。」

她看他一副被雷劈到般驚愕的樣子，便雙手合十說：「不好意思！我不是不答應，只是覺得太快了，需要再考慮一下。」

富凱心想：他們有什麼好心臟病發的？我才要心臟病發吧！活到這麼大，第一次這麼在乎一個女人，對她掏心掏肺，費盡心思地籌備了那麼久，還以為勝券在握。沒想到她現在居然說要再考慮！娶老婆怎麼就這麼難？

他回頭看向霍天煦和宋子藤，用眼神詢問：「該怎麼辦？」

霍天煦面無表情地聳聳肩，也不知道是想表達「不知道」，還是「不在乎」。

宋子藤則溫柔一笑，說：「繼續努力吧！」

富凱無語問蒼天。

是啊，不然還能怎麼辦？也只能繼續努力啊。

王秀惠藉由新聞得知了富家超市重新開幕的消息。

當她看到家佳他們開記者會澄清食安問題又揚言要告人時，開始害怕自己要承擔法律責任。她馬上打電話問薛世美該如何是好。薛世美安撫道：「不用怕。妳確實是去他們店裡買了咖啡，發票也還留著。他們怎麼證明『妳沒有上吐下瀉』，又怎麼證明『妳是惡意毀謗鬧事』？他們就是虛張聲勢而已，根本不能拿妳怎麼樣。所以不用怕，妳不會有事的。」

縱使薛世美這麼說，王秀惠仍是心虛地將 Google Maps 上，假帳號留的負評全都刪除。

而不少人透過新聞看到檢驗報告後，也到 Google Maps 上給好評並幫忙說話、力挺富家超市。評價不只慢慢回升到四顆星，分數甚至還比原來的高。

不僅愛買咖啡的上班族慢慢回流，許多老顧客見富家超市的店長是張家佳，好感度頓時大增，大多願意回富家超市購物。

除了張家佳是菜籃族殺手以外，尹富凱的小迷妹們在發現他是股東且會常在超市出沒後，也像過去那般時常跑去消費，因而超市的生意再度蒸蒸日上。

Chapter

29 萬4如意

馬路對面的四季超市錦芳店，薛世美以「直營店她無法完全作主」為由，將績效太差且被基層員工投訴多次的王經理開除。

這時王經理才意識到薛世美恐怕早就想趕他走人了。之所以現在才開除他，一方面是因為錦芳店剛開幕確實需要人手，一方面是因為解雇工作不到一年的員工，不必付任何資遣費。薛世美年紀輕輕，算盤卻打得比誰都精啊。

想到這，他重重嘆了一口氣。年近六十的他既無一技之長，工作又都靠親友介紹安插，這一下子失業，真不知該如何是好。

他徬徨無措地走出四季超市，看到對面門庭若市的富家超市時，突然感到十分後悔。要是自己不對員工那麼差，說不定也不會被開除；就算因績效差被開除，至少還可以回富家超市應徵看看。

不過現在人都得罪光了，再悔不當初也沒用。

王有為不知道，此時他背後的四季超市內，薛世美也正隔著落地窗看向富家超市。

眼見進出對面超市的顧客明顯比自己的錦芳店還多，薛世美簡直嫉妒得發狂，她心想：「為什麼每次出問題，妳都這麼快就解決了？哼，僥倖而已。我就不信妳可以一直這麼幸運！」

她拿起手機、撥了通電話：「喂？秀惠啊，是我。」講到一半，電話突然被人搶了過去。

她轉頭一看，是爸爸！

薛宏志將電話掛斷，當著大家的面，怒斥她：「小美妳到底鬧夠了沒有！」

「爸，你在說什麼啊？」

他將她拉進店長辦公室後，深吸了一口氣，情緒稍微緩和下來，才繼續說：「我雖然跟張家佳不熟，但很多事我都看在眼裡。人家一個小女生，冬天那麼冷，半夜被派來尹家送貨，臉上沒有半點不情願，反而從頭到尾都笑笑的。她工作態度能差到哪去？」

在此之前，薛世美從來沒想起張家佳半點好。但是這一刻，她卻忽然想起張家佳過去工作時的情景；就算工作再辛苦、加班到深夜，也從沒喊過一聲累、沒抱過一次怨，總是笑臉迎人、任勞任怨。

她終於意識到張家佳一直是個勤勤懇懇，而且很有工作能力的人。只是她不想正視家佳的好，也不想承認家佳因自己吃過多少苦、受過多少委屈。

薛世美抱胸回薛宏志說：「你到底想說什麼？為什麼忽然提到她？」

「妳以為我不知道嗎？秀惠都已經跟我說了！為什麼一直針對張家佳？人家是哪裡對不起妳？哪裡得罪妳？在妳經營遇到困難的時候，她頂下了妳的超市，讓妳的員工能繼續工作、維持生計！妳不但不感激她，還找她麻煩！」

薛世美仍舊不願坦白，義正嚴詞地說：「我不是要找她麻煩。這市場就這麼大，互相用手段搶生意很正常。」

「只是為了搶生意？我不信！小美，妳到底在想什麼？妳怎麼會變成這個樣子？」

薛世美回以沉默，薛宏志欲言又止地說：「妳知道嗎，我每次看到張家佳那麼努力工作，就想到……」

薛世美眼眶忽然紅了，她低聲道：「當年剛開超市的我。」

「是啊。既然妳也是這麼想，那為什麼這麼討厭她？針對她？」

薛世美苦笑道：「是啊，我為什麼那麼討厭她？她明明……很好啊。」她終於直視自己內心，痛苦地承認道，「我只是……只是不甘心……不甘心阿凱喜歡的人是她，不是我。」

此前不懂女兒心事的薛宏志，這下子終於恍然大悟。

他錯愕地眨了眨眼，想通其中關聯後，拍拍她的肩，安慰道：「妳還記得妳國中時曾經撿到一隻狗嗎？」

薛世美當然記得。要不是因為那隻狗，她怎麼會有機會見到尹富凱。但是她不明白爸爸為何突然提起此事。

薛宏志說：「那個時候妳也曾經因為尹家先一步領養牠，所以生氣難過。但妳後來還是為牠開心，記得嗎？」

薛世美陷入了沉思。薛宏志繼續說：「喜歡一個人不也是這樣嗎？為什麼喜歡他，就非得把他留在身邊不可？看他快樂、看他幸福，不是也很好嗎？」

她想起尹富凱在自己面前，從來沒有快樂過。而他和家佳在一起的時候，卻總是笑得很燦爛，燦爛得像是他那時在花園裡與狗玩耍的午後。

她意識到自己的醜陋與愚蠢，心想：這樣的我，難怪尹富凱不喜歡。

幾個月後，台股大盤在十一月漲回一萬三，更持續以驚人的氣勢，直逼一萬四。到了十二月四日，大盤在萬眾矚目下正式衝破一萬四，創下歷史新紀錄。不少財經顧問都稱它為「萬４如意」，看好台股後續將會一路長紅到明年的農曆新年。

而富家超市在家佳的經營下，生意日漸興隆。相較之下，對面的四季超市則門可羅雀，許多居民都認為它快要倒閉了。

這日早晨，門庭若市的富家超市內，家佳和富凱正坐在充滿咖啡香的用餐區裡，一邊吃早餐，一邊用平板看盤。

她現在雖然沒有持股，但還是有在持續追蹤幾支感興趣的個股。若之後股價回檔，她會以零股加碼的方式再次進場。

他輕輕幫她把垂落的髮絲挽在耳後，她抬頭看他一眼，對他微笑。

他起身、輕吻她的額頭，瞥了一眼她的追蹤清單，說：「看吧，我就說，投資不能操之過急。價值股的價值，是需要時間醞釀的。」

她同意地點頭說：「投資理財是一輩子的事，我想我還是慢慢研究吧。」

他翻了圈白眼，坐回椅上，無奈地說：「婚姻雖然也是一輩子的事，但妳能不能快一點嫁給我？」

她笑而不答，他只能無奈搖頭。

一旁的新進員工看到這幕，雙手貼在心窩上，羡慕地說：「噢店長夫婦好甜喔。」

阿珍姐欣慰地說：「嘿啊，我們家佳，啊不，我們店長真是撿到了潛力股，現在潛力股終於發威了！」

吃到一半的家佳聽到這句，看向富凱，眼中滿是笑意，感到很幸福。

尹富凱也聽到了，他凝視著家佳，真誠地說：「是我撿到了家佳才對。」

他在遇到家佳之後才意識到：人生最大的財富是認清自己要的是什麼。

對他而言，與金錢相比，對的另一半才是人生的寶藏。

富凱這句話正中了家佳的紅心。她忽然意識到：從小到大自己一直都很努力，可是得到的永遠都只是「很乖巧」、「很懂事」、「很善良」，頂多偶爾多了一個「力氣真大」的讚美。

除了阿凱，沒有人稱讚過她有生意頭腦，也沒有人會因為她敢打蟑螂而稱讚她「很勇」，讓她知道原來自己並不膽小。阿凱看到了她所有的優點，而且盡一切努力幫助她完成想做的事。與他在一起，她再也不懦弱、再也不平凡、再也不渺小了！

想到這，家佳眼眶一熱，感動地看向富凱，回以一抹帶淚的微笑，忽然開口說：「我願意。」

「啊？」尹富凱和阿珍姐同聲說。

緊接著，意會過來的阿珍姐欣喜地對尹富凱說：「她願意！阿凱，啊不，老闆，她說她願意！」

尹富凱激動地握住家佳的雙手說：「妳說什麼？妳願意？」

家佳微笑地點點頭。

尹富凱歡呼一聲，狂喜地親吻她的額頭，又跳到椅子上、舉雙臂大喊：「我終於成功了！她終於答應嫁給我了！我要發錢慶祝！」接著又跳下來說，「各位，我現在正式宣布：每個員工發一百萬！」

家佳大驚，立刻墊腳、摀住他的嘴說：「是一百！每個員工發一百！我是店長，我說了算！」

富凱將她的手拿下、握在手心，對她笑道：「是的，老婆大人！」接著吻上她的唇。

周圍的員工、顧客們都紛紛起鬨，兩人在一片歡呼中相擁。

同時，站在店外人行道上的宋子藤和霍天煦，正隔著落地窗看他們在裡頭擁吻。

霍天煦仍舊對愛情無感，只是面無表情地說：「阿凱看起來很快樂。」

宋子藤則喜道：「嗯，花開之後很快就會結果了。」

霍天煦終於有了一點反應，挑眉說：「喔？」

「嗯，五個。」

霍天煦大幅度揚眉，驚呼：「喔！」

宋子藤被霍天煦驚呆的表情給逗笑了，他說：「走吧。我也想進去買咖啡。」

※警語：投資有賺有賠，下單前應審慎考量。

後記

這四、五年來有在關注股市的讀者，便會發現本故事的主線劇情是以台股二〇二〇年的真實走勢來推展的。故事裡的每一支個股都在真實世界裡有對應的原型喔。

不過，為了增加戲劇張力，我放大了海運股的漲幅。實際上它在二〇二〇年五月至七月間並沒有漲那麼多啦。

本故事雖然看似歡樂輕鬆，但實則是我入股市四、五年、親身經歷的曲折經驗。從一開始的「一買就跌、一賣就漲」的悲情韭菜，慢慢學習、調整投資策略，成長茁壯成借力使力、扶搖直上的常春藤。

為什麼是常春藤呢？

因為常春藤是一種爬藤植物，看似柔若無骨，實則堅韌靈活。若能像它一般懂得順應趨勢，站在巨人的肩膀上，那麼不論何時都能生機蓬勃。

是的，我並不是要吹噓自己多賺多厲害，只是想告訴大家，投資真的是有方法的。只要觀念、方向正確，不論台股如何漲跌變動，我們都能怡然自得。

也在此祝福大家都能一起持續享受豐收，過得越來越好！

芙蘿 於二〇二四年九月，台北

FB／IG／Threads——芙蘿午夜說書人 @flothedixit

私房筆記(1)

股市投資理論很多，流派也很多。或許這麼說可能會令你難以置信，但我個人的經驗是：慢慢來，反而比較快。越簡單，反而越賺。穩健的投資方式不僅是最簡單輕鬆的，也是賺最多的。

日本動畫《鬼滅》裡的「我妻善逸」是我最喜愛的角色，沒有之一。他從頭到尾都只會雷之呼吸第一式，但照樣所向披靡、萬鬼莫敵！每到關鍵時刻，他從不讓人失望！

投資就該這般化繁為簡啊。有用的一招就夠了。融資融券、期貨、權證、台指等等，我通通都不會。就只會最單純的股票買進賣出。

我是「基本面」派的。而我唯一要推薦的股市投資書籍只有一本，那就是經典的《漫步華爾街》。真的只要觀念、方向正確就夠了。

過去每當我迷茫的時候，總會回過頭來思考：投資的本質是什麼？我想投資什麼樣的公司？又或者說，什麼樣的公司值得我投資？什麼樣的公司讓我放心把錢投入，並讓我相信可以達到雙贏。

答案往往會回到「基本面」。

所以在我看來，「選股策略」是投資最重要的一環。一開始選績優股，勝率就超過八成了。

也許會有讀者好奇，難道我真的完全不看籌碼面、技術面或消息面嗎？我都會參考喔。因為我有現金流需求，需要同時做長短線，所以一開始用基本面選股後，短線就需要籌碼面、技術面和消息面輔助，判斷何時買進賣出。

• **籌碼面**：只在股價大漲或大跌時，確認是否是大出貨或大吃貨。像有些人會看分點，我太懶惰了，不想花時間多做那麼多分析。

• **消息面**：新聞往往要反著看。當我看到持股新聞在播報利多消息的時候，我會懷疑是否高點到了。如果接下來大漲、爆大量，那麼我很有可能就會先跟著高點出貨、獲利了結。相反的，如果是利空消息，那我會猜測是否低點到了或有大戶想吃貨。如果接下來大跌、爆大量，那麼我很有可能會跟著開始分批入場或加碼。這裡再次強調：我買賣的先決條件都是這支股本身是「績優股」。不是績優股，我可是不碰的喔。

• **技術面**：我只參考最簡單的周線、月線、季線、年線。個人比較保守，所以往往短線小賺就出場。就算股價小跌也不怕，因爲我一開始就只買績優股啊。而且通常都買在月線或季線低點，所以可以很放心地抱著。大跌我反而會加碼，就像是買生活用品一樣，大特價就會忍不住囤貨。反之，股價過月線或季線高點，我就會考慮獲利了結。

有的人買賣是看年線、三年線、五年線，甚至十年線的。我是覺得如果你買的那間公司獲利年年成長，而且配息穩定成長，那麼應該是季線就很充裕了。

有些人還會看布林通道等等，我是覺得沒有意義。原因小說裡有提到，我們要認清事實：台股是淺碟型市場，漲跌其實都是大戶主力說了算。是拉高出貨還是砸盤，通通都是他們說了算。很多人寧願花時間去看線、看籌碼，就是不願意花時間去看財報、慎選績優公司，我覺得這有點本末倒置了。

個人經驗是技術面沒有辦法準確預測漲跌。不論是長期還是短期，都不要妄想自己能買在最低、賣在最高。我們奈米散戶堅持自己的買賣策略，股價到了就買賣就好。做到最後就會發現，自己的買賣策略與八大公股銀行不謀而合；往往在他們之前買，與他們同天賣。就我個人而言，目前能做到這樣已經很滿足了。再說一次，不要試圖去預測漲跌，沒有意義。請分清楚「投機」和「投資」是兩回事。投機說穿了就是賭。要賭可以，但不要騙自己是在投資。

說到投資，〈老人與狗〉理論實在是金玉良言。慢慢來，比較快。真的。

還有，要小心的是「人性」。

為什麼明明已經制定投資策略，我們還是忍不住追高殺低？

因為「趨吉避凶是天性」啊！

所以不要因此責怪自己或懊惱。對抗天性本來就是超不容易的事。對我來說就像是對抗炸物一樣，好困難啊。直到現在我也還在學習。

但相信我，相信時間。操作久了，就會越來越沉得住氣。沉得住氣才能一路賺。

私房筆記(2)

在此也分享一下個人今年（二〇二四）的操作經驗。

今年年初，景氣燈號由黃藍轉綠，一路往上，我發現類股輪動順序很像二〇二一年，再加上大盤交易量的Ｋ線走勢，我認為台股可能即將如同二〇二一年同期那般進入主升段，所以開始按照類股輪動順序積極操盤布局。

首先在四—五月（景氣燈號由綠轉黃紅）時，停損認賠約十一萬的塑化股和中概股。取得資金後，在五—七月間，以零股分批加碼的方式，拉高資金周轉率，當沖或波段買賣金融股、證券股和營建股。

可別小看零股啊，我就是靠這招「螞蟻搬山」、「拚翻桌率」在兩個半月內打平十一萬的損失。但注意喔，這是因為在主升段，所以才很好做。

有趣的是，我後來回頭去算過，這些營收下滑且看似沒有前景的股，停損之後股價因為主升段的關係也還是全都升上去了。如果我在五、六月時都不停損，繼續凹，要是後來全都有賣在最高點，那其實也可以算是解套了，頂多賠幾百塊錢而已。而且解套時間距離我主動做波段打平的時間點也只差幾天而已。

我都開始有點相信「命中財富都是冥冥之中已註定」的說法了。不過我不後悔，原因如下：

1. 勉強算解套的前提是，這些股要能都剛好賣在最高點。（但根本不可能）

2. 這些公司在評估後，眞的是營收、獲利都下滑，再加上前景黯淡，找不到利多的誘因，所以當初才忍痛放棄。

3. 就算眞的財富已注定又如何？也許正是因爲我這幾個月積極操盤，老天爺看到了我的努力，所以才讓我不只早幾天解套，還多賺了啊。我是相信命運這件事，但我也相信我們可以靠努力一點一點地扭轉命運。等到時機到了，「量變」變「質變」也猶未可知。

所以賠錢可以傷心，但不要悲觀，也不要氣餒。起手無回大丈夫，反思過後，就不要再回頭為同一件事傷神了。沒有意義。

勝敗都是兵家常事，擦乾眼淚再上吧。只要策略正確、心態平穩，就一定會賺回來的！

總之，「分批加／減碼」和「分散布局」是我個人實戰勝率最高的獲利方式。

最後，感謝大家願意抽空瀏覽這本書。希望故事能娛樂到大家，也希望我過去的經驗有一點可取之處。

正向的人總是開明謙虛，願意聆聽各方觀點，靈活調整自己的投資策略，因此能一直獲利，且越賺越多。

負面的人總是想投機取巧，一步登天，因此常常賺小賠多，無法持續獲利，便怨天尤人，氣噗噗、罵罵號。

願我們都能保持正向、保持好心情，享受投資的成果與樂趣。

芙蘿 於二〇二四年九月，台北

FB／IG／Threads @flothedixit

撿到股神老公

作者—芙蘿
經紀公司—華星娛樂
主編—林菁菁
企劃—謝儀方
封面繪圖—烏鴉小翼
封面設計—楊珮琪、林采薇
內頁設計—李宜芝

總編輯—梁芳春
董事長—趙政岷
出版者—時報文化出版企業股份有限公司
108019 臺北市和平西路 3 段 240 號 3 樓
發行專線—（02）2306-6842
讀者服務專線—0800-231-705．(02)2304-7103
讀者服務傳真—(02)2304-6858
郵撥—19344724 時報文化出版公司
信箱—10899 臺北華江橋郵政第 99 信箱
時報悅讀網—http://www.readingtimes.com.tw
法律顧問—理律法律事務所 陳長文律師、李念祖律師
印刷—勁達印刷股份有限公司
初版一刷—二〇二五年一月十七日
定價—新臺幣四〇〇元
（缺頁或破損的書，請寄回更換）

時報文化出版公司成立於一九七五年，
並於一九九九年股票上櫃公開發行，於二〇〇八年脫離中時集團非屬旺中，
以「尊重智慧與創意的文化事業」為信念。

撿到股神老公 / 芙蘿著 . -- 初版 . -- 臺北市 : 時報文化出版企業股份有限公司 , 2025.01
面； 公分

ISBN 978-626-419-101-2(平裝)

863.57 113018789

ISBN 978-626-419-101-2
Printed in Taiwan